夜はケダモノな王子の閨係として売られた子爵令嬢ですが、どうやら溺愛されてしまいそうです!

ととりとわ

Illustration
Ciel

gabriella books

夜はケダモノな王子の閨係として売られた子爵令嬢ですが、どうやら溺愛されてしまいそうです！

contents

1　野獣な王子があらわれた！　どうする？　↓　にげる？　たたかう？

子爵令嬢フィリアーナの屋敷に迎えの馬車がやってきたのは、朝を告げる鳥すら鳴いていない早暁のことだった。

ここは緑あふれる小国ブランサルド王国にある、小高い丘陵地帯。

見渡す限りの草原と森に囲まれたのどかな場所だ。

朝には川からもやが立ち上り、夕には太陽がオレンジ色に山際《やまぎわ》を照らす。

空には一日中、小鳥がさえずり、草を食《は》む牛や羊が綿雲のように散らばるここからは、王宮の尖塔《せんとう》はおろか、隣町の役所の煙突すら見えない。そんな田舎である。

街道筋のガタガタ道に揺られて、フィリは着なれない襟ぐりの開いたドレスの胸元を押さえた。フリルたっぷりのピンク色のドレスは、急遽《きゅうきょ》姉から借りたものだ。フィリが持っているドレスはどれも型が古く、着古されていてあちこち汚れが目立っていたのだ。

時々、ゴンとガラス窓に頭がぶつかって、そのたびにガラスにヒビが入っていないかと確認していたら、向かいに座る離宮のメイドに笑われてしまった。

フィリは今、この国の第二王子であるラディウスに呼ばれて離宮へ向かっているところなのだ。彼の閨指導をするために。

フィリアーナ・マローネ・アロゥルは、ブランサルド王国に領地を持つ、アロゥル子爵家の次女である。

たっぷりしたミルクティー色の髪に紺碧《こんぺき》色の瞳。小柄で中肉の身体は丈夫で、たいした病気もしたことがない。天真爛漫《てんしんらんまん》な性格も手伝って、十七歳になる今まで自由に暮らしていたが、つい数日前に突然離宮から使いがやってきたことで人生が一変した。

アロゥル家は爵位の割にはたいして広くもない領地を持っているほかは、フィリの父がワイナリーを経営しているだけの子爵家だ。

その家に王家がいったい何の用事なのか……天地がひっくり返るほどの大騒ぎだったが、使者が持ってきた手紙を見てその理由がわかった。フィリが『魔女』だったからだ。

途中、馬を替えつつ、見知らぬ貴族の屋敷に何度か泊った。ようやく離宮にたどり着いたのは、家を出てから五日後の朝のこと。

従僕の手を借りて馬車を下りたフィリは、降り注ぐ朝日のなか、燦然《さんぜん》と輝く白亜の建物を見上げて目を輝かせた。

「わあ……！　素敵……」

高くそびえたつ幾つもの尖塔が、まるで雪を被《かぶ》った連峰《れんぽう》のように輝いていた。

外壁はびっしりと細かなレリーフに覆われ、ところどころに貴重な金が施されている。高い塔には無数の矢狭間《やざま》が並び、中央塔の建物の両側には、いくつもの窓や長い回廊が並んでいた。

従僕に続き、フィリは何本もの太い円柱に支えられた間口の広い玄関をくぐった。玄関広間には赤いじゅうたんが敷かれ、金箔《きんぱく》が貼られた天井は見上げた首が痛くなるほど高い。

天井にフレスコ画が描かれた廊下を通り、離宮の一番奥まった部屋に通された。ここはこじんまりした部屋で、大きな掃き出し窓から燦燦《さんさん》と明るい光が差し込んでいる。

「本日は遠路はるばるお越しいただきまして、誠にありがとうございます。ラディウス殿下の執事を仰せつかっております、ネスタと申します」

「お、お初にお目にかかります。アロゥル家の次女でフィリアーナです」

フィリはぎこちない動作でドレスの両脇を摘まみ、片足を後ろに引いた。

今までこんなあいさつもほとんど必要なかったのは、親戚の集まりにすら『病欠』させられていたからだ。もちろん社交界にもデビューしていない。

目の前には丸眼鏡を掛けた口髭《くちひげ》の初老男性が立っている。灰色の上着にえんじ色のベストを着ており、見るからに実直で穏やかそうな顔つきだ。

「ささ、どうぞ楽になさってくださいませ」

ネスタに勧められて、縁に金の飾りがある大理石のテーブルについた。メイドが茶を置いてワゴンを押して出ていくと、コホンと咳払《せきばら》いをする。

「あの……それで、具体的に私は何をすればいいのでしょうか」

フィリの問いかけに、ネスタの眼鏡の奥の目が光る。

「ラディウス様が抱えていらっしゃる問題については……？」

「なんとなく存じております」

「そうですか。ならば話は早うございます」

ネスタは居住まいを正してから、王国が置かれている状況を神妙な面持ちで語り始めた。

ブランサルド王国は広い大陸のほぼ中央に位置しており、東側をふたつの大国、西側をひとつの巨大な国と接している。

この大陸の北側には海があり、多くの国が国境を接しているため、昔から海運による交易が盛んだった。なかでも王国が擁する湾は冬でも凍ることがないため、貿易や交通の要《かなめ》として重宝されてきたのだ。

しかしそのせいで、有史以来近隣諸国から侵攻の的になることも多かった。そこで先々代の王の時代に、西の隣国エスパ帝国と安全保障条約を締結したのである。

以来、貿易面での優遇や兵器の供与などの見返りに、他国からの脅威より守ってもらっている。

「しかしエスパは大国です。エスパとわが国が対等な関係でいられるのは、それぞれの国の王族同士が婚姻関係を結んできたからにほかなりません。近々ラディウス殿下がエスパより妃《きさき》をお迎えになる予定です」

「まあ、それはおめでとうございます！　お相手はどんな方でいらっしゃるのですか？」

きらきらと目を輝かせるフィリに、ネスタは渋い顔で首を横に振った。

「候補になられている方は複数いらっしゃるようで、まだどの方になるか決定しておりません。それに、殿下にはあの問題がありますゆえ……」

途中で口をつぐんだネスタの目に涙が浮かび、フィリは急いでポケットからハンカチを取り出した。

ネスタは恐縮しつつそれを受け取り、目元を拭ってかぶりを振る。

第二王子であるラディウスには、獣化の呪いをかけられているというおぞましい噂《うわさ》があった。フィリも家族や使用人が話しているのを小耳にはさんだ程度でよくは知らないが、王子は大柄なうえに性格も獰猛《どうもう》で、屈強な従僕たちも手を焼いているのだと聞く。ここ数年のうちに離宮で何人かの者が行方知れずになったのは、彼が原因ではないかとも囁《ささや》かれているのだ。

受け取った手紙には、呪いのせいで閨指導が進まずに困っていることと、『魔女』であるフィリであれば呪いが解けるのではないかと期待しているということ、解呪の暁にはフィリとアロゥル家に莫《ばく》大《だい》な報奨金が支払われることが書かれてあった。

フィリは驚愕《きょうがく》し、恐怖に震えたが、田舎の貧乏子爵家が王室からの依頼を断れるはずがない。

そのうえ、領地が狭いうえに名だたる特産品があるわけでもなく、ワイナリーの経営がうまくいっていない父にしてみれば渡りに船だ。迎えの馬車が来た際には、どうぞどうぞ、と言わんばかりに突き出されたのだった。

『魔女であるフィリアーナ様であれば、必ずや殿下の呪いを解いてくださると信じております』

達筆な文字で手紙に書かれていた文言《もんごん》を思い出し、胃がひっくり返りそうになった。

フィリが魔女だなんて、いったい誰がはじめに言い出したのだろう。

フィリには魔力なんてこれっぽっちもないのだ。あるのは薬草の知識と、なぜか動物と話せるということだけ。

動物と話せる人なんてこの世にひとりもいないから、『変わり者』だという話がひとり歩きして『魔女』に変わったのだろうか。

フィリが渡したハンカチで目元を押さえつつ、ネスタが続ける。

「殿下も昨年二十歳をお迎えになりました。早々に妃をお迎えになり跡継ぎを設けてほしいところですが、閨指導に当たったご令嬢が次々と逃げ出してしまいます」

ドキン、とフィリの心臓が跳ねた。

「えっと……具体的には何が起きているのですか？」

ネスタの口から深いため息が洩《も》れた。

「わたくしが閨に同席するわけにはまいりませんので伝聞になりますが、寝所を飛び出してきたご令嬢方が口を揃《そろ》えて言うことには、『殿下が恐ろしい獣になられた』と。両目がぎらぎらと輝き、耳が尖《とが》り、口が蛇のように裂けたと言う者もあれば、全身が長い毛で覆われたと言う者もあって、目撃情報は一致しません。これはなんらかの呪いをかけられたに違いないでしょう」

神妙な面持ちで告げるネスタの言葉に、フィリはごくりと唾をのんだ。

獣のようになるとは噂に聞いていたけれど、それでは猛獣だ。

いくらフィリが動物と意思を通わせることができるからといって、どんな生き物にも通用するとは限らない。ましてや呪われている相手とだなんて……

はーっ、とネスタはまた深いため息をつき、頭を抱えた。

「そんなわけで閨指導のほうもまったく進んでおりません。百歩譲って女性の身体を知らぬまま結婚するのはよしとしても、妃になられたエスパの王族に万一のことがあっては、両国の関係に亀裂が生じます。ですので――」

バン！　とネスタがテーブルに両手をついたため、フィリは跳び上がった。

「お願いいたします！　殿下は眉目秀麗にして聡明《そうめい》で大変お人柄もよく、剣術に長《た》け、人心掌握についても比類なき才覚を持つお方。兄上様であられます王太子殿下とともに、将来は王国にとってなくてはならない両輪となるでしょう。どうか、どうか、フィリアーナ様のお力をもって、何卒《なにとぞ》呪いを解いてはくださいませんか！」

首を垂れるネスタの額が、ゴツンとテーブルを打つ。ものすごい熱意だ。テーブルにつく指の関節が白くなっている。

くださいませんか、と言われても、フィリははじめからそのつもりで迎えの馬車に乗り、ここに座っている。諸手《もろて》を挙げて賛成していた家族の手前、今さら故郷へ帰ることもできないのなら流れに身を任せるしかない。

「は、はい……私でよろしければ」

気づけばそう答えていた。

ネスタが勢いよく顔を上げる。満面の笑みを浮かべて、目には零《こぼ》れ落《お》ちんばかりの涙を溜《た》めて。

「そうですか、そうですか！　引き受けてくださいますか～～！　ありがとうございます、ありがとうございます！　ご滞在のあいだ、何不自由のないよう誠心誠意尽くさせていただきますので！」

「が、頑張ります……」

この雰囲気では、とても本当は魔力がないなどとは言えない。もしもそのことがバレたら？　闇の最中にラディウスが豹変《ひょうへん》でもしたら……？

（いやいや、弱気になっちゃだめ！　せっかくあの家から出られたんだもん）

両脇に嫌な汗をかきつつも、顔ではにこにこと笑みを浮かべる。

それからいくつか契約上の話をして、書類にサインをしたのちネスタは出ていった。

フィリは、はーっとため息をついて、日当たりのいい窓辺に向かって歩いていく。

この居心地のいいこじんまりした部屋はゲストルームで、このまま自由に使っていいそうだ。

前途多難だけれど、静かな裏庭に面した明るい日差しの降り注ぐこの部屋はとても気に入った。足りないものがあればなんでもメイドに命じていいらしい。

窓を開けると心地いい風とともに一羽の青い鳥が飛び込んできた。青い小鳥はフィリの手の上で美声を披露し、その後羽をぶるぶると震わせた。

遠く離れた子爵家を出た時からずっと、この鳥が片時も離れずについてきているのを、フィリは馬車の窓から確認していた。こんなに小さな身体であんなに長い距離を飛び続けられるなんて、やはり彼は普通の鳥とは違う。

「ロピ、長旅ご苦労様。疲れたでしょう？」

人差し指にちょこんと留《と》まる鳥に向けて言う。小鳥はひとしきり美声を披露してから、ちょちょいと羽繕いした。

「もちろん疲れたピ。ご飯と水浴びを用意するピ」

「はいはい、ただ今。ちゃんと持ってきてるよ」

ロピをテーブルの上に下ろして、家から持ってきたトランクを開けて中を探る。

フィリがこのしゃべる鳥とはじめて会ったのは、大好きだった母親を流行病《はやりやまい》で亡くした直後のことだった。葬儀を終えたのち、母のいない寂しさに自室で泣いていたところ、窓辺に見たこともない青い小鳥が飛んできたのだ。

小鳥はチルッと鳴いて何度も首を傾《かし》げた。

フィリの手からはみ出す程度の大きさで、真っ黒の瞳に小さな灰色のくちばし、美しい瑠璃《るり》色の羽に覆われている。コロンと丸いボディがなんともかわいらしい。

『どうして泣いてるピ?』

鈴を鳴らすような声が突然聞こえて、フィリはきょろきょろと周りを見回した。

しかし部屋には誰もおらず、いるのは小首を傾げた青い鳥だけ。するともう一度、『ぼくだよ』という声が正面から聞こえて跳び上がった。

しゃべっているのは目の前にいる小鳥だった。

びっくりしたフィリは泣くのを忘れてしばらく小鳥に見入った。フィリの部屋に面した裏庭には動物たちがよく遊びに来るけれど、口を利くところなんて今まで一度も見たことがない。

『鳥さんはお話ができるの?』

『ぼくだけじゃなく、みんな話ができるピ。人間には聞こえにくいだけで』

わあっ、と声を上げて、フィリは大きな目をきらきらと輝かせた。

あとから思えばとても信じがたいことだったが、素直に受け入れられたのはフィリがまだ幼かったからだろう。

その後、小鳥にいざなわれて裏庭に出ると、あちこちから別の鳥やリス、猫、狸《たぬき》などが集まってきてあっという間に囲まれた。

《君は誰？》

《撫《な》でて》

《見て、きれいな羽根でしょう》

彼らは自分をアピールするかのように、フィリの前でちょろちょろと動きまわる。

動物も人間みたいにおしゃべりをするんだ——新しい発見に胸を高鳴らせたものの、よく見ると彼らの口は動いていない。しばらく観察したのち、頭の中に直接声が響いているのだと気がついた。

（動物はこうやってお話するのね）

フィリは感心し、新しい世界の扉が開かれたことにワクワクした。しかし、夜になってその不思議な体験を仲良しのメイドに話したところ——

『お嬢様、そういうことは絶対に誰にも話してはいけませんよ。いいですね』

恐ろしい声で諭すメイドの不審そうな顔つきと、憐《あわ》れむような眼差《まなざ》し。彼女の表情にショックを受け、このことは二度と口にするまいと心に誓ったのだった。

思念を伝えることしかできないほかの動物と違って、ロピとだけは今でも言葉で会話ができる。

フィリは今十七歳だから、彼は最低でも十三年は生きているだろう。きっと特別な鳥に違いない。

家から持ってきたサラダボウルの中で水浴びを終えたロピは、テーブルに置かれた皿の餌をつついていた。

「で、執事とはもう話したピ？」

小さなくちばしを目まぐるしく動かしながら尋ねる。フィリはテーブルに頬杖《ほおづえ》をつき、ため息を零《こぼ》した。

「さっき契約したよ。これから一か月のあいだに、閨指導とラディウス殿下にかけられた呪いを解くようにって」

「自信はあるピ？」

「あるわけないじゃない！　だって私は――」

そこまで言って口をつぐみ、きょろきょろと辺りを見回す。

離宮の中はどこに人の目や耳があるかわからない。魔力がないとバレてしまったら、よくて強制送還、悪くて王家を騙《だま》した罪で投獄されるかもしれないのだ。

自信がないのは解呪に関してだけではなかった。男性経験がないのはもちろんのこと、社交界デビューを果たしていないフィリは、若い男性とまともに口を利いたことすらないのだ。こんなことで閨指導者など務まるのだろうか。

通常、こういった仕事には未亡人が就くことが多いが、貴族令嬢のなかには千載一遇のチャンスを狙って自ら立候補する者もいると聞く。もしも王子の子を宿すことができたら大勝利だ。

あのまま田舎にいても、変わり者だの魔女だのと言われて、きっとまともな結婚は望めなかっただろう。ならば当たって砕けて、子供ができるできないはともかく、せめて報奨金をがっぽりと手に入れようではないか。

（そうよ、誰だって最初はみんな処女なんだもん。どうにかしてラディウス様に気に入られて、ひとりで生きていくチャンスを掴《つか》まなくちゃ）

キッとロピを睨《にら》むと、小さな青い鳥は手のひらで羽をばたつかせた。

「私、頑張るよロピ。絶対に頑張るんだから！」

むしろ自分に言い聞かせるようにして、フィリは今夜のための準備に取り掛かった。

到着した頃はまだ朝露が残っていた離宮の周りには、今や湿った夜の風が吹いている。

湯あみを済ませたフィリは、女官に連れられてラディウスの寝所へ向かっていた。

壮麗な内装の施された一階部分に比べ、三階の廊下は主の居住スペースだけあってシンプルで落ち着きがある。壁はレリーフの入った白い漆喰《しっくい》。建具は落ち着いたグリーンで、床は植物をかたどった象嵌《ぞうがん》柄だ。

緩やかに弧を描く回廊は静かで、柱のあいだから差し込む月の明かりがふたりの影をくっきりと床に落としている。

フィリの頭には、宝石が散りばめられた繊細なつくりのサークレットが載せられていた。

肌が透けて見えるほどの薄いモスリン生地のシンプルなドレスの上に、白いビロードのガウン。その下には何も身に着けておらず、足元がスースーした。

（どうしよう。ドキドキする……！）

からからに干上がった喉をなんとか潤そうと、口のなかの唾を必死にかき集めてのみ込む。緊張で今にも心臓が口から飛び出そう。夕食にはおいしそうな料理がたくさん並んでいたけれど、あまり喉を通らなくてかえってよかった。

小高い丘の上に建つこの離宮は東西に長く、フィリの部屋は東の端にある。今いるのは三階で、ちょうど建物中央にある塔の部分に差し掛かるところだ。女官たちが使っている一階の浴場で湯あみをしてからだいぶ歩いてきたのに、まだ着かない。

前をゆく薄紫色の長衣を着た女官が振り返る。

「フィリアーナ様、殿下のご寝所に到着する前に少しご説明がございます」

「なんでしょうか」

「殿下のご寝所にお入りになりましたら、まず非常ベルをご確認ください」

「非常ベル……？」

いきなり飛び出した不穏な言葉に、心拍数が一気に上昇する。

「はい。ベッドの右手に赤いロープがぶら下がっております。それを引いてくだされぼすぐさま衛兵が駆けつけますので、非常時にお使いくださいませ」

「わ、わかりました。えっと、殿下はその……最後までされたことはないんでしょうか？」

「未《いま》だ女性を知らないお身体のようです」

それを聞いてホッとした。これまでに無理やりされたような令嬢はいなかったようだ。『女性の身体を知らない』とネスタが言ったことを疑っているわけではないが、証人は多いほうがいい。

「ちなみに、これまでに夜伽《よとぎ》の命を与《あずか》った方々の最長滞在記録は五分です」

「五分……⁉」

一瞬足を止めたが、女官がどんどん先へ進んでしまうため、小走りでついてく。

フィリが知っている知識と照らし合わせても、五分というのは早すぎる。

薬草や毒草のことを調べがてら入り浸っていた隣町の図書館で、男女の睦《むつ》みあいの指南書を読んだことがあった。それによると、男性器を挿入する前にキスや互いの身体を触ったりと、長い工程があるはずだ。令嬢たちはほとんど何もせぬまま逃げ出しているのでは……？

不安でたまらなく、心臓がはち切れそうに高鳴った。ロピが一緒にいようものなら少しは心強かっただろうが、あいにく不在だ。

女官が廊下を右に折れた。フィリもぎくしゃくした動きで回れ右をする。

すると、廊下に屈強な兵士がずらりと並んでいて跳び上がった。

女官はポケットから取り出した呼び鈴のようなものを鳴らして進み、特別重厚なドアの前で足を止めた。

「ラディウス殿下、フィリアーナ様をお連れいたしました」

「ご苦労」

ドアの向こうから良く通る男性の声が聞こえ、フィリの鼓動は一層激しくなった。

女官が長衣を翻して、両開きのドアを開ける。女官が後ろへ下がると、フィリは事前に指示を受けていた通りに部屋の中へと進んだ。

（ひっ）

背後で扉が閉まった途端に真っ暗になり、どこに何があるのかもわからなくなった。テーブルの上に置かれた燭台《しょくだい》の明かりだけでは、部屋の広さすらはかれない。

「あ、あの……ラ、ラディウス様？」

「ここだ」

声がずいぶん遠い。彼は窓の近くにいるようだ。

「ご挨拶申し上げてもよろしいでしょうか？」

「今そちらへ行く」

ゆっくりと近づいてくるブーツの音からして、ラディウスはかなり大柄のようだ。

その音が一歩、また一歩と近づいてくるたびに、胸の鼓動が速く、呼吸が浅くなる。頭の中には、これまで耳にしたラディウスの噂話《うわさばなし》が次々と浮かんだ。

『知ってる？　あの噂。ラディウス殿下は獣の呪いが掛けられてるらしいわよ』

『性格まで獰猛なんですって？』

『両目がぎらぎらと輝き、耳が尖り、口が蛇のように裂けたと言う者もあれば、全身が長い毛で覆われたと言う方も……』

「ひぃっ‼」

その時、腰に何かが触れて思い切り跳び上がった。暗闇に平衡感覚を失ってよろめいたところ、あたたかく大きな腕に支えられる。

「すまない。驚かせてしまったか」

「い、いい、いいえ。わっ、私のほうこそ大きな声を上げてしまい、もっもも申し訳ございません！」

ドッドッドッ、と心臓が早鐘を打っている。頬《ほお》に触れるあたたかな感触と、頭のすぐ上で響く低い声に気づいた途端、その鼓動がさらに加速度を増した。試しに手で触れてみると、滑らかな薄い布地の向こうに、張りのある素肌の感触が――

（はっ？　私、抱きしめられてる⁉）

生まれてこの方、若い男性に手すら握られたことがない。それなのに、いきなりこんなだいそれたことに⁉

「すっ、すみません！」

急いで抱擁から逃れたフィリの手を、すかさずラディウスが掴んだ。

「怖がらなくていい。こちらへ来てくれ」

フィリは手を引かれるままに部屋の中央へと進んだ。

テーブルの上で頼りなげな光を放つ燭台を取ったラディウスが、室内のろうそくに次々と明かりを灯《とも》していく。

すべての明かりをつけ終わったのか、燭台を元の場所に戻したラディウスがこちらを向いた。

彼の姿が明かりに照らされた瞬間、フィリの胸に緊張とは別の落ち着かない気持ちが加わった。

ラディウスは見事な銀色の髪に、青灰色の瞳をもつ美しい青年だった。

すらりとした長身にがっしりした肩。柔らかなシルクのシャツが胸の厚みで押し上げられている。眉は優しく、鼻は素直であまり主張せず、薄めの唇は横に幅が広い。その唇がわずかに横に広がっただけで、フィリの胸はドキドキと鼓動を刻んだ。

（ネスタが言った通りの美丈夫だわ。こんな優しそうな人が本当に獣みたいになるの……？）

ラディウスの美貌にポーッと見とれていたフィリだったが、ハッと気づくと慌ててガウンの両脇を摘まんで片足を後ろに引いた。

「もっ、申し遅れました！　わたくしはアロゥル子爵の次女でフィリアーナと申します。本日より、殿下のよっ、よよっ、とよよっ、夜伽の、おっ、お相手を……勤めっ——」

くすくすと笑う声が聞こえて顔を上げる。見れば、ラディウスが端正な顔を綻ばせて笑っているではないか。

「殿下……？」

「失礼。笑っちゃいけないよな」

そう言いつつも口元を押さえて、くっくっと笑いをかみ殺す。やや冷たい印象に見えた目元は人がよさそうに細くなり、薄めの唇から白い歯が覗《のぞ》いている。

彼を見ているうちに、フィリもだんだんおかしさが込み上げてきた。雲の上の存在のように感じてきた王族が、こんなに楽しそうに笑うなんて。

ようやく笑いの収まったラディウスが、目尻に浮かんだ涙を指で拭いつつため息を吐く。

「すまない。君があんまり固くなってたから、つい。実は私もだいぶ緊張していたんだ。何せ、今ま

での女性たちが……その——」

彼は苦い顔をしてかぶりを振り、フィリをちらりと横目で見上げた。

「君はその話を聞いているか？」

「だいたいのところはうかがっております」

ほーっ、とラディウスが肩の力を抜く。

「そうか……それでも私のところに来てくれたんだな。ありがとう」

「いいえ、とんでもないです」

フィリはニコッと口元をほころばせた。相手の身分にかかわらずきちんと礼が言える人には好感が持てる。

しかし、とラディウスが目を細める。

「噂の『魔女』だと聞いていたからどんな人かと思っていたけど、見たところ君は普通の女性のようだ。それにとてもかわいらしい」

「かっ、かわ……！」

顔から火を噴きそうになり、フィリは両手で頬を包んだ。

かわいらしいなんて言われたのは生まれて初めてだ。そもそも身内以外の人間とかかわったことがほとんどなく、社交辞令に遭ったこともない。

フィリの腰に大きな手が回された。

「だから今は別の意味でちょっとドキドキしているかな。おいで」

「きゃっ」

急に横向きに抱き上げられたため、急いでラディウスの腕にしがみついた。蠱惑的《こわくてき》な青灰色の目、艶のある唇がすぐそばにある。

フィリの鼓動は雷鳴のように轟《とどろ》いた。月明かりに照らされて青白く輝く彼の顔は、まるで彫刻のように美しい。

天蓋付きのベッドまで運ばれたフィリは、そっとシーツの上に下ろされた。

すぐにラディウスが覆いかぶさってくる。ぴたりと密着した彼の身体は体温が高く、熱い。

(もうするんですか⁉　こっ、心の準備が……！)

じっと見下ろすラディウスの双眸《そうぼう》が熱くて、震える手でガウンの前立てを握りしめた。

怖い。男性の匂いをこんなに間近に感じるなんて初めてだ。思わず涙目になってふるふると首を横に振る。

ラディウスの目がわずかに険しくなった。

「君は私の閨指導に来たんだろう？」

「は、はい」

彼はフッと唇を綻ばせ、ガウンを握りしめるフィリの手を掴んだ。

「だったら教えてくれ。どうすればいい？」

「え、ええと……」

フィリは深呼吸して、かつて図書館でこっそりと見た、男女の睦《むつ》み合いについて書かれた本の内容を思い出そうとした。

アロゥル家の隣町には有名な私設図書館があり、子供向けの絵本から図鑑、難しい学術書までなんでも揃っていた。

もちろん目当ては薬草や薬の調合の本だったが、だだっ広い部屋の隅っこの棚に、大人向けの怪しい本がずらりと並んでいるのをフィリは知っていた。

ある日、勇気を出してその棚から持ってきた本を、人目を忍んで開いてみたのだが……

そこには、男女の身体の違い、性器の図解、自慰の仕方、交合の手順、体位などが仔細《しさい》にわたって記してあった。

なかでも気に入ったのは、本の作者が絶頂を得るため、また、妻を絶頂に導くために、さまざまな道具や手技、体位やシチュエーションを自ら試して検証したくだりだ。

(一年のうち、ちょっとの期間しか発情しない動物に比べて、人間の睦み合いはなんて赤裸々で情熱にあふれているんだろう……!)

感動のあまり、それから連日図書館に通っては怪しい本を片っ端から読んだ。おかげでまだ月のものすら訪れていない頃から、性に関する知識だけは一丁前だ。

さあ、と促されてフィリは腹を括《くく》った。

今の自分は閨指導者なのだ。あの本の作者になったつもりで、積極的に行為に取り組まなければならない。

一度起き上がったフィリは、精一杯取り繕ってガウンを脱いだ。

「で、では……私に口づけをくださいますか？」

「もちろん」

そう聞こえたが早いか、フィリの唇はラディウスの唇に素早く捉えられた。

あたたかく、とてつもなく柔らかなものが押し付けられた瞬間、あまりの驚きに声をあげそうになる。

彼の唇はウサギの背中みたいに滑らかで、マシュマロみたいに甘い。それが唇の上を優しく滑り、胸が狂おしいまでに高鳴った。

ちゅ……ちゅ……と触れるだけのキスは徐々に深く、艶《なま》めかしいものに変わった。

(口づけってこんなに気持ちがいいものなんだ)

ぼーっとする頭の片隅にそんな考えが浮かぶ。

相手に合わせること——例の怪しい本に教えられたとおりに身を任せるうちにすっかり心地よくなり、フィリも夢中でラディウスの唇を貪った。

「ん……う」

武骨な指に開かされた唇の隙間から、するりと舌が滑り込んでくる。

ちゅる、ぐちゅ、と恥ずかしい音が響くほど唇が舐《ねぶ》られ、舌が吸い立てられた。

ぞくりと腰が震える。頭がくらくらする。

薄い生地の下で胸の頂が尖り、身じろぎするだけで甘い痺《しび》れが走る。

これまで誰にも触れられたことのない秘密の場所が、じんわりとあたたかくなってくるのを感じた。

太腿をこすり合わせてみたところ、少しぬるついているようだ。

もしかしたら、これが『濡《ぬ》れる』ということなのかもしれない。図書館で見た本によると、ここが濡れることで殿方のアレがスムーズに挿入できるようになるのだとか。

破瓜《はか》の痛みは相当なものだというから、自作の痛み止めを塗りたくってきたもののやはり不安だ。たっぷりと濡らすには、ええと……どうするのだったかしら？

口づけが激しくなるにつれ、ラディウスの息遣いが荒くなってきた。ハアハアという喘《あえ》ぎに混じる呻《うめ》き声《ごえ》が苦しそうだ。

なんだか少し怖い。まるでそこに興奮した獣でもいるみたいだが、初めての経験だから男性がこういう時にどうなるものなのか、フィリは知らない。

「う……んッ……！」

太腿を激しくまさぐる手がドレスの内側に滑り込んだ時、フィリはついに瞼《まぶた》を開けた。その瞬間、思わず目を見開いて息をのむ。

すぐ目の前にはラディウスの美しい顔があった。全力疾走でもしているかのような荒い息遣いで、両眼をしっかりと開けてフィリの唇を吸い立てている。

問題は彼の目だ。ラディウスの瞳は本来きれいな青灰色で、ろうそくの明かりのなかでは夜の湖のように暗く沈む。それが金色に光り、ぎらぎらと星が瞬くごとくに輝いていた。

「ラディウス、様……⁉」

恐ろしくなったフィリは呻き声を洩らす彼の唇から逃れ、ベッドの上を後ずさりしようとした。

しかし、大きな身体で圧し掛かられていたため、引っ張られたドレスがびりびりと破れただけだった。

露《あら》わになった豊かなバストを隠そうとするが、ふたたびラディウスに組み敷かれてしまう。

「お、お待ちください！」

彼の目は爛々《らんらん》と輝き、鼻腔《びこう》が広がり、食いしばった歯の隙間から唸《うな》り声が洩れている。まるで夜の森の中でいきなり藪《やぶ》から飛び出してきた猛獣にでも出会った気分だ。

逃げたい。

半ばパニックに駆られるが、すぐに涙を流して喜ぶネスタの顔を思い出した。

今、目の前にいるのはこの国の第二王子ではなく、手負いの獣だ。苦しくて、苦しくて、自分でもどうしたらいいかわからなくなっている哀れな獣。

フィリは深呼吸をしてから、先ほど脱ぎ捨てたガウンに手を伸ばした。どうにかして手探りでポケットを探し出し、ガラスの小瓶を掴む。

「殿下、もしかしてお加減がよくないのでは？　さあ、この薬を」

小瓶の蓋を取りラディウスに差し出した。

しかし彼の目には入っていないようだ。服を着たまま硬く漲《みなぎ》った股間をフィリの身体に押しつけてくるばかりで、埒《らち》が明かない。

（言葉が通じないみたいだわ）

一瞬絶望に取りつかれたが、もう『逃げる』という選択肢はなかった。ならば『たたかう』しかない。そもそも初めからそのつもりでここへ来たのではないか。

意を決して小瓶の中身をぐっとあおった。そしてラディウスに口づけると、彼の顎を開かせて薬を流し込む。

「む……!?」

ラディウスは驚いたのか、身体を硬直させ、両手を震わせた。

この薬は苦いのだ。けれど、どんなに興奮して取り乱した動物でも、すぐに鎮静させる効果がある。図書館の本を参考にして、研究に研究を重ねて編み出した薬だ。

(お願い、効いて)

フィリは祈った。

小動物なら餌に少量混ぜる程度でいい。大柄な男性でもこれだけのめばさすがに効果が出るだろう。

彼の喉が、ごくりと鳴ったため、強く押しつけていた唇を離した。大きな背中を抱きしめて、優しく、ゆっくりと撫でる。それから頬に、髪にそっとキスを落とした。

「全部のめたのね。偉いわ」

しばらく背中を撫で続けていると、いつの間にか唸り声が消えているのに気づいた。顔を覗《のぞ》き込《こ》んだところ、みるみるうちに険が取れていく。

先ほどまで金色に輝いていた瞳の色も、元の落ち着いた青色に戻った。しかし彼の目はフィリを捉えていない。強い鎮静作用のせいなのか、心ここにあらずといった感じだ。

「怖かったよね。もう大丈夫だから」

乱れて額に掛かった銀色の髪をそっと指で撫でつけた。夢の途中にいるかのような顔つきのラディウスが、フィリには大きな獣みたいに見える。

（この人を守らなくちゃ）

唐突にそんな考えが頭に浮かんだことに鼓動が逸《はや》った。

いくら呪いで自分をコントロールできない状態にあるとはいえ、この人は大人の男性で一国の王子だ。自分よりも明らかに恵まれた暮らしをしているし、権力もある。けれど……

どうにかしてあげたいと強く思った。

母性本能なのか、それとも普段動物に対して抱いている庇護《ひご》欲みたいなものなのか。

今日初めて会った相手のことをこんなにも真剣に考えるなんて自分でも意外だ。

ぺろりと突然首筋を舐《な》められて跳び上がった。

「ラディウス様……？」

筋肉質な肩を押して顔を見るが、やはり目の焦点は合っていない。

そのまま圧し掛かられて、フィリはベッドに押し倒された。覆いかぶさってきたラディウスが、唇や頬をペロペロと舐めてくる。

「ちょ、殿下……！　くすぐったいです」

フィリは身を捩《よじ》って笑い転げた。まるで犬だ。とても大きくて優しい、甘えん坊の犬。

フィリが笑うとベッドも揺れた。しかしラディウスはクスリともせず、一心不乱にフィリを舐め続ける。

おそらく本能でしているのだろう。オオカミかなにか、犬系の呪いかもしれないが、危害を加えることはなさそうだ。

ラディウスの頬を両手で挟むと、鼻息を荒くした彼が夢中で唇を吸い立ててくる。

(もしかして、ちょっとだけ理性が残ってる?)

それならば、呪いのことはあとで考えるとして閨指導だけでも進めたい。

「ん……ふっ」

互いの柔らかな唇を貪りつつ、ぬるついた舌を絡ませあう。

ぎこちないキスだったが、ラディウスが半分まどろみの中にいることでいい具合に恥じらいが薄らいでいる。

キスとは気持ちがいいものだ。恋愛感情のない相手とですらそう思う。

口づけを続けたまま、フィリは素肌に絡みつく夜着の残骸を脱ぎ捨てた。一糸まとわぬ姿だ。室内はうっすらと冷えているが、ラディウスの体温が高いせいで寒くはない。

「ラディウス様、いつまでもご自分だけ服を着ていらっしゃるのはよくないそうです」

唇を離したフィリは、ラディウスのシャツのボタンに手を掛ける。

ものの本には、『最初に男性が女性の服を脱がせ、自身の服も脱ぐ』と書いてあった。服装と場合によっては着衣のまま致すこともあるらしい。

シャツのボタンをすべて外すと、男性的な匂いがふわりと香った。フィリは胸を高鳴らせて、シルクのシャツを大きな肩から滑り落とす。

そこには逞《たくま》しい肩と太い腕、立派な鎖骨と盛り上がったふたつの胸があった。

ろうそくの仄《ほの》かな明かりで見えるのはそこまで。恐るおそる指を這《は》わせると、あたたかな胸の下に、硬く引き締まった腹筋が見事に割れている感触がある。

フィリは嘆息した。はじめて触れる男性の身体はごつごつと硬く、女性のそれとはまったく違う。素肌は滑らかだけれど、ラディウスの上半身にはあちこちに傷痕があるようだ。ここ数十年のあいだ平和な時代の続くこの国の王子がなぜ……？

ラディウスの長い髪がはらりとフィリの顔にかかり、ハッとした。

（今は閨の続きをしなくちゃ）

疑問はさておき、ひとまずラディウスが穿いているものを脱がしにかかる。

ずっしりと圧し掛かられているため手の自由が利かず、謝りつつ腹部のフラップを留めているボタンを力ずくで外す。

手の甲に彼の身体の中心部が当たるたび、ドキドキした。まるで武器か何かを仕込んでいるみたいだ。こんなに硬くて大きなものが自分の中に入るとは到底思えない。

身体のあちこちを舐《な》め回す責め苦に耐えながらも、すべてのボタンを外し終えた。下穿きとともにブリーチを下ろしたところ――

「きゃっ！」

勢いよくまろび出た男性の象徴に思わず悲鳴を上げた。彼の『もちもの』はろうそくの明かりに黒光りし、太くて猛々《たけだけ》しい……ような気がする。

何せ、暗くてよく見えないのだ。近くにある明かりといえば、ベッドサイドのテーブルに置かれた燭台ひとつだけ。かといってこれを直視する勇気もないのだけれど。

思い切って先端の丸みに指で触れてみたところ、びくん！　とそれが大きく跳ね、急いで手を引っ込めた。もう一度。今度は形をさぐるように指をするすると這わせると、ラディウスが急にフィリの身体を舐めるのを止めた。

「あ……あぁ」

ラディウスが腰を揺らしながら喘いでいる。もしかして、苦しんでいるのでは……？

（どうしよう。まずいわ）

フィリは青ざめた。触り方がいけなかったのか、それとも力が強すぎたのか。子爵令嬢が王子に無礼を働くなんてあってはならない。

「痛いんですか？　ああ、どうしましょう。そっと触れたつもりだったんですが」

しかしどうやらそうではないらしく、ラディウスはフィリの手に肉杭《くい》の先端をこすりつけてきた。

「殿下……？」

彼のそこはぬらぬらしたもので濡れている。

そういえば、例の本には女性だけでなく男性も性器から潤滑油のようなものを出すのだと書かれていた。興奮や性的な刺激により、射精の前に透明の体液が出てくるのだと。

「もしかして気持ちがいいんですか？」

返事がない。ラディウスは喘ぎながら、執拗《しつよう》にフィリの下腹部に昂《たかぶ》りを押しつけるばかり。痛みがあるのなら、こうしてこすりつけることもしないだろう。

けれど、もし彼が快感を覚えていたとしても、フィリも同じでなければ意味がない。男女の交合は互いに満足できなければならない、と本に書かれていた。

特に夫婦の場合は不和の原因になるらしく、隣国の皇女との結婚を控えているラディウスは、フィリを妻だと思って気持ちよくしなければならないだろう。

「殿下、こ……ここに触ってください」

フィリはドキドキしながらラディウスの手を取り、自分の胸に押し当てた。彼の手の上から自身の胸を揉《も》みしだけば、甘やかな痺れがじんと舞い降りる。

「あ……っん」

フィリは顎をぐんと反らした。

誰にも触れられたことのない柔らかな丘が、武骨な手に包まれている。ざらついた手のひらが、指が、敏感な尖りにこすれるたび、甘美な刺激が身体の中を駆け抜ける。

知らずしらずのうちに突き出した胸の先端に、ラディウスが吸いついた。

「ひゃ、あぁ」

ぷくりと尖った敏感な蕾《つぼみ》をちゃぷちゃぷと舐められ、びくん！　と身体が跳ねる。

舌で嬲《なぶ》るように、唇でしごくように頂をいじめられるたび、身体のあちこちが震えた。

（な、なに？　これ……！）

乳首を襲う快感のほかに、脚のあいだに何かが集まっていく感じがする。まだ男を知らないフィリの秘密の場所は、ラディウスを求めてとくとくと蜜を零す。

（そこに触れられたらどんな感じがするんだろう）

普段なら思いつきもしないふしだらな考えに、ドキドキと胸が高鳴った。恥じらいを遥《はる》かに凌駕《りようが》する好奇心。乳房を揉みしだくラディウスの手を取り、下腹部へ運ぶ。

しかし彼は、手の甲が濡れた秘所に触れた瞬間、何を思ったかフィリの足元へ向かってにじり下がっていった。

「ラディウス様、な、何を……はん……っ‼」

柔らかな髪が下腹部に触れた直後、脚のあいだが強烈な快感に襲われた。鋭利な悦《よろこ》びに居ても立ってもいられない。

びくびくと身体をわななかせつつ下を向くと、ラディウスが下草の中に口元をうずめていた。何かが羽のように優しいタッチで秘所をくすぐる。

(う、嘘《うそ》でしょ……そんなところを一国の王子が……⁉)

フィリは驚愕して腰を引こうとした。けれど、逞しい腕でがっちりと太腿を押さえられており、身動きができない。

例の怪しい本にはここを指や口で愛撫《あいぶ》する、と確かに書いてあった。彼は正しい手順を踏んでいるのだ。でも、でも……

「う、あっ、は……はぁんっ、ダメッ、ダメです～～！」

あまりにもくすぐったくて、気持ちがよくて、腰をもじもじと揺する。とりわけ、花弁の上の核の部分を舐められると頭がどうにかなりそうだ。舌の動きに合わせていちいち脚が跳ね上がってしまい、自分を制御できない。

責められている場所に形容しがたい感覚が集まってきた。もどかしいような、甘く切ないような激しい渇望。それをどうにかしてほしくて、自らラディウスの優美な口元に秘所を押しつける。

得体のしれない欲求はいよいよ強く、何かが身体の奥からせり上がってくる。

「あ、ああっ……！」

その時、愛撫されている場所で何かが弾け、びくびくと身体が震えた。

滔々《とうとう》と襲い来る快感の波。この上ない多幸感。

頭が真っ白になって、その後ふわふわと宙を漂うような感覚に包まれた。

「ふっ……あ、あ、ちょっ――」

たぶんこれが、本で見た『絶頂に達する』ということなのだろう。それなのにラディウスが舌での愛撫を止めないため、強すぎる快感と身体の震えが止まらなくなった。

このままでは気が変になる――フィリは力の入らない手でどうにか彼の両肩を押す。

「ラディウス様っ、それ以上は……ダメッ……」

ラディウスはとろりとした目をしばたたき、濡れててらてらと光る唇を舐めた。それが自身が零した蜜だと気づき、フィリは恥じらいと背徳の思いに苛《さいな》まれた。

（どうしよう。私、変だ）

身体の奥で目覚めた新たな欲望に、ぞくりと腰が震える。充血した蜜口が、もう一度、とねだるようにヒクヒクと痙攣《けいれん》した。

もっともっと気持ちよくなりたい。今のラディウスなら、フィリがどんなにふしだらに求めても気に留めないだろう。

「で、殿下」

フィリは自ら脚を開いて誘った。

上気した顔つきで覆いかぶさってきたラディウスが、はち切れんばかりに張った昂《たか》ぶりを蜜口に押しあてる。彼の双眸は爛々と輝き、薬で鎮静されていても興奮しきっているのが手に取るようにわかる。

「う……ッ」

先端が侵入してきた瞬間、フィリは思わず歯を食いしばった。

打ち立ての鉄のごとく赤熱した塊がめきめきと隘路《あいろ》を広げ、奥へ奥へと分け入ってくる。つきんとした痛みが一瞬走ったが、昂りが奥へと進むにつれてどこかへ消えていった。

額に汗を滲《にじ》ませたラディウスは、はあはあと荒々しい呼吸を繰り返している。

視線だけはあいかわらずうつろだが、もう怖いとは思わなかった。むしろ内からあふれる獣性にどうにかして堪えているように見え、じんとしてしまう。

昂ぶりが奥に達した感覚があり、すぐにラディウスが腰を引いた。抜け落ちる寸前まで退いたものが、一気に滑り込んでくる。

「んぁっ……！」

ぐちゅん、と卑猥《ひわい》な音を立てて肉杭が穿《うが》たれた。さらに腰が引かれ、もう一度貫かれる。さらにもう一度、もう一度。

淡い期待を抱いていたけれど、あいにく気持ちがいいとは言い難《がた》かった。

そんなフィリの気持ちをよそに、ラディウスが繰り返し楔《くさび》を打ち込んでくる。律動に合わせて、ギシ、ギシ、とベッドが軋《きし》む。

(痛くはないけど……これはいつまで続くの?)

汗で湿った筋肉質な肩にしがみつきつつ、フィリは考えを巡らせる。

幼い頃から動物や鳥たちの自然な営みに触れ、人間も同じように交尾をするのだと知ってから、少なからず夢を見ていた。人間は思考が複雑ゆえ、動物よりも深い愛情があるのではないか。それならば、肌を合わせる行為はもっと気持ちがいいのではないか、と。

あいにくそうと思えないのは、ふたりのあいだに愛がないからだろうか。

せめてラディウスだけでも気持ちがよかったらいい。そうでなかったら、明日にでもここを追い出されてしまうかもしれない。

(それはまずいわ)

ラディウスを気持ちよくするため、フィリはもぞもぞと身体を動かした。すると、胎内のある箇所をこすられると自分も気持ちがいいことに気づく。

入り口に近いところと、下腹部の裏側。甘くて、切なくて、そこをもっといじめてほしいと願ってしまう。

「あっ……はん……ラディウス……様ぁ、もっと……」

気づけばラディウスを気持ちよくすることなどすっかり忘れていた。

彼の腰に脚を引っかけ、夢中で剛直にすがる。

背中を反らすと心地いいポイントによく当たるらしい。次第に蜜洞を苛《さいな》む快感が募り、呼吸が浅く、荒くなっていく。

「ん……あっ、は……気持ち、いい、ああっ、ラディウス様」

ラディウスの首根っこを手で引き寄せ、彼の動きに合わせて腰を揺らした。ラディウスの息遣いもより荒くなり、昂りの質量も増している気がする。

フィリの首筋や肩は執拗に舐《ねぶ》られ、吸い立てられ、唾液でべとべとになっていた。くすぐったさに身を捩ったところ、偶然に胸の頂がラディウスの口の中に吸い込まれる。

「はンッ……!」

硬く尖った薄桃色の蕾が吸い立てられた瞬間、全身が快感の槍《やり》に貫かれた。

激しく突かれ続ける蜜洞が、きゅんきゅんと甘く疼《うず》く。

胸と秘所とを同時に攻めたてられ、どうしようもない切迫感に駆り立てられた。

「あっ、あっ、ラ、ディウス、様ッ、そんなにしたら……ああっ――」

胎内を苛む快感が一気に膨れ上がり、フィリはびくびくと四肢を痙攣させて絶頂に達した。

熱い洞《うろ》が、ラディウスの分身を決して逃すまいと、きつく、きつく締め上げる。それでもなお抉《えぐ》るような律動が繰り返され、もう一度すぐに達してしまった。

「も、ダメぇ……ダメです、ぅ……っ、んん～～ッ」

頭がどうにかなってしまいそうで、爪が食い込むほどラディウスの肩を強く握った。それでも律動は止まらない。押し引きに合わせてベッドが揺れ、ギシギシと激しく音を立てる。

互いの口から、はっ、はっ、はっという絶え間ない喘ぎが零れた。

フィリは頭のてっぺんが痺れてくるのを感じた。狂おしい表情をしたラディウスが、食いしばった歯の隙間から呻き声を洩らす。

いったいどれくらいの時間が過ぎただろう。それまで猛烈に腰を振っていたラディウスの動きが急に止まった。フィリの意識は半ば混沌《こんとん》としていたが、なんとなくわかった。

終わったのだ。彼がぶるりと身体を震わせる直前、胎内のものが一層大きく膨れ上がった気がした。

ラディウスは大きなため息を吐いて、ぐったりとフィリの身体に圧し掛かった。

その重みがなんとも心地いい。互いの身体から発散される汗や混ざり合った体液のにおいで、とてつもなくハードな運動をしたかのような気になる。実際、喘ぎ過ぎた喉はヒリヒリ、身体は疲れ切っていた。

(なんか……気持ちいいかも)

暗闇のなか、フィリは湯気が立ち上る大きな背中を抱きしめながら、彼の分身がドクン、ドクン、と胎内で痙攣するのを感じていた。

はじめこそ、思っていたのと違うと感じていたが、どうやら間違いだったようだ。ヒトの交尾は、動物のそれとは熱量がまるで違う。

ひとまずは半分役目を終えられたことにホッとしていた。今夜みたいにやればうまくいきそうだ。少なくとも閨指導のほうだけは。

「う、……ん?」

ラディウスが呻き声を上げて頭を起こした。彼はパチパチと目をしばたたき、たった今目が覚めたかのように勢いよく顔を上げる。

「お、お帰りなさいませ……殿下」

今さらのように羞恥心に駆られ、カッと頬に熱が差すのを感じた。ふたりの身体は未だつながったままで、当然素っ裸。胎内に残されたものがピクリと反応し、無意識に締めつけてしまう。

ラディウスはふたりが結びついた部分を見下ろして、やっと状況を把握したようだった。

「ああ、なんてことだ。すまない……本当に」

頭を抱えてうなだれるラディウスの髪が肩に落ちる。フィリは彼に戸惑いの目を向けた。

「謝る必要なんてありませんわ。その……とても素敵でした」

それは自然に出てきた言葉だったが、急に気まずくなって視線を外した。

(い、今のは娼婦《しょうふ》みたいなセリフだったわ。嫌われたりしないかな)

ラディウスが無言でいるため、ちらりと彼の顔を窺う。労わるような、申し訳なさそうな眼差しがこちらを捉えており、フィリはドギマギした。

彼はフィリの身体の脇に手をついて、ゆっくりと腰を引いた。

「痛くないか?」

「大丈夫です」

するりと胎内からラディウスが出ていってしまうと、急速に身体が冷えていく気がした。自分の腕を抱きかかえるフィリを見て、ラディウスが天蓋から出ていく。

「身体を拭いてあげよう。少し待っててくれ」

「そんな、私が――」

慌ててベッドを下りようとするフィリを、ラディウスがシャツを羽織りながら制した。

「君はシーツに包《くる》まっているといい。今火を熾《おこ》すから」

天蓋の向こうで、一国の王子ともあろうものが、暖炉の熾火《おきび》をかき混ぜて薪《まき》をくべている。手慣れた手つきだ。フィリも母や姉からよく火を熾すように言いつけられていたからわかる。

「人を呼ばないのですか？」

「どうして？　暖炉の火くらい自分で熾せるよ。わざわざこんな夜中に人を起こすほどのことじゃない」

しばらくすると暖炉にかけた湯が沸いた。フィリはラディウスが用意した手ぬぐいを無理やり奪い取り、ベッドの端に腰かけた彼の背中を拭いている。室内もあたたまり、ガウンを羽織っているおかげでちっとも寒くない。

はじめは会話もほとんどなかったが、ラディウスがぽつりぽつりと語り始めた。

「この数か月、気づくといつもこうなってるんだ。我に返った時には部屋にひとりでいるか、兵士たちに押さえつけられているかのどっちかでね。閨指導の相手が逃げたあとだと気づいて、とてつもない罪悪感に苛まれる」

前を向いているせいで顔は見えないけれど、彼がすっかり意気消沈しているのがわかる。先ほど見せた命の迸《ほとばし》りはどこへ消えたのかと思うほどで、フィリは気の毒になった。

「殿下が悪いわけじゃありません。みんな呪いのせいですもの」

フッ、とラディウスが自嘲気味に笑う声が聞こえた。

「君は優しいな。私から逃げなかったのは君が初めてだ。怖くないのか？」

「怖くなんかありません。それより、これが何か月も続いているなんてお辛いことだと思います」

ラディウスがくるりとこちらを向いたため、フィリは手を止めた。

すでに空が白みかけ、美しい青灰色の瞳が奥まで透けて見える。それが輝くばかりの銀色の睫毛《まつげ》にぐるりと囲まれ、残夜《ざんや》の空にある星のごとく瞬いているのだった。

「おいで。フィリアーナといったか？」

形のいい唇が自分の名を呼んだ時、フィリの胸がキュッと鳴いた。男性的な骨ばった手が小さな荒れた手を包み、もう一方の手のひらが頬を包む。

「かっ、家族にはフィリと呼ばれています」

「フィリ……かわいらしい呼び名だ」

穏やかな笑みを浮かべた端正な顔が近づいてきて、そっとフィリの唇に触れた。ちゅ……ちゅ……と優しく鳥の羽根で撫でられるようにキスをされて、胸が震える。

唇を通してラディウスの感情が流れ込んでくるかのようだった。出口の見えない暗闇のなか、彼が一筋の光を見出してくれているのなら嬉《うれ》しい。

(そうはいっても、私に魔力なんてこれっぽっちもないんだよね……)

口づけのあとの親密な抱擁を交わしながら、こっそりとため息をつく。せめて気持ちだけでも安らかにしてあげたい。フィリはラディウスの大きな背中をゆっくりと撫でた。

「ラディウス様はきっとよくなります。大丈夫」

「そうか……ではすぐに呪いを解いてくれ。もうこれ以上お前を傷つけたくない」

「えっ」

フィリは弾《はじ》かれたように離れ、朗らかな笑みを浮かべるラディウスの顔を凝視した。

そう言われた場合に備えて、具体的な解呪の方法を考えておくべきだった。曇りない眼《まなこ》で見つめられて、手のひらと両脇に変な汗がにじみ出てくる。

（どっ、どうしよう。本当は魔力がないなんて言えない……！）

明後日の方向に目を泳がせつつ、フィリはごくりと唾をのんだ。

「のっ、呪いはすぐに解けるものではありませんわ。ゆっくりと、少しずつ――」

「こうして身体を重ねればいいのか？　では毎晩お前を抱くとしよう」

（ンンッ⁉　これを毎晩？　死んでしまうわ！）

「わっ、わた、私、実は――」

「ん？」

フィリの手をしっかと握ったラディウスが、上目遣いで小首を傾げる。

（はうッ）

そのあまりの美しさに、ドスッと心臓を射貫かれた。しかもほんのちょっとだけ眉を寄せるなんて、あざといにもほどがある。

「どうした?」

「い、いいえ」

キラキラと輝く彼の目は飼い主を信頼しきっている忠犬そのものだ。そんな目で見られたら無理だなんてとても言えない。

「そ……そうです。殿下の身体にある穢《けが》れを私のなかに注いでいけば、い……いずれは浄化される……はずですわ」

「ありがとう。フィリ」

にぃっと少年みたいな笑みを浮かべる端正な顔につられて、フィリも相好を崩した。

かわいい。かわいすぎる。この笑顔にほだされない者がいるとしたら、それはきっと悪魔か死神に違いない。


離宮に来た日から一週間後の朝、フィリはフラフラと歩きながら自室へ向かっていた。

回廊の開口部から差し込む朝日は黄色く、目をすがめても無数の針が突き刺さる。床がぴかぴかに磨かれていなかったら、段差がなくとも躓《つまず》いていただろう。

あの晩、ラディウスと最初に身体をつなげてから、一週間続けてひと晩じゅう抱き潰された。脚のあいだ全体が腫れぼったく、身体じゅうどこもガッタガタ。腰は悲鳴を上げていたし、太腿なんかプルプルする。

なのに、肝心のラディウスの呪いはまったくといっていいほど進展がなかった。どことなく穏やかな行為ができるようになった気がしないでもないけれど、それはフィリが彼の扱いに慣れただけだろう。あの薬は単なる鎮静剤で、呪いを解く作用なんてないのだから。

少し先を歩く女官の背中が揺らぎ、目頭をギュッと押さえる。

それにしても、ラディウスの『懐《なつ》き』はすごい。警戒していたはじめの様子はどこへやら。いくら獣化の呪いを怖がらないのがフィリだけといっても、そんなに毎晩、どちらかが失神するまで抱き続けることはないだろうに。

（でも、『穢れを注いでください』って言ったのは私のほうだしなぁ）

よく考えたら自分から交合をねだったみたいだ。急に恥ずかしくなってひとり頬を熱くする。

（ま、いっか。ラディウス様が喜んでくれるなら）

フィリの部屋はさほど重要でない客が宿泊するエリアにあり、主の寝所からは遠い。ようやく一階に下りて廊下を歩いていると、前を歩く女官が素早く脇に避け、長衣《ひるがえ》を翻して片膝をついた。

しょぼついた目を凝らせば、遥か前方より複数の男性が歩いてくるのが見える。

先頭の男は豪華な飾りをつけた白い軍服を纏《まと》っており、ひと目で要職に就いている人だとわかる。その周りは取り巻きだろう。先頭の小柄な男を立てるためか、へこへこと身を屈《かが》めている。

「フィリアーナ様、身を低くして首を垂れてください」

女官にひそひそと囁かれ、フィリは彼女の真似《まね》をして片膝をついた。

衣擦《きぬず》れとブーツの音を響かせて一行が行きすぎる。その際、フィリは好奇心に勝てずにちょっとだけ顔を上げてしまった。

先頭の男は黒色の短髪で、冷酷そうな灰色の目でまっすぐに前を見ていた。険しい顔つきのせいか、小柄で痩躯《そうく》にもかかわらず独特の威圧感がある。

男はフィリの前を通過する際に、ぎろりとこちらをねめつけた。

(な、なに?)

ドキッとして素早く顔を伏せる。まるで虫けらでも見るような冷たい目。腰にぶら下げた剣で首を落とされるのでは、という恐怖がよぎるほどの。

男が去っていく。やがて全員のブーツの音がしなくなっても、蛇に睨まれた蛙《かえる》のように心臓がすくんだままだった。

「さ、フィリアーナ様。行きましょう」

さっさと歩きだす女官に小走りで追いつく。

「さっきの男性はどなたですか?」

「先頭の方は王太子殿下です。ラディウス様のお兄様のヴァルドロス様ですわ」

「あの方が……」

フィリは後ろを振り返ったが、王太子の姿はもう見えない。

そういえば、あの冷酷そうな目は離宮の入り口に掲げられた肖像画の王妃の目にそっくりだ。ラディウスとは似ても似つかず、南風と北風、春と冬といった対極にあるような見た目をしている。

「それで、王太子殿下がどうしてこちらに?」

フィリが尋ねると、女官が歩きながら青白い顔を半分こちらへ向けた。

「おそらく狩猟に来られたのではないかと思います。この近くに猟場がございますので」

「へえ……じゃあ、ラディウス様とご一緒に？」

女官がぴたりと足を止め、神経質そうな表情で振り返った。

「ここだけの話ですが、ご兄弟はあまり仲がよろしくないのです。ラディウス様の前で、絶対に王太子殿下の話はなさいませんようにお気を付けくださいませ」

「は……はあ」

背を向けてさっさと歩き出す女官の背中に向かって、歯切れの悪い相槌《あいづち》を打つ。

そういえばこの一週間、ラディウスの口から兄王子の名を聞くことは一度もなかった。というより、寝所に入るなり口づけされて、抱きすくめられ、世間話をする余裕などなかったというのが現実だけれど。

間借りしている客間の前で女官と別れ、ドアを閉めるなりベッドにダイブした。

「ああ～～……」

ふかふかのベッドは心地よく、羽根布団が体温を吸ってすぐにあたたかくなった。

このまま眠ってしまいそうだ。昨夜も散々舐めつくされたから、せめて顔だけでも洗ってから寝ようと思っていたのに。

その時、コツコツと窓を叩《たた》く音がしてパッと目を開けた。ぼやけた視界に、窓の外をちょろちょろと動く青いものが映る。

「おかえり、ロピ」

窓を開けると、フィリの小さな友達が元気に飛び込んできた。

ロピに会うのは一週間ぶりだ。なにせ夜は何日も続けてラディウスの寝所で過ごし、部屋に戻ったら戻ったで、カーテンも開けずに寝てばかりいたからだ。

ロピは天井付近でくるりと一回転し、洗面器に溜めたままになっていた水で水浴びを始めた。

今のフィリには翼が水を叩く音すら子守歌だ。すぐに眠りに吸い込まれたが、顔にしぶきを掛けられて現実に引き戻された。

「わっ……ぶ！　お願い、ちょっと寝かせてよ」

目の前で羽を震わせて水を吹き飛ばすロピに背を向けるが、ふと思い立ってむくりと起き上がる。

「ねえ、ロピ。ちょっと聞きたいんだけど、魔女なんて本当にいるの？」

「聞いたことはあるピ」

忙しく羽繕いをしながら返す小鳥に、フィリはぐっと顔を近づけた。

「いるのを見たっていう動物がいるの？」

「トカゲは『魔女に薬にされる』っていつも逃げ回ってるピ。しっぽを焼いて粉にしたのは一年、目玉は二年、心臓は三年ぶん人間の命を延ばすことができるから、親も兄弟もみんな魔女に殺されたって」

ひっ、とフィリは顔をしかめて自分の胸を押さえた。

昔から魔女の噂はたまに耳にするが、実際に会ったという人は見たことがない。本当に魔女や魔法がこの世に存在するかはわからないけれど、現実にラディウスは苦しんでいる。彼がかけられたような類《たぐい》の呪いがあると本で読んだことはあるが、その方法については書かれていなかった。

ラディウスは魔女によって呪いをかけられたのだろうか。でも、どうやって……？

「魔女っていったって、本当の魔法が使えるわけじゃないんでしょう？　こう、呪文を唱えて、エイッてやるような」

と、指で摘まんだ棒を振り回す身振りをする。

「ロピがそんなこと知るわけないピ」

「そっか。……ねえ、その魔女の住んでるところ、調べてほしいんだけど」

「え～」

パン！　と両手を合わせる。

「お願い！　調べてくれたらルダの実十個……ううん、百個あげる！　ついでにエスパ産の最高級粟穂《あわほ》もおまけにつけるから！」

頭を下げて懇願すると、ロピは面倒くさそうに翼のストレッチを始めた。

「王子のこと、好きになっちゃったピ？」

「えっ……？　ま、まさか！」

ぶんぶん、と顔の前で手を振りつつ、じわりと首筋に熱が上がるのを感じる。

ラディウスは見た目がいいだけでなく、気さくで優しくかわいらしいところもある。だけど、閨以外の彼を知らないし、だいいち好きになっても仕方がない相手だ。

「仕方ないな。期待しないで待っててピ」

ロピが勢いよく窓から飛び立った。

太陽に向かって力強く羽ばたいていくロピを見送ったフィリは、ベッドにコテンと倒れ込んだ。ラディウスを好きかどうかには関係なく、呪いはどうにかして解いてあげたい。いつまでも薬でだめつつ無意味に身体を重ねるのはどうかと思っていただけに、本物の魔女がいるとわかっただけで希望が見えた気がした。

魔女が見つかったら、家を訪ねて解決法を聞いてみよう。その魔女が呪いをかけた張本人の可能性もあるが、それならそれで一番手っ取り早い。金で動くタイプなら味方になってくれるはずだ。

そんなことをつらつらと考えつつ、ふわぁ～とひとつ欠伸《あくび》を零してからフィリは眠りに落ちた。

2　動き出した恋心

離宮のある城下町ジュストスは、数百年の昔から山越えの際に立ち寄る都市として常に人の往来が多かった。北に雄大な山脈を望み、南に広大な牧草地帯、東側には湖や湿地帯が多く、風光明媚《ふうこうめいび》な地域でもある。

憧れだったその地をこうして歩いているのは不思議な気がした。

フィリは今、ラディウスの薬の材料を調達するため、城下町の軒先を物色して歩いている。離宮に来てから十日ほど過ぎたが、街に来るのは初めてで昨日から楽しみにしていたのだ。

「えーと、ジャコウジュの根とタカラギの蕾、それから……」

肩にちょこんと止まるロピに言うでもなく、フィリは小声で口にした。

石畳の道の両側には大小さまざまな店が張り出しており、軒先にあふれんばかりに商品が並べられている。食料品や生活雑貨、中古衣料、真鍮《しんちゅう》製の調理器具や、特産品であるガラスでできたランプ。珍しいところでは、怪しげな薬を売る店や瀉血《しゃけつ》屋もある。

フィリはこのごちゃごちゃした雰囲気がひと目で気に入った。店の数と種類もさることながら、人がとにかく多い。

「エスパの粟穂は買ってあるピ？」

離宮に来た日に貸し出されたドレスのうち、フィリがもっとも気に入っている薄紅色《うすべに》のドレスのレースを引っ張りながら、ロピが尋ねる。彼はずっとそのことを気にしていて、探索に出かけてもすぐに帰ってきてしまうのだ。

「まだよ。仕事を終えてもいないのにもう報酬の心配?」

「仕事はちゃんとしてるピ」

「じゃあこんなところで油を売ってないで森に出かけたらいいじゃない」

「栗穂のことが気になって仕事が手に着かないピ」

フィリは笑いをかみ殺した。端から見たらブツブツとひとり言を言っていると思われかねない。

「じゃあ目当ての買い物が終わったらね」

ロピのくちばしにチョンと触れて足を速める。

気になる店を片っ端から眺めつつ、商品を手に取り眺めては元の場所に戻した。離宮にはあと三週間しかいないのだ。余計なものを買って荷物が増えるのは困る。

道を歩いていると遠くのほうで歓声が上がった。大道芸か何かだろうか、と人だかりへ近づき、あっと声を上げる。

「ラディウス様⁉」

フィリの声に気づいたらしい馬上の人物が、パッとこちらを向いた。

美しい巨大な白馬に跨《また》がっているのは、間違いなくラディウスだ。銀色の飾りがついたロイヤルブルーの軍服に白いブリーチ、ぴかぴかに磨かれた黒色のブーツ姿が何とも凛々《りり》しい。

（はわわ……美しすぎる！）

彼の軍服姿を見るのは初めてだ。今にも倒れそうになりながら、心の中で何度も『ありがとうございます！』と拝んだ。後ろで結んだ銀色の髪が日差しを受け、眩《まばゆ》い光を放っている。

「フィリ！　こんなところで会うなんて奇遇だな」

ひらりと馬を降りたラディウスが、手綱を従者に預けてこちらに向かってきた。衆目の目が一斉にフィリを捉え、急に居たたまれなくなってしまう。

ややぎこちない動きでドレスの脇を摘まんだ。

「ご機嫌麗しゅうございます。殿下」

「フィリも。日の光の下で見る君はいつにも増してかわいらしいな」

（んんっ）

フィリはお辞儀をしたまま顔を上げられなくなった。野次馬《やじうま》が大勢集まったなかでなんてことを言うのか。

馬を任せる、と従僕に告げたラディウスに手を引かれ、フィリは道の端まで連れていかれた。

「このまま今日は君と散歩することにしよう。買い物か？」

「は、はい。その……殿下のお薬の材料を買いに」

「そうか。ならばなおさら荷物持ちくらいはしないとな」

「そんなこと、殿下にさせられません……！」

慌てたフィリが面白かったのか、ラディウスが口を開けて笑う。

自由気ままなはずの散策は、ラディウスが合流したことによりまったく別のものになった。行く先々でラディウスが店主や客から声を掛けられ、フィリに羨望の眼差しが向けられる。興味本位でじろじろ見てくる者もいるが、ほとんどは好意的な視線だ。

「殿下、ご機嫌はいかが？」

「よろしかったら休んで行かれてください」

「ラディウス様、ご立派になられて！」

声を掛けられるたびにいちいち足が止まるため、ラディウスは気にしているようだ。

「すまない。なかなか買い物が進まないだろう？」

「いいえ。楽しいです」

それは本当のことだった。社交界にもデビューしていなかったフィリの話し相手は森の動物ばかりで、ほかはメイドやたまに顔を合わせる近所の住民のみ。離宮に来てからもラディウスと数名の使用人としか話していなかったから、世間話すら楽しく感じたのだ。

ラディウスに声を掛けてきた人が、たまにフィリとも話してくれる。こんなことは初めてで、ここでずっと暮らせたら、友達のひとりやふたり簡単にできるのではないか、そう思ってしまう。

実は、フィリが離宮へ来るのにあまり抵抗がなかったのには理由があった。

フィリの母親が死んだあと、父が後妻に迎えた継母《ままはは》とは折り合いが悪く、継姉《あね》にも邪険にされて家では孤独を感じていたのだ。頼みの綱である父親はワイナリーの経営で忙しく、たまにしか家に寄りつかない。おまけに継母の実家から支援を受けているため、彼女に頭が上がらないのだ。

伯爵家の出身である継母と継姉はプライドが高く、動物を相手にブツブツとひとり言を言っているフィリを気味悪く思ったようだ。でも、それも仕方がない。普通の人間は動物と話せないのだ。近所の噂の的にもなる。

離宮からあの手紙が届いたのはそんな折だった。

一度閨指導者になったら、普通の結婚はもう望めないかもしれない。それでも、この先もあの家に閉じ込められ続けるよりはずっとマシだと思った。

フィリは賑《にぎ》やかな街をぐるりと見回した。

ここには人の声や笑顔があふれている。買い物中の人や、散歩をしている老夫婦、元気に走り回る子供たち。皆生き生きしており、街全体が生命力に満ちていた。

(決めた。私、お勤めの期間が過ぎたらここで暮らすわ!)

「なんだか楽しそうだな」

「へへ……実際に楽しいです」

にやぁ、と相好を崩した。ラディウスもそれにつられたらしく、端正な顔に満面の笑みが浮かぶ。

「それはよかった。フィリが楽しいと私も楽しいよ」

輸入物の乾物や保存食を売っている店の前に差し掛かったところ、それまで静かにしていたロピが急に羽をバタつかせた。

ピ！　ピ！　と、ラディウスを気にして鳥の言葉を発しているが、何が言いたいのかフィリにはわかる。店の軒先に粟穂が下がっているのを見つけて催促しているのだ。

「こらこら、落ち着いて。ちゃんと買うから」

小声で窘《たしな》めると、ラディウスが興味深そうな顔つきで覗き込んできた。

「君の肩にはよくその鳥が乗っているな。飼ってるのか？」

「飼っているわけではありません。鳥は自由で気まぐれなものですから。この子を殿下にお見せしたことがありました？」

「え？」

「紹介されたことはないが、君が裏庭にいる時こっそりと見ていたから」

「いや、なんでもない。忘れてくれ」

ラディウスが小さく咳《せき》払いをして視線を外す。

「ロピは古い友達で、時々私の窓辺にやってくるんです。ほら、どこかで遊んできなさい」

フィリが言うと、ロピはチルッとひと鳴きしてどこかへ飛んでいった。その姿を見送って、ラディウスは感心した様子だ。

「君の言っていることを理解しているようだ」

「たまたまですよ」

フィリは笑いながら、エスパ産の粟穂を買うため乾物屋に足を踏み入れた。

店は古く、床は清潔にしているとは言い難いが品物は確かなようだ。

無造作にかごに入れられたドライフルーツに、缶にぎっしりと詰まった豆類。朽ちて今にも崩れてきそうな梁《はり》から、恐ろしい顔をした魚の干物がぶら下がっている。この辺りでは採れない魚のため、エスパの干物屋と取引のある商人から仕入れたのだろう。

父が取引先から変わった食材をもらってくるため、フィリは珍しい食材にも詳しかった。時にはゲテモノだって食べる。母と姉が毛嫌いするから自然とフィリに役目が回ってくるのだ。

この世に食べられないものなんてそうそうない気がした。動物は生きるためになんでも口にするのに、人間、特に貴族は贅沢《ぜいたく》をしすぎる。

目当ての品を見つけたフィリは早速値段交渉に入った。壮年の店主はドライフルーツを物色しているラディウスが気になって仕方ないようで、商人が使う計算器具を弄《いじ》りながら気もそぞろだ。

店主はなかなかの交渉上手だったが、フィリだって負けていられない。

「粟穂が八本でその値段は高すぎるわ」

「仕方ないな。じゃ、ひとつにつき六〇でどうだい？」

「まだ高いわね。ルネの街では五〇で売ってたもの」

「参ったなあ……それならこれでどうだ。もうこれ以上はまからないぜ」

いい加減焦れてきた様子の店主が計算器具を弾いてこちらへ向けた。表示されているのは『四五〇』という数字。しめた、と思ったが顔には出さずに器具を押しやる。

「じゃあ十本で五百にしてくださらない？　ダメなら交渉は終わり」

「なんだって？」

店主はしばらくウンウン唸《うな》っていたが、ついには観念した。

「わかった、わかった！　もうそれで持ってってくれ！　まったく、お嬢さんには敵《かな》わねえなあ」

「やった、ありがとう！」

交渉成立！　とばかりにフィリは両手をパチンと合わせた。支払いをしようとポケットを探るとラディウスが割って入ってくる。

「全部まとめて支払うから、請求書を離宮に持ってきてくれ。これも一緒に買っていく」

彼が指差した先には、紫色をしたベリーのドライフルーツがある。使用人への土産だろうか。

「無理を言ってすみませんでした。これはほんのお礼です。私が作ったなんにでも効く傷薬です」

フィリはポケットから出した小さな包みを店主に握らせた。

「毎度ありがとうございます！　またお越しください、必ずですよ～！」

店主は店の外まで出てきてぶんぶんと手を振っていた。期せずして代金は王室持ちになり、交渉もうまくいったためフィリは得した気分だ。

「ラディウス様、粟穂のお金をありがとうございました。でも本当にいいんですか？」

「あのくらいの金額、私のポケットマネーからしても微々たるものさ。それより、さっきの『サービスの薬』はいつでも持ち歩いているのか？」

「ええ、何かあった時のために。このポケット、いくらでも物が入るんですよ。まるでリスの頬袋《ほおぶくろ》みたいに」

ぽん、とフィリが自分の腰を叩くと、ラディウスが楽しそうに笑った。

「頬袋か。そりゃあいい」

その時、通りの向かいから大声で呼ぶ声が聞こえた。見れば、真向かいの店の前で恰幅《かっぷく》のいい口ひげの男が手を振っている。

「おーい、イルーー！」

（イル？）

「デリグ！」

首を傾げるフィリの横で、ラディウスが駆けだした。彼について小走りで近づくと、男が相好を崩して彼の手を握った。

「久しぶりだなあ、イル！　すっかり立派になっちまって。……あっ、しまった。今はラディウス殿下だったな」

「よしてくれ。イルでいいよ」

「いや、面目ねえ。つい昔の癖が抜けなくてよぉ」

ラディウスに窘《たしな》められた男が、照れくさそうに禿頭《とくとう》を掻《か》く。どうやら昔なじみのようだ。男の店は骨董品《こっとうひん》店で、壺《つぼ》や水時計、香水瓶、端が欠けた仮面や怪しげな呪物みたいなものが所狭しと並んでいる。

ラディウスの紹介でフィリは男とあいさつを交わした。貴族の社交場ではこうも簡単に異性と接することは許されないが、ここではそんなこともない。『イル』というのはラディウスの子供時代の愛称という話だ。

彼らが昔話に花を咲かせているあいだ、フィリは店先の商品を眺めていた。

この店に限らず、街の商店はどこもごちゃごちゃとあふれんばかりに品物が展示されている。それぞれに看板を掲げてはいるものの、食料品店に鳥かごが置いてあったり、ランプ屋に薬が売られていたりと垣根が低い。この雑多で活気に満ちた雰囲気には、ワクワクしっぱなしだ。

ラディウスと店主のおしゃべりはまだ続いている。

「そういや執事の野郎は元気かい？」

「ネスタは元気にしてるよ。子供の頃はこっそり街に来ちゃ、よく連れ戻されたっけ」

「イルは悪ガキで有名だったからな」

密かに聞き耳を立てていたフィリの耳がピクリと動いた。

（ラディウス様が悪ガキ……？　天使みたいな子供時代だと思ってたのに）

しかしそれもまた意外でいい。

「そういえば、あの犬は元気なのか？」

「すっかり年寄りになっちまったけど元気さ。あそこにいるよ」

店主が指差した先には、垂れ耳の黒い犬が土間に寝そべって目を閉じていた。ラディウスが近づいたところ、パチリと目を開けた犬が唸り声を上げる。

「こら！　おめえ殿下になんてことを」

店主が手にしていた箒《ほうき》を振り上げると、犬は尻込みしてパチパチと瞬《まばた》きした。普段から叩かれている様子だ。

フィリは堪《たま》らず犬に近づいた。

「こんにちは」

《あんた誰？》

犬が警戒心に満ちた目でこちらを見る。

「私はフィリよ。はじめまして」

「ワン！　ワン！」《あっちへ行け！》

「こら、またてめえは！」

今度こそ本当に犬を叩こうとする店主の前に、フィリは素早く立ちはだかった。

「待って、私は大丈夫ですから。――君、随分気が立ってるのね」

振り返って尋ねると、犬は後ろ肢《うしろあし》でぼりぼりと首を掻いた。

《首が痒《かゆ》くてしょうがないんだ。早くいなくなってよ》

「ちょっと見せて」

真鍮の首輪をつけた首元の毛をかき分けると、皮膚が爛《ただ》れてかさぶたができている。これでは痒いどころかこすれて痛いだろう。

「薬を塗ってあげるわ。じきによくなるから」

腰に吊《つ》るしたポシェットから取り出した布の包みを広げ、犬の首に軟膏《なんこう》を塗った。犬はおとなしくしている。動物はよく皮膚炎を起こすため、汎用性が高いこの薬をいつも持ち歩いているのだ。

「はい、これでおしまい。もう人に吠《ほ》えちゃだめよ」

「アォン」《ありがとう》

すっかり落ち着いた犬がフィリの手をペロペロと舐める。ラディウスに撫でられても今度は吠えなかった。

「へえ、会話が通じてるみたいだな」

「たまたまだよ」

感心した様子の店主に、ラディウスが訳知り顔で返す。フィリは思わず笑ってしまった。

ラディウスが犬と遊んでいるあいだ、フィリは店主に薬の塗り方を教え、首輪を真鍮製のものから革製のものに変えるようアドバイスをした。時々金属が苦手な子がいるのだ。

「なあ、いったい何があったんだ？」

「え？」

薬を手渡した際に店主から耳打ちをされて、フィリは顔を上げた。ひげ面の店主はにやにやしながら、犬の腹を撫でているラディウスを指差す。

「アイツだよ。前は街を通りかかっても怖～い顔して誰とも口を利かなかったんだ。それが昔みたいにあんな無邪気な顔して」

「そうなんですか？　殿下の怖い顔なんて見たことないですけど……」

店主がにやりとした。

「ま、あんたみたいなかわいい恋人ができりゃ、ふにゃけ顔にもならぁな」

「こっ、こここ、恋人⁉　違いますよ……！」

「まーた、トボけちゃって！」

カーッと熱くなった頬を隠すように、フィリは店主に背を向けた。ラディウスにちらりと目を向ければ、彼は犬が少し迷惑がっていることに気づかず身体を撫《な》で回《まわ》している。

（私が彼を変えた……？　いや、ないない！　まだ出会ってから一〇日ほどしか経《た》ってないし、まともに話すのは今日が初めてだもん）

それでも、ラディウスと恋人同士に見られたのがなぜか嬉しくて、気づけば頬が勝手に緩んでいた。

店をあとにしたフィリとラディウスは、表通りから一本外れた道をゆっくりと歩いていた。

離宮の正門に続く目抜き通りには多数の店が並んでいるが、ここは古くて味のある看板の店が多い。馬車が一台やっと通れるくらいの道はでこぼこしていて、横にどこまでも続きそうな細い路地がいくつも走っている。

最初に宣言していた通りラディウスが買ったものを全部持ってくれるので、フィリは申し訳ない気がした。自分で持つと言っても彼が聞かないため、最後には諦めてしまったのだった。

彼は片手で荷物を持ち、反対の手をたびたびフィリの腰に回そうとする。

ラディウスの手が腰に触れるたび、フィリは身を捩ったりショーウィンドウを見るふりをしてさりげなく逃れた。

こんなところを人に見られたら大変だ。あらぬ噂を立てられたらラディウスに迷惑を掛けるだろう。さっきの店の店主にからかわれてから、街の人の目が気になって仕方がなかった。

「君はすごいな。鳥だけでなく犬とも話ができるなんて」

路地の壁にブーツの音を響かせながら、ラディウスがきらきらと瞳を輝かせる。

胸がむず痒《がゆ》くなったフィリは、立ち並ぶ商店や住宅に視線をさまよわせた。

「ちょっとだけ病気や薬草に詳しいだけです。それよりも、高貴なお生まれなのに町のみんなにも慕われている殿下のほうが素敵ですよ」

「そんなふうに見てもらえて光栄だよ。さっき聞いただろう？　悪ガキだった、って」

ラディウスはくすくすと笑っている。

フィリも声を立てて笑った。

彼とはあまり表立って言えない関係なのに、こうして他愛《たあい》もない話をしながら並んで歩いているのは不思議だ。まるでずっと前から知り合いだったみたいに親しみを感じる。

ラディウスと一緒にいると、なぜか心が安らぐ気がした。それでいて胸がドキドキして、なんでもないことがきらきらと輝いて見える。何より一緒にいるだけで楽しい。

ラディウスが先ほど買ったドライフルーツの包みを開けた。

「いい匂いだ。ほら」

「ほんと……！　おいしそうですね」

袋の口を向けられて覗き込むと、濃厚な甘い香りが鼻をつく。

彼がドライフルーツを摘まんで口に放り込んだため、フィリは「あっ」と声を上げた。

ん？　とラディウス。

「あの……差し出がましいようですが、街で買ったものを口にされてもいいのですか？」

「どうして？」

「えっと、市販のものは何が入ってるかわからない……から？」

ラディウスは口を動かすのをやめて、透き通った目でじっとこちらを見た。

「君は店で買ったものを食べないのか？」

「私は食べます。殿下とは身分が違いますから」

「私には男爵家の血が半分流れているんだが」

「え……？」

フィリは困惑して足を止めた。

ラディウスもその場に立ち止まり、頭上高く広がる空と同じ色をした目を細める。

「そうか、君は知らないんだな。私は王妃とは血が繋《つな》がっていない。母はかつて王宮のメイドをしていて、陛下に情けを掛けられて私が産まれたんだ」

さあっ、と風が吹き、白馬の尾のようなラディウスの髪の先を揺らした。強い日差しに照り付けられて、銀糸の髪も、青色の軍服も、胸の勲章も眩い光を放っている。

彼は今、何を口にしたのだろう。衝撃的な事実を世間話のようにさらりと告げられて、頭と心がついていかない。

フィリはラディウスを穴が空くほど見つめていたことにハッとし、視線を外して両手を握り合わせた。

「そっ、それで、お母さまは今どうしてらっしゃるんですか？」

ラディウスが静かに首を横に振る。

それだけでなんとなく察した。今はもうこの世にいないか、城を追放されたかのどちらかなのだろう。

「ラディウス様……」

どう言ったらいいかわからずに、王家の紋章が刻まれた彼のベルトに目を落とす。

優しく朗らかで、いつも周囲を明るく照らす人。そんなラディウスは自分自身が宝物のように扱われ、苦労など知らずに幸せな人生を歩んできたのだと思っていた。

手を取られて顔を上げると、頭ひとつぶん高いところから陽だまりみたいな笑みが見下ろしていた。

「そんな顔をするな。子供の時に自由に過ごせたぶん、楽しい思い出のほうが多いくらいなんだから」

大きくて無骨な手を、フィリはおずおずと握り返す。

ゆっくりと歩き始めたラディウスは出自について語りはじめた。

「母の生まれは、ここからそう遠くないところに領地をもつ男爵家で、私を産んですぐにそこへ預けてメイドの仕事を続けていたんだ。当時はジュストスの町はずれにある救児院に少しだけ出資していてね。その関係で王室に呼ばれる前はよくここへ連れてこられていた」

「それで街の人たちと親しいんですね。殿下はいつから離宮に？」

「十二歳の時だったから八年前か。男爵家はあまり裕福とはいえなかったから、突然始まったぜいたくな暮らしによく反発していたよ」

ゆっくりとブーツの音を響かせながら、彼は目を輝かせて路肩に並ぶ店を指差す。

「ほら、あそこに屋台があるだろう？　店の前を通るとパンやシチューのいい匂いがして、街の子供たちはいつもおこぼれをもらえないかとウロウロしていたんだ」

「屋台だなんておいしそうですね」

当時を思い出したのか、ラディウスが相好を崩す。

「実際においしかったよ。でも、その隣の布地を売る店とは仲が悪くて、店主に『においが移る』といつも文句を言われていたんだ。それで、シチューをもらうためにみんなで仲裁を買って出たこともあったな。それから――」

ラディウスの口は止まらず、おすすめの店や名物店主、子供時代に犯したシャレにならない悪戯《いたずら》などについて面白おかしく語った。

その顔が本当に楽しそうだったため、フィリもだいぶ心が軽くなった。

あまり裕福ではなかったという言葉の通り、彼の口から飛び出すエピソードはおよそ王子とは思えない庶民的なものばかり。それまで比較的自由に暮らしていたぶん、王室に入った当初は独特の習慣に慣れるのが大変だっただろう。

ラディウスの話で、先日女官から聞いたことがようやく理解できた。

王太子にとって、彼はあとからやってきていきなり王位継承順位の二番手についた邪魔者なのだろう。

しかも婚外子で母親の身分が低いのに、自分より体格が優れている。ネスタの話と合わせれば、剣の腕も人望も上なのかもしれない。

王太子による嫉妬――不仲の原因はそのひと言に尽きそうだ。

いつの間にか周囲の景色が変わっており、今は町はずれの、よりひと気のない細い路地裏を歩いていた。遠くで子供たちがはしゃぐ声がする以外は、ひっそりと静まり返っている。

「大切な思い出を私に話してくださってありがとうございます」

フィリは心からの笑みを浮かべて素直な気持ちを伝えた。本来閨での付き合いしか必要のない自分に、個人的な話を聞かせてくれたのが嬉しかったのだ。

「フィリを信頼しているから話したんだ。君は飾らないし、取り巻きみたいなおべっかは使わない。それに嘘をつかないから」

ラディウスの形のいい唇から白い歯が覗いた。

朗らかな笑みを浮かべる彼とは対照的に、フィリは胸にチクリと痛みを感じた。嘘をつかないなんて、そんなことはない。現に今も、本当は魔力がないことを隠している。

（もう、言ってしまおうか）

フィリに教える必要のないことまで正直に話してくれた彼を前に、心臓が痛いほどざわめいている。これ以上嘘をついていたくない。きっと離宮を追い出されるだろうけれど、このまま黙って今夜の閨を迎えたくない。

瞼を閉じて深呼吸をして、もう一度目を開けると同時に満面の笑みを浮かべる。

「ラディウス様は買いかぶりすぎですわ。私だって嘘をつきます。本当は魔力なんてないんですから」

往来で深刻になるのが怖くて、わざと冗談めかして告げた。けれど、ラディウスがこちらを見つめたまま何も言わないため下を向いてしまった。

「フィリ。顔を上げて」

「ダメです」

「ダメじゃないだろう？」

腰を抱かれて視線だけ上げたところ、いつもの彼と変わらぬ優しい笑顔が目の前に揺れていた。

彼はクスッと笑って前髪が触れ合うほど顔を近づけてくる。

「君は私が恐ろしい獣になるのを止めてくれたじゃないか。誰にも作れなかったすごい薬を調合できて、背中を撫でられたら妙に落ち着く。それに動物と話すこともできるだろう？　これが魔法でなくてなんなんだ？」

「ラディウス様……」

フィリの胸がポッとあたたかくなった。

見た目の美しさだけでなく、心まで清らかで思いやりにあふれた人。この世に妖精の王がいるとしたら、きっとこんな感じだろう。

情熱的な眼差しがこちらを捉えて離さないため、フィリはドギマギした。離れていく気配はみじんもなく、頬も、身体までどんどん熱くなっていく。

ラディウスはフィリの目と唇のあいだに視線をさまよわせ、親指でするりと唇を撫でた。

「そうだ……まったく君には驚かされっぱなしだよ。フィリ……フィリアーナ、フィリ……君みたいな女性は見たことがない、本当に」

「んっ」

いきなり唇を奪われて、フィリは手をばたつかせた。ところが、すぐにきつく抱きすくめられて身動きができなくなってしまう。

（ラディウス様、こんなところで⁉）

絹のように柔らかな感触がフィリの唇の上をするりと滑った。上下の唇を繰り返しそっと食まれ、舌が唇の内側の粘膜をくすぐる。

耳の脇から差し入れられた武骨な指が、耳たぶやうなじをくすぐった。

まるでベッドの上で交わされるような、甘く囁くような口づけだ。次第に身体の力が抜けてきて、逞しい軍服の胸にすがってしまう。

「ん……う……っ」

（閨指導に来たほかの令嬢にもこんなキスをしたのかな）

かすかに脳裏に浮かんだその嫉妬を急いでかき消す。

閨指導者の分際でなんとおこがましいのだろう。これまでも、これからも。この蠱惑的な唇を通り過ぎる女性はいくらでもいる。

最終的に舌まで絡ませ合った口づけは唐突に終わった。ラディウスが急に唇を離したからだ。

「フィリ、帰ろう」

「えっ……どうかしましたか？」

ラディウスがしきりに辺りを気にしているため、彼の顔を覗き込んだ。

すでに買い物は済ませてあるものの、このあとは今や王国の管理下になったという救児院を見せてもらえるはずだった。

「その……これを見てくれ」

気まずそうに彼が指差した方向を見てフィリはギョッとした。純白のブリーチの真ん中があり得ないくらいに膨らんでいる。

（大変！　ラディウス様のラディウス様が……！）

あわあわと周りを見回して、持ち上げたスカートでそれを隠す。

「急いで帰りましょう。すぐに私が鎮めて差し上げます！」


それからどこからともなく従者がやってきて、フィリはラディウスの馬の背に揺られて離宮へ戻ってきた。厩舎《きゆうしや》へ向かう坂道を全速力で駆け抜けながら、ふたりでバカみたいに笑った。情交のために馬を飛ばして城へ帰るなんて、とんだ酔狂だと思ったからだ。

フィリは今、寝所に入ってすぐのドアの脇で、ラディウスに後ろから突かれている。ドレスの胸元から引っ張り出したバストを揉みしだかれ、スカートの裾から忍び込んだ手にヒップをまさぐられながら。

豆だらけの手はごつごつしていて、太腿を撫でられると腰が震えた。指が潤んだ谷間に忍び込んでくる。荒々しい呼吸に反して、花びらをなぞる指は優しく、まるで羽根が触れるようだ。

「ああ……フィリ、君はやっぱり最高だ」

肩にくっつけられた唇に囁かれ、フィリはぶるりと身体を震わせた。

ラディウスのはだけた軍服からは、汗ばんだ立派な胸筋が覗いている。下穿きごと下ろしたブリーチは太ももで止まり、猛々しく屹立《きつりつ》したものをスカートの内側で蠢《うごめ》かせているのだ。つまり、服を脱ぐ時間も惜しかった、ということである。

「は……んっ、ラディウス様、そこ……すごい……ッ」

フィリはドアのすぐ横の壁に手をついて腰を捩った。立ったまま身体を繋げるなんて、とてつもなく背徳心をくすぐられる。

「気持ちいい？」

荒い息遣いの合間に、切なそうな声が背中に響く。首を後ろへ向け、透き通ったガラスみたいな瞳に頷《うなず》いた。

「ええ、とても」

「そうか……俺もだ。君のなかはこんなにも……気持ちがよかったんだな……ッ」

「あ……はんッ、あぁんっ……！」

太く筋張ったものにぐちゅぐちゅと突き上げられて太ももがわなないた。彼がいつもの数倍逞しく感じるのはこの体勢のせいだろうか。ラディウスが素早く駆け抜けるたび、身体の奥がきゅんきゅんと鳴く。

彼が自分を『俺』と呼ぶのを初めて聞いた。粗野な言葉遣いに最初は驚いたけれど、それがかえって耳に心地いい。心を開いてくれている――そんな気がするのだ。

こんな日の高いうちから身体を繋げるなんて、とはじめはためらいがあったけれど、まさにこれが最適解だったらしい。彼の心が獣に囚《とら》われずに身体を重ねられたのはこれが初めてだった。

耳元でラディウスが尋ねる。

「なあ、フィリ。俺は今どうなってる？　おぞましい怪物になってるか？」

「いいえ……殿下はちゃんと、ふ……ッ、意識を保ってます」

「よかった」

安堵《あんど》の吐息とともに、ラディウスが腰を打ちつけながらキスをよこす。

舌が差し出され、フィリはそれを舌で絡め取った。舌で口の中を探られると、恐ろしいくらいに淫らな気持ちになる。

不思議だ。彼をもっと気持ちよくしたいし、自分も気持ちよくなりたい。すべてをのみ込んで混ざり合いたい。

ラディウスがフィリの一番奥深いところに屹立を突き立てた。ぶるぶると身体を震わせる彼の素肌は粟立《あわだ》ち、内からあふれる悦びに耐えかねているかのようだ。

「ああ、すごい……なんてことだ」

「はんっ……、あっ、あっ、ラディウス様ぁ……」

指を絡ませ合った両手は、フィリの頭の上で壁に縫い留められている。

ふたりが結びついた場所も、太腿も、どちらのものともわからない体液で濡れそぼっている。

ラディウスが首を下ろして胸に覆いかぶさった。ちゅっと項《うなじ》が吸われた途端にびくりとしてしまう。

「ひぅっ……！　そこは……ダメぇ……」

「今すごく締まった。これがいいんだな？」

下から見上げてきたラディウスが舌なめずりをする。唇がてらてらと光っていてすこぶる色っぽい。

額にはらりと落ちた銀の糸さえも、フィリの欲望を掻《か》き立《た》てた。

いつもならフィリが主導権を握っている。彼は夢うつつだし、フィリは一応閨の指導者だから。でも今日は違う。

「フィリ。どうしてほしいか言って」

ラディウスが欲望を露わにした眼差しで胸の尖りを繰り返し指で弾いた。胎内の彼自身を蜜洞が勝手に締めつける。

「そこ……いっぱいいじめて……ッ」

ラディウスの鼻孔が広がるのが見えた。男らしくごつごつした手に乳房が鷲掴《わしづか》みにされ、薄桃色の先端がぷくりと立ち上がる。

彼はわざと見せつけるようにして舌先でちろちろと舐め、唇でしごき、歯で甘く噛《か》んだりした。もう一方の手は脚のあわいで花芽を弄っている。

三か所を同時にいたぶられて、強い快感が次々と押し寄せた。甘く切ない気持ちは蜜となってあふれ、自身の身体には大きすぎる剛直を奥へ、奥へといざなう。

「ああっ、はッ……すごい……ッ」

「フィリ……っ」

「中が……強く、こすれて……あぁん……っ‼」

フィリは喉から嬌声《きょうせい》を迸らせて、下草の中を弄ぶラディウスの腕を握りしめた。身体がいうことをきかない。腰が勝手に揺れ、太腿がびくびくとわななく。

「んっ、もう……無理っ、はぁッ――」

激しい痙攣とともに、フィリは絶頂への階段を駆けのぼった。

瞬間、獰猛な快楽に襲われて頭がくらりとする。身体じゅうを熱い血が駆け巡り、貪欲な洞がぎゅうぎゅうとラディウスに絡みつく。

「フィリ……フィリ……ッ」

少し遅れて、ラディウスが胎内の奥深い場所に吐精するのがわかった。

ドクン、ドクン、と身体の中で彼が揺れている。全力疾走でもしてきたかのような荒い呼吸が、フィリの首筋を撫でる。彼は何度も身体を震わせていたが、やがてすべて絞り切ったのか満足そうにため息をついた。

「ああ……フィリ……君に思い切りキスしたい」

「私も。あなたと……キスがしたいです」

するりと出ていったラディウスに横抱きにされ、フィリはベッドへ連れていかれた。天蓋の中へ下ろされるとすぐに彼が覆いかぶさってきて、熱い口づけが落ちてくる。

押し付けられた唇はしっとりと濡れ、柔らかく、それでいて男らしくフィリを貪った。唇をジュっと吸い立てられ、舌をねっとりと舐められたら思わず背中を反らしてしまう。口内をまさぐる舌を絡め取り、つらつらと流れてくる唾液で渇いた喉を潤して……

キスをしながら、ラディウスはフィリのドレスを手早く脱がした。さらに自分が身に着けているものをすべて脱ぎ、ベッドの下に放り投げる。

素肌が合わさった瞬間、艶めかしい感触に幸せな気持ちが胸にあふれた。太陽は中天に差し掛かったところで、白い双丘のてっぺんに咲くピンクの花も、秘密の泉もすべて暴かれてしまった。けれど、そんな恥じらいはすぐに消えた。こうして本来の彼自身と身体を重ねられることが、何よりも嬉しかったからだ。

武骨な手で開かされた両膝のあいだに、ラディウスが顔をうずめた。ほどなくして甘い快感が谷間をかすめ、フィリはびくびくと身体を震わせる。

「あ……は、ラディウス様……」

あたたかく、ぬるついた舌が、熱を孕《はら》んだ秘所を優しく這った。花びらを上下になぞり、ちゅっと吸い立て、蜜口をちろちろとくすぐる。触れるか触れないかといった圧力がなんとも心地いい。

「ひゃんっ」

舌先が花芽に触れた瞬間、びくんと仰《の》け反《ぞ》った。それに気をよくしたのか、ラディウスがそこばかりを舌でくすぐる。

「ひ……う、あ、はぁん」

次々と襲い来る快感に耐え兼ね、フィリはもじもじと腰を揺らした。けれど、漲った欲望の塊を味わったあとでは、なんだかちょっと物足りない。言葉でねだるのははしたないと思い、舌での愛撫から逃れようと腰を引く。

顔を上げたラディウスが戸惑いの表情を向けた。その口元は濡れていて、とても居たたまれない気分だ。

「もしかして欲しいの?」

恥ずかしさのあまり熱くなった頬で、こくこくと頷く。彼は口元に官能的な笑みを湛《たた》え、フィリの片脚をあげた。

「そういう時は素直に言っていいんだよ」

ベッドに残されたほうの脚を跨《また》いだラディウスが、濡れそぼった蜜口に屹立を突き立てた。

「ンはぁッ」

逞しく屹立した肉杭が滑り込んできて、喉から大きな声が迸った。ぐずぐずにとろけた蜜洞を、ラディウスが素早く駆け抜ける。入り口から奥まで、何度も、何度もくまなく貫く。

身体を横に向けたフィリは、嬌声をあげてシーツを握りしめた。脚を互い違いにして結びついているせいで、屹立が奥の奥まで届くのだ。

ラディウスは大きいだけでなく、ものすごく硬くて強かった。すっかり整えられた蜜床が、彼が出たり入ったりするたびにひくついている。彼は体力も精力も並の人間とは違うから、一日が永遠だったら果てることを知らずにフィリを抱き続けるだろう。

「あぁッ……！　ひ、あ、はぁんっ……あっ……！」

パンパンと音が鳴るほど激しく突かれ、目の前に火花が散った。押し引きに合わせて乳房が波打ち、太い柱で支えられた天蓋が壊れそうなほど揺れる。

天蓋の中は混ざり合った性の匂いが充満していた。繰り返される深いストロークにすぐに達してしまい、身体が熱くなったり寒くなったりする。

彼をいだく場所が充血してひどく腫れているようだった。しかし痛みはない。いつもの何倍も感じるのは、ラディウスの意識がはっきりしているからだろう。

「ああ、は……ああんっ……ラディ、ウス様……っ」

腰を回すように突き入れられ、止めどなく喘ぎが零れた。蜜洞のどこもかしこもが敏感に刺激を拾い、頭のてっぺんがチリチリする。脚が震える。

硬く張り詰めたものが蜜洞を滑らかに駆け抜ける感触が、堪らなく心地よかった。揺れるバストの先端まで弄られたら、また絶頂してしまった。

「大丈夫？」

ラディウスが息を切らしつつ尋ねた。汗の雫《しずく》が太腿を打つ。返事をする代わりにこくこくと頷いたところ、力強い腕に抱き起こされた。

脚を投げ出して座ったラディウスの上に、向かい合って座らされる。

抱き合って密着すると、フィリのほうがわずかに視線が高い。彼は聖母像でも崇《あが》めるかのような目で見上げてきた。

「こんなふうに君を抱ける日が来るとは思わなかった。俺は今、間違いなく幸せだ」

「そんな……私のほうこそ幸せです」

身に余る言葉に一瞬胸が詰まった。

今日、街をそぞろ歩いている時、彼にはっきりとしたときめきを感じていた。でも、好きになってはいけない相手だからと、それ以上は進まないよう気持ちを抑えていたのだ。こんなことを閨指導者である自分にさらりと口にするなんて、人たらしにもほどがある。

「動くよ。一緒に気持ちよくなろう」

ラディウスが腰を引き、脱落する寸前まで昂りが退かれた。そして一気に貫かれた瞬間、フィリは背中を弓なりに反らした。

「はぁッ……！」

胎内だけでなく、外側の花びらも、敏感な花芽も、どこもかしこも強くこすれた。あまりに獰猛な快感にがくがくと身体が揺れてしまう。

「フィリ……気持ちいい？」

ラディウスの声は吐息まじりだ。キラキラと輝く青い瞳で見つめながら、ぐちゅっ、ぐちゅっ、と腰を大きく回して深く突き入れる。

「ん、はッ……あ、気持ちいい、それ、すごく、いい……！」

「フィリ……俺も、感じる……君を感じてるよ」

愁いを帯びたラディウスの目つきがとても色っぽい。彼が気持ちよさそうに喘いでいるのが、フィリには何より嬉しかった。

(私が彼を気持ちよくさせている。感じさせている。私自身の身体で)

ラディウスをもっと気持ちよくさせたくて、フィリは懸命に腰を揺らした。彼の息遣いが荒くなればなるほど胸に迫るものを感じるのは、惹《ひ》かれているからだろうか。

(好きになってもいいよね。言わなければ)

恋は初めてだけれど、これだけはわかる。人を思う気持ちなんてきっと止められない。

「ダメだ。君をめちゃくちゃに抱きたい」

ラディウスの腰の動きが一段とスピードを増した。フィリの片方の乳房を激しく揉みしだき、そしてもう片方の乳房の先端を口に含む。

「あっ、あっ、あぁッ」

滾《たぎ》り切った剛直に、胎内がゴリゴリとこすられた。迫りくる絶頂の予感に、ラディウスの背中に爪を立てる。激しい律動に合わせて銀色の髪の房が指を叩く。

ほどなくして、フィリは身体の奥から沸き上がった官能の渦にのみ込まれた。それと同時に胸に熱いものが広がり、わけもなく泣きたくなった。

「あ、は……ラディ、ウス様……！」

「フィリ……ッ」

胎内のより深い場所に種を届けようというのか、ラディウスは滾り切ったものをぐいぐいと押しつけた。

身体の奥でラディウスが弾けるのを、フィリは幸せな気持ちで受け止めた。

動物も人間もすることは皆同じ。一匹と一匹、ひとりとひとりが種を分かち合い、また新たな命を生み出す。

けれど、連綿と続く人の世のなかで、星の数ほどいる人たちのなかから、いったいどれだけの人と巡りあえるのだろう。今、ラディウスと身体を重ねていることは、奇跡以外の何ものでもない。

「ああ、フィリ……フィリ、なんてかわいらしいんだ」

まだ息の整わないラディウスが、フィリの髪をくしゃくしゃに撫でながら呟《つぶや》く。フィリの胸は蕾が一斉に綻んだように、ほわりとあたたかくなった。

男性から名前を呼ばれることが、こんなにも嬉しいものだとは知らなかった。

もっと名前を呼ばれたい。

抱きしめられたい。

愛されたい。

彼を自分のものにしたい。

浅ましい欲望だと頭の片隅ではわかっている。けれど、今のフィリは動き出した恋心を止めるすべを持たなかった。

3　これが恋とは知らなくて

その日ラディウスは、離宮から馬で二日の距離にある王宮を訪ねていた。

国家の中枢であるこの城は、見た目からして白亜の城であるジュストス離宮とは対照的だ。裏側が険しい断崖になった丘の上に建ち、本丸は深い堀とそそり立つ壁に囲まれている。いくつもの監視塔やずらりと並んだ矢間《やま》が目を光らせているうえ、たどり着くまでに屈強な衛士《えいし》に守られた門をいくつもくぐらねばならなかった。

外観も美しいというよりは質実剛健、高い硬度が売りの分厚い石材を外壁に用い、足場になりやすい段差や窓を極力減らしている。そのため、ややのっぺりした見た目が不評で、国民は陰で『ロバの背』と揶揄《やゆ》しているのだそう。

王宮の玉座の間では、ラディウスが父王と兄王太子と対峙《たいじ》していた。玉座の間は壁一面に赤い織物が張られており、幾本もの白い柱が立っている。ドーム状の天井に張られた金箔に反射した光が、玉座に座る唯一無二の存在を照らしていた。

「……というわけで陛下。そろそろ以前より話が持ち上がっていたエスパとの縁談を進めるべきと思います」

兄王子のヴァルドロスはこちらに視線を留めたまま口を開いた。

玉座の脇に立つ白い軍服に身を包んだヴァルドロスは、まるで父の守護神のようだ。彼は小柄な体《たい》躯《く》にもかかわらず、玉座の前に片膝をつくラディウスを眼光鋭く睥睨《へいげい》している。

「わたくしが未だ独り身であれば手を挙げたところですが、すでに妻帯の身。ここは予定通り弟ラディウスにその栄えある権利を譲ろうかと」

ラディウスは壁と同じ色をしたビロード生地が張られた玉座に座る父を見た。壮年の父は筋骨隆々で、ラディウスの身体をひと回り小さくしたような体格をしている。

王は少し考えたのち、短く刈った顎鬚《あごひげ》をざらりと撫でた。

「そうだな。ラディウスならば両国間のいい架け橋になってくれるだろう。ではネスタ、国務大臣と外務大臣を交えて話を進めるように」

「はっ。かしこまりました」

後ろでネスタが応じた瞬間、ラディウスは思わず腰を浮かせた。

「お待ちください、陛下！　私はまだ世間のことを何も知らない若輩者です。どうか今しばらくお時間をいただきたく――」

「ラディウス」

こわばった声はヴァルドロスのものだ。

「私もお前と同じ二十歳の時に妻を迎えたぞ？　それに陛下が貴様に『是非に』とおっしゃっているのだ。異論はないな？」

ラディウスは腸《はらわた》の煮える思いで兄をねめつけた。異論があるから声をあげたのだ。

ヴァルドロスの横暴は今に始まったことではないが、生涯の伴侶を決める話となれば、おいそれと丸め込まれるわけにはいかない。何せラディウスの頭の中は、新しく手に入れたかわいらしい閨指導者のことでいっぱいなのだ。

「いいえ。私はお待ちいただきたいと申しました」

ラディウスの言葉に、兄がスッと目を細めた。

「なぜそう頑《かたく》なになる？　まさか変な気を起こしていないだろうな？」

「なんの話だ？」

それまで悠然とひじ掛けに頬杖をついていた父王が身を乗り出す。

ヴァルドロスが片方の口の端を上げるのを、ラディウスは見逃さなかった。玉座の階段をゆっくりと下りてきた彼は、大げさな身振りで両手を広げた。

「こんなことを陛下のお耳に入れるのはいかがなものかと今まで黙っておりました。ラディウスが最近身分違いの相手に執心しているのではないかと噂されております。先日もふたりで仲睦まじく街を散策していたとか……妙な噂が立つのは困りものです」

「ラディウス、それは本当か？」

ふたりの目が一斉にこちらを捉える。しかしラディウスはみじんも怯《ひる》まない。

「使用人の女性と街を散策していたのは本当です。しかし、それの何が悪いというのでしょうか？」

「貴様」

低く唸ったヴァルドロスに、王はひらひらと手を振った。

「ああ、よいよい。若いうちは一時の情事や色恋に夢中になることもあるだろう。私にはわかるぞ、うん」

「お待ちください、陛下！　陛下はラディウスに甘すぎます。この男には身分の低い卑しい母親の血が流れており――」

ダン！　と錫杖《しやくじよう》で床を叩く音が響き、ヴァルドロスはびくりとした。つい先ほどまでは軽薄そうな笑みを湛えていた父の顔が、静かな憤怒に彩られている。

「口を慎め、ヴァルドロス」

「はっ。……申し訳ございません」

ラディウスはちらりと兄の様子を窺った。彼は苦虫を噛《か》み潰《つぶ》したような顔で視線をあらぬ方向へ預けている。彼は今、決して言ってはいけないことを口にしたのだ。

「しかしな、ラディウス」

と国王。前かがみに体を折り曲げた彼は、膝で頬杖をした拳を顎に当て、にやりと笑った。

「周辺諸国に常に狙われているこの小国が長い泰平の世にあるのは、ひとえにエスパに守られてきたからに過ぎないのだ。お前はこの国の王子としての責務を果たさねばならぬ。『遊び』を『遊び』としっかりわきまえ、王子としての道を決して外さぬようにな」

「御意に。お話がそれだけでしたら失礼いたします。では」

「待て、ラディウス！　おい――」

スッと立ち上がったラディウスは、背中にかかる兄の声に振り返りもせず、玉座の間をあとにした。

(兄者め。きっとあれで終わりじゃないぞ。次はどんな手でくるか……)

玉座の間を出たラディウスは、大理石の廊下をわざとブーツを鳴らして足早に歩いた。

十二歳で王宮に上がってからというもの、兄には常に見下され、事あるごとに難癖をつけられてきた。ヴァルドロスは姑息《こそく》で狡猾《こうかつ》で恥知らずな、油断ならない男だ。剣で負けた時は『ラディウスに具合がいいほうの剣を貸してやった』と言い、宮廷で権力のある者と親しくしようものなら、あることないことでっち上げて陥《おとし》れようとする。

だから、十六歳になりジュストスの離宮を宛《あて》がわれた時は心底ほっとした。これで常日頃兄の顔を見ないで済む。このまま一生会わなければいいのに、とどれほど願ったことか。

「ラディウス様、お待ちくださいませ」

後ろから小走りで追いついてきたネスタが横に並んだ。

「ネスタか。先ほどの王命は無視していいぞ。兄が言う通り、父はあれで私には甘い。わかるな?」

「はい。陛下のお母上に対する愛情は並々ならぬものがございましたゆえ。それで、例の件なのですが」

ラディウスは周囲を窺って壁から離れた。声を最小限に落として耳打ちをする。

「どうした? 言え」

「はっ。王太子殿下の行動について影の者に調べさせておりますが、未だしっぽを掴めずにおります。ただ、どうやら魔女とつながりがあるのは間違いないようでして」

ラディウスは青ざめた顔つきの執事を見た。

「魔女なんて本当にいるのか……？　で、魔法か？　毒か？」

「申し訳ございませんが、そこははっきりしておりません。情報の出どころは旅の商人でして、王太子殿下の従僕が使っている手下の知り合いの、昔なじみが使っていた情報屋の親戚筋の――」

「いや、いい。足がつかないよう末端の者を使っているということだな。では、私にかけられた呪いも兄が原因の可能性がでてきたわけだ」

「はい。王太子殿下には恐れながら」

　残念で仕方がない、というふうにネスタが頭を下げる。ラディウスにしてみれば、もともと最重要容疑者だった兄の疑いが濃くなっただけだ。なんの感情もない。

　ふたりは裏口から表へ出た。ここまで来れば人に話を聞かれる心配はない。馬車を置いてある厩《うまや》に向かって石畳の上を歩く。

「調査のほうは引き続きよろしく頼む。くれぐれもこちらが探っていることを気づかれないようにな。ところで、あのことを進めてあるか？」

　少し後ろを歩いていたネスタが、ラディウスの顔を覗き込んだ。彼の眼鏡の奥の瞳には神経質そうなものが漂っている。

「あのこと、とおっしゃいますと、もしかしてフィリアーナ様との結婚のことで……？」

「そうだ」

「ダメです、ダメダメ、絶対ダメーーっ」

　ネスタが急に大きな声を上げたため、ラディウスはぴたりと足を止めた。しばし執事の顔を眺めたのち、あとからやってきた苛立《いらだ》ちに眉を顰《しか》める。

「癇《かん》に障る言い方だな」

「も、申し訳ございません。しかしながら殿下、フィリアーナ様と殿下では身分が釣り合いませんぞ。それに、魔女と噂されている娘と結婚するなどと……」

最後はゴニョゴニョと言葉を濁す執事を、ラディウスは鋭く睨みつけた。

「頭が固いな。お前が彼女の何を知ってるというんだ？」

「何もかにもございません……！　しかしエスパとの約束事はどうなさるおつもりですか？　あの話を反故《ほご》にすれば、先方が黙っておりませんぞ」

ラディウスは深いため息をついた。

「それはわかっているが……あんな娘は初めてなんだ。私の醜い姿を目の当たりにしても、怖がりもせず受け入れてくれた。彼女といると不思議と心が安らぐんだよ。フィリと一緒にいたい。離れていても、彼女が今何をしているのか、何を考えているのか、私と同じように私のことを考えてくれているのかとつい考えてしまう。こんな気持ちは初めてなんだ」

ラディウスは知らずしらずのうちに胸に手を宛てていた。

フィリのことを思うといつも胸が苦しくなる。ついでに股間まで苦しくなって、あの滑らかな肌を思い返しつつ、何度もひとりで慰めた。

これまであまたの令嬢が玉《たま》の輿《こし》を狙って近づいてきたが、フィリはその中のどの娘とも違った。

明るいうえに優しく聡明で、清らかな魂を持っている。誰かを助けるためなら自分を犠牲にすることも厭《いと》わないだろう。彼女はきっと心の中に天使を飼っているのだ。

「恋……」

「え？」

ネスタがポツリと漏らした言葉に、ラディウスは遠くへ馳《は》せていた視線を戻した。

時に生真面目すぎる執事は、彼が不満を堪《こら》えている時の癖で、口髭《ひげ》をプルプルと震わせている。

「それを恋というのでございます。殿下は今、恋をしていらっしゃる」

「恋？　……私が？」

ははっ、と声高らかに笑って、ラディウスは両手を広げて空を仰いだ。

「そうか、これが恋……！　私は今、全身全霊でフィリに恋をしているんだ！」

青空を受け止めるようにして、ラディウスは両手を広げた。

初めての夜はときめきで心臓がはじけ飛ぶかと思った。

まだ一度も結ったことなどなさそうな砂色の髪に、曇りのない紺碧の色の瞳。ふっくらした頬を真っ赤に染めて『閨指導に来た』と言うものだから、あまりのかわいらしさに笑いが止まらなくなった。

はじめに警戒していたのは、これまでの閨指導者たちにひどい噂を立てられていたからだ。

しかし彼女は、その噂を聞いていたにもかかわらずラディウスの呪いを全身で受け止め、自分で作った薬で鎮めてみせた。

恥ずかしそうに震える睫毛。遠慮がちに誘いかける唇。鈴の鳴るような甘い声と、あどけなさの残る顔に似合わぬメリハリのある身体つき……

ベッドの上で見せる姿はどんな女性よりも色っぽく、激しい劣情を掻き立てられた。ちょっとしたしぐさに視線を奪われ、触れるたびにドキドキして。

（そうか、これが恋）

思い返すたびに、身体の芯がゾクゾクする。

ここ最近のもやもやした気持ちの正体がわかり、霧が晴れた気分だった。何しろ、恋とは物語の主人公にしか起こらない架空のイベントだと思っていたのだ。伴侶は政略によって得るものであり、男女のあいだには交合しか存在しない。恋という感情について教えてくれる者など周りにひとりもいなかった。

「ラディウス様。恐れながら申し上げますと、恋するのをおやめになっていただきたい」

「なんだって？」

雲の上から突き落とすような声に、ラディウスは手を下ろして執事を振り返った。眼鏡の奥の神経質そうな目が冷たく光っている。王室にやってきて八年、こんなネスタは見たことがない。

ラディウスは彼を待った。長い沈黙の末、ネスタは深くため息を零していつもの穏やかな表情に戻った。

「ラディウス様はひとりの青年である前に、この国の第二王子なのです。将来王太子殿下の身に万一のことがあれば、あなた様がこの国の王となり国を背負っていかねばなりません」

「そんなことはもちろんわかっている」

「いいえ。本当の意味は分かっておりますまい。何も知らない国民はともかく、枢機卿《すうききょう》や大臣、力のある貴族は後ろ盾のない王にはついていきません」

ネスタが息継ぎをして一歩こちらへ近づいてくる。

「ここだけの話、王太子殿下よりも人望のあるラディウス様を擁立しようという声が、宮廷貴族のあいだで日に日に高まっております。そのことをご存じで？」

ラディウスは素早く周辺に目を走らせた。誰もいない。自分とネスタ以外は。

「妄言だ」

深く息を吸ってからラディウスは言った。しかしネスタは真剣な眼差しで首を横に振る。

「現にわたくしがそう願っております。すでに元老院のお歴々方を中心として、ラディウス様を新しい王太子として担ぎ上げる算段が進められているようです」

「担ぎ上げてどうする気だ。内乱は国政の混乱を招くし、長きにわたって経済が疲弊する。それに、父はまだまだ元気だ」

「その陛下が早めに譲位されたいと前々から洩らされているのは殿下もご存じでしょう。黒い噂の絶えないヴァルドロス様が即位なされた日には、政権が揺らぎかねません。できれば穏便に国政から退いていただきたいところですが……」

そこでふとラディウスは気づいた。いつの間にかうまく話をすり替えられてはいないか？

「待て待て待て。その話はまた今度聞くから。……まったく、油断も隙もないな」

「滅相もございません。わたくしは浮かれている殿下の目を覚まさせて差し上げようと……！」

ラディウスは目頭を摘まんでかぶりを振った。

「わかった、わかった。では、お前に公爵方と辺境伯との会食の取り付けを命ずる。兄はあの通りだし、父はもともと遊び人で女性を性処理の道具としか思っていない。外堀を急いで埋めて、『王太子おろし』を餌にしてフィリとの結婚を重鎮方に後押ししてもらおう」

「ラディウス様！」

急に涙目になったネスタが抱きついてきた。泣き上戸の彼は、ラディウスのぴかぴかの軍服に涙と鼻水の混ざったものをこすりつけてくる。

「わたくしはぁ〜〜！　今ほど殿下を頼もしいと思ったことはございませんぞ〜‼　公爵閣下と辺境伯閣下が味方に付けば怖いものはありませぬ！　わたくしは嬉しい！　嬉しいのです！」

「ちょっ……やめないか！」

何度引きはがしても追いかけてくる執事から逃げようと、ラディウスは笑いながら厩へ向かう。

これでもう後に引けなくなった。こうなったらフィリとの結婚と王太子の座と。どちらも手にしてみせようじゃないか。

＊

「今日も帰って来なかったなあ……」

裏庭に差し込む日がオレンジ色に染まる頃、フィリは窓辺に立って小さく呟いた。

ラディウスが王宮へ出かけてからもう四日が過ぎた。この四日のあいだ、牧草地帯にうねうねと這う街道を眺めては、フィリはため息を零している。

ここから王宮まで片道二日かかるというから、帰りは早くても明日か明後日だろう。会えないあいだは寂しく、日を追うごとにラディウスへの気持ちばかりが募っていく。

一か月の期限もろうそくが短くなるかのごとく、残りの日数が少なくなっていった。夜空を見上げては、日に日にふっくらしていく月に恐怖を覚える。かといってあれきりロピも戻っておらず、呪いを解く方法は何もわかっていないのだけれど……

これまでにわかったのは、『夜』と『性的興奮』が重なると、獣化の呪いが発動するということだった。昼間ならラディウスの意識もはっきりしているため、最近は明るいうちに身体を重ねていた。

しかしそれでは根本的な解決にはならない。彼の妻になる人が明るいうちから性交渉をするのに抵抗がないとも限らないし、呪いを解くことは契約の最重要項目だ。

窓の外から鳥の声が聞こえて、フィリは急いで裏庭へ下りた。ロピが戻ってきたのかもしれない。

「ロピ？」

下草を踏みしめた直後に、近くの木からバサバサと青いものが飛んできた。

久しぶりに見るその姿は薄汚れて、羽があちこちを向いている。彼はフィリの手の上に落ちるなり力なく身体を横たえた。

「ロピ！　大丈夫⁉」

「……た……ピ……」

「え？」

「腹減った……ピ……」

耳を近づけた状態で辛うじて聞き取れる声はかすれている。

「わかったわ。すぐにお風呂とご飯を用意するから」

フィリは小鳥を手に載せて部屋に入った。洗面器に新しい水を張り、暖炉の脇に吊るしてあった粟穂を取りに行く。例の街で買ったエスパ産の粟穂だ。こんなにボロボロになるまで頑張ってくれたのだから、たとえ魔女の居場所を突き止めてなくても報酬はあげなければ。

ロピはテーブルの上で水浴びをしたのち、フィリが用意した素焼きの皿の縁《ふち》に止まった。皿の中には大好物の穀物と、野菜や果物を乾燥させて砕いたもの、それと粟穂が入っている。それをロピは、上下のくちばしを目にも止まらぬ速さで動かしながら次々に貪った。

「ねえ、ロピ――」

「今食べてるピ！」

「ご、ごめん……」

仕事の成果を早く聞きたくてやきもきしたが、功労者のロピには逆らえずにじっと待つ。だって、気になって仕方がないのだ。魔女が見つかったかどうかでラディウスの呪いの行方が決まる。フィリの今後も……決まる。

彼がようやく落ち着いた頃、フィリは椅子に腰かけて頬杖をついた。

「ロピが帰ってきてくれてよかった。あんまり遅いからどうしちゃったのかと心配したのよ」

「なかなか過酷な旅だったピよ。ロピの身体は目立つから、こそこそと隠れながら大変だったピ」

満足そうな顔をした相棒は餌の皿からフィリの手に飛び乗り、羽繕いを始めた。羽がまだしっとりと濡れているものの、足はあたたかい。クルミ三個分の重みにホッとする。

「そうだったの……大変だったね。ありがとう。それで、魔女の情報は手に入れられたの？」

「魔女は見つかったピよ。ナスタジャの森にいたピ」

ガターン！　とフィリが立ち上がった拍子に椅子が後ろに倒れた。ロピが羽をバタつかせる。

「本当に⁉　やっぱり魔女はいたのね！　それで、それで？　会えたの？　どんな人だった？」

うーん、と小鳥は小さな頭を捻《ひね》った。

「あれはあんまりいい人間じゃないピ」

「いい人間じゃない、というと？」

フィリは用心深く尋ねた。羽繕いをやめたロピが黒曜石みたいな目でこちらを見つめる。

「そいつがどんな奴《やつ》か、姿を見ればロピたちには大体わかるピ。魔女の家は深い森の奥にあって、胸にぴかぴかした飾りをつけた人がその家に入っていったピ」

「ぴかぴかした飾り？」

「これだ！　この模様が描いてあったピ」

ロピは暖炉まで羽ばたいていき、マントルピースに彫られたレリーフの前でホバリングした。

その紋章を見てフィリは息をのんだ。クロスした大剣に咆哮《ほうこう》する獅子《しし》をあしらったデザインは、このブランサルド王国の王家の紋章だ。

この紋章は王族が着ている服だけでなく、使用人のお仕着せにもあしらわれていた。ただし、主によって色が違う。

フィリはドキドキしながら紋章の背景部分を指差した。

「その模様のここは何色だった？」

「白だったピ」

「白は王太子殿下のカラーだわ」

白い軍服を正装にしている王太子は、従僕や使用人には濃いグレーのお仕着せを着せている。側近の着ている服の胸元にある紋章の背景は白色だ。ラディウスの使用人たちは水色のお仕着せに濃紺の紋章。肖像画で見た国王のカラーはえんじ色だった。

「その出入りしてた人、灰色の服を着てたんじゃない？」

「そうピ」

フィリは、ロピにぐっと顔を近づけた。

「ね、ね、ぴかぴかの飾りのほかに何か特徴はあった？　歩き方に癖があるとか、顔に傷があるとか」

「えーと、確か……」

ロピが思い出しているうちに、とフィリは急いで引き出しから紙とペンとインク壺を持ってきた。

彼の話によると、魔女の家に出入りしていた男はふたり組で、ひとりは胸に『ぴかぴかの紋章』をつけていたらしい。

胸に紋章があるのは主人にごく近い者だけ。さらに背格好や顔つきの特徴を聞いてなんとなく思い出した。王太子と初めて廊下ですれ違った際にぞろぞろと付き従っていた者の中に、それらしき人物がいる。

「その男は魔女から小さな瓶を受け取ったピ。代わりに馬に積んできたたくさんの袋を渡してたピよ」

「そう。貴重な情報ありがとう。本当に役に立つ子ね」

「鳥は目がいいんだっピ！」

エッヘン、とばかりに胸を突き出すロピのくちばしを撫でる。

「知ってる。あなたってば最高！」


ロピは話すだけ話したのち、テーブルの上にリネンでこしらえた皿巣《さらす》のベッドで眠ってしまった。

やはり疲れているのだろう。今夜はこのまま部屋で夜を明かしてもらったほうがよさそうだ。

テラスから裏庭に出たフィリは、物悲しい色に染まりゆく空を見上げて物思いにふけっていた。

魔女と王太子のあいだに取引があることを知った今、自分にいったい何ができるだろう。

魔女にはラディウスの呪いを解く方法を教えてもらうか、離宮に呼び寄せて解呪してもらうつもりだった。

しかし当の魔女が王太子の手先であるなら、蛇の巣穴に自ら飛び込むようなものだ。金でどうとでもなる相手かどうかは、話してみなければわからない。

（それにしても、魔女が本当にいたなんて驚きだわ）

短く刈り込まれた下草の上を、さくさくと音をさせながら歩く。

おとぎ話に登場する魔女といえば、鬱蒼《うっそう》とした深い森の奥にひとりポツンと暮らしているものだ。

大鍋で毒草を煮たり、焼いた虫や生き物をすりつぶして毒薬を作り、王女や姫にのませたりする。魔法で人間をカエルに変えたり、火や雷《いかずち》を自在に操ったり……ナスタジャの森と聞いてまさにそんな魔女の姿が頭に浮かんだが、これはおとぎ話ではなく現実だ。人の寄りつかない森の奥でたったひとり生きていくのは大変なはず。

（もしかして、それで王太子と取引してるのかも）

人里離れた場所で暮らしていては、万が一魔法が使えても食料や衣服に事欠くことだろう。王室との取引でそういったものを定期的に運んでもらっているのだとしたら合点がいく。離宮では何人もの人が行方不明になったという噂があったが、何者かが魔女の毒を使ったという可能性もあるのではないか。

（魔女ってもともと人間なのかな……うーん）

首を捻っているうちに、空を染めるオレンジ色が濃くなってきた。

ロピが探ってきた情報をラディウスにどう伝えようか。彼は鳥が人間の言葉を話すと知ったらなんと言うだろう。

裏庭からは離宮が誇る大庭園へ行くことができる。大庭園まで続く石の道をゆっくりと歩きながら、宵の時間から咲く白い花を摘み集めた。

フィリは花冠をひとつこしらえて頭に載せた。子爵家の領地にある森では、いつもこうして小さな花で冠を作っては動物たちに被《かぶ》せて遊んでいたのだ。

また宵告げ花を摘んでは冠を編みながら歩く。どこかから声が掛かったのは、大庭園に足を踏み入れた時だった。

「フィリ」

聞きなれた声を耳にした瞬間、フィリの胸がドキンと鳴った。

「ラディウス様……！」

咲き誇る白い花のじゅうたんの向こうに、待ちに待った人の姿があった。フィリはもうひとつの花冠を腕に通してドレスの脇を摘まみ、庭園の中へ駆けていく。

「フィリ！」

フィリは両手を広げて待つ青い軍服の胸に向かって飛び込んだ。瞬間、離れていたあいだに募った思いが内からあふれ、彼の胸に頬を強く押しつける。

「ラディウス様……お待ちしておりました」

「ただいま。すっかり遅くなってしまったな」

「いいえ……いいえ」

抱きすくめられた腕の中で首を横に振った。王宮へ出かけてぴったり四日で帰ったのだ。相当急いだに違いない。

ラディウスは抱擁を解き、大きな手でフィリの頬を撫でた。

「きれいだ。白い花の冠がよく似合ってる」

とろけそうな目で見つめられて、フィリは自分の顔が赤くなるのを感じた。

空には上ってきたばかりの赤銅色《しゃくどういろ》の月。その光はまだ弱いものの、一面の白い花に反射してラディウスの銀髪が輝いている。

「ラディウス様、これを」

フィリはもうひとつの花冠を彼の頭に載せた。美しい銀色の髪と青い目をした彼が被ると、本物の妖精の王みたいに見える。

この人を独り占めしたい――抑えていた気持ちがまた込み上げてきて、胸の前で手を握りしめた。

「よくお似合いですわ」

「君ほどじゃない」

そう言って笑うラディウスに手を引かれ、ふたりは大庭園のガゼボまでやってきた。先ほどまで空を紫色に染め上げていた日もとっくに沈み、月が黄色い光を放っている。

優しい月明かりが照らすなか、フィリはガゼボのベンチでラディウスに抱きしめられていた。きちんと手入れのされた木製のベンチは幅が広く、長椅子みたいに使えるのだ。

ラディウスが何も言わないため、フィリは彼の広い背中をゆっくりと撫でた。少し元気がないようだ。王宮に呼ばれたと聞いた時から嫌な予感がしていた。

「王宮で何かあったんですか？」

大きな身体を抱えながら尋ねる。すると、小さな笑い声が鼓膜に響いた。

「君はやはり普通の女性とは違うな」

「何があったか話してはくださらないんですか？」

「君に聞かせたい話ではない」

心を閉ざされてしまい、フィリの胸に小さく風が吹いた。

だが、悩みを共有できなくても、彼の気持ちに寄り添えるならそれでいい。ラディウスと会って最初の夜にしたように、ゆっくりと優しく、背中を撫で続ける。

しばらくすると、今度はラディウスがフィリの背中を撫ではじめた。夜風が少し冷えてきたが、ふたりでくっついていると布団にくるまっているみたいにあたたかい。先ほど感じた寂しさも風とともにどこかへ消えていく。

こうしてただ抱き合っている時間がなんとも心地よかった。彼と離れたくない。このままずっと、そばにいたい。

「あと十日ほどで満月だな」

ポツリと言ったラディウスは月を見上げている。

「月が読めるのですか？」

「うん。……と言いたいところだけど違う。君がここへ来てからの日数を数えているだけだ」

「ラディウス様……」

フィリの小さな身体を、逞しい腕がより強く抱きしめてくる。

フィリは泣きたくなった。離宮へやってきた日はちょうど満月だったから、解呪ができても、できなくても、次の満月を迎える頃にはここを去らなければならない。

神様はどうして、楽しい時間だけ速く運んでしまうのだろう。

「フィリ」

ラディウスがフィリの手を取り、手の甲に口づけをした。

「私はこの国の王子失格かもしれない」

「どうしてそんなことを？　あなたは立派に責務を果たしていますわ」

「その責務を放棄しようとしていると言ったら？」

ラディウスの思いつめた表情に、フィリは静かに息をのんだ。鋭くこちらを射貫く海のように深い青色の瞳。けれど、ふたつの目をよく見れば心の迷いを表すかのように揺れている。

フィリは彼のごつごつした手を握り返し、指先を自分の唇に宛てた。

「ダメです、絶対。そうすることであなたが危険な目にあったり、傷つくのなら認められません」

「フィリ……」

ラディウスは眉に深い懊悩《おうのう》を纏わせてため息を零《こぼ》した。

彼は片脚をベンチの上に乗せ、フィリを後ろから抱きしめた。大きな腕に包まれると、冷えた背中がほわんとあたたかくなる。

「君は残酷な人だな」

「そんなこと初めて言われました」

延々と続く一面の花たちが、月の雫に照らされて静かに揺れている。

ラディウスの悩みを知りたいと思う反面、知らないほうがいいような気もした。

やはり王宮で何かあったのだ。彼に身分を捨てる覚悟をさせるほどの重大な内容で、もしかしてフィリにも少し関わること……

ラディウスを律する立場にはないのにああ言ったのは、彼を守りたいという真摯な気持ちからだった。

耳元に吐息が掛かり、囁くような音を立てて口づけが落ちた。

かわいそうなラディウス——フィリは彼の頭を引き寄せて唇にキスをした。深く傷ついた彼をせめて癒《いや》したい。

静かな庭園には時折風が吹き抜ける音と、口づけの音だけが響いていた。

口づけが熱を帯びていくにつれ、いつの間にかフィリはラディウスに押し倒されていた。幅広のベンチの上にはフィリが冷たくないよう、彼がマントを敷いてくれている。

「人が来たりしませんか?」

ラディウスの唇に尋ねる。

薄く開いた銀色の睫毛の内側で、美しい瞳がうっとりと揺れている。

「来ても構わない。何も悪いことをしているわけじゃないんだから」

かすれ声で囁いたラディウスの手が、フィリのエンパイアスタイルのドレスの裾から忍び込んだ。

「あ……」

剣で豆だらけになった手に素肌を撫でられて、腰がぞくりと震えた。

数日ぶりの感触に震えたのは腰だけじゃない。秘密の場所の花びらも、心までも震える。

不埒《ふらち》な手はするすると太ももを撫で、無防備な臀部《でんぶ》を這《は》い回った。その指が徐々に際どい部分に攻め入ってきて、焦らすように泉のほとりをなぞる。

「は……んっ」

指が秘裂に触れた瞬間、フィリは背中を弓なりに反らした。彼とはもう、軽い口づけだけで濡れるようになった。いや、そばにいるだけで……

こんこんと蜜を零す泉を長い指が撫で、その上にある敏感な核を優しく捏《こ》ねる。静かな夜の庭園には、くち……くち……という柔らかな水音とふたりの吐息だけが響いていた。

「フィリのここ、もうぐっしょりだ」

ラディウスが吐息とともに、とろけきった眼差しで囁いた。少し笑っているような青い瞳を、フィリは恨みがましい目で見る。

「殿下が、……んッ、そうさせたんです」

「殿下、か。君にとって私は敬《うやま》わなければならない王室の人間なんだな。でもこういう時は名前で呼んでほしい」

「ラディウス様、ですか？」

彼は静かに首を横に振った。

「『イル』と呼んでくれ。本当の私を知っている者だけが呼ぶ名前だ」

「イル……」

口にした瞬間、特別な思いが込み上げた。

決して裕福とはいえなかっただろう男爵令嬢の血を半分わけた王子。彼の素顔は城下町で平民の子供にまじって駆けまわっていたあの日のままなのだ。

胸にあふれる愛《いと》しさをどうにかしたくて、フィリは震える瞼を閉じた。ラディウスが口づけを落としてくる。優しく何度も、角度を変えながら唇を食み、熱い胸を押しつけてくる。

フィリの舌はすぐに絡め取られた。激しい水音と吐息が混ざりあうにつれ、気持ちもどんどん昂っていく。乳房が大きな手で痛いほど捏ねられ、広く開いたドレスの襟から乳房が零れた。

「う……フィリ……フィリ……ッ」

ラディウスの呼吸が急に荒くなったため、フィリはポケットから小瓶を取り出してあおった。彼に唇を押しつけて口の中の液体を流し込む。ごくりと喉が鳴って、すぐにラディウスの息は落ち着いた。

「イル……いい子ね」

最近ではもう慣れっこで、瞳の色が変わる前に対処できる。フィリはラディウスの頬を撫で、張り詰めたブリーチのフラップのボタンを外しにかかった。左右八対のボタンをすべて外し、下着の紐《ひも》を解いて雄々しくそそり立つ杭を解放する。

「フィリ……」

フィリはハッとして素早くラディウスの顔を見た。薬で鎮静された状態の彼がフィリの名を呼ぶのは初めてだ。

「どうしたの？」

「はやく……俺、は……フィリ……ッ」

悩ましげに視線をさまよわせるラディウスの顔から下腹部に目を移すと、滾り切ったものがヒクヒクとうごめいている。納めるべき鞘《さや》を求めて、先端から透明な露をだらだらと零しながら。

フィリはドレスの内側にラディウスを招き入れた。張り詰めた熱い先端がすぐさま濡れそぼった蜜口を突き破る。

「あ……っ……あ、はァッ……」

猛々しく屹立したものが胎内を満たしていく感覚に、ぞくぞくと腰が震えた。

彼はいつだって逞しい。けれど、こんなにも太くて強靭《きょうじん》なのは初めてだ。

一度腰を引いたラディウスが一気に貫いた。

「はぁんッ！」

フィリは慌ててラディウスの手を掴んだ。

ずちゅっ、ずちゅっ、というとんでもない音が静かな庭園に響く。見回りの衛兵が来るのでは、と一瞬頭をかすめたが、そんなことを考えている余裕はすぐになくなった。

虚《うつ》ろな目をしたラディウスが一心不乱に剛直を突き入れる。それに合わせてドレスから零れたバストが痛いほど揺れるため、ラディウスの顔を胸に押しつけた。

「んあッ」

小さな突起を口に含まれた途端、蜜洞がきつく彼自身を抱きしめた。急にいてもたってもいられなくなり、腰が勝手に揺れてしまう。

「あ……ッ、はっ……すごい……イル……ッ」

あたたかな口の中で胸の頂《いただき》が転がされた。時々吸い立てられては甘く噛まれ、舌を強く押し付けたり、また転がされたりする。

下腹部を襲う快感がより強くなり、すぐに息も絶え絶えになった。ラディウスを抱く場所が、彼をぎゅうぎゅうと締めつける。

ラディウスは本当に半分無意識なのだろうか。

これまでのところ、獣化している最中にはフィリの名前など呼ばなかったし、獣みたいに身体じゅうを舐め回された。もっと獰猛だったし、息遣いも荒かったはずだ。

(あの薬が効いてる？　まさか)

呪いがどんな方法でかけられたのかわからないが、この鎮静薬は一時的に気持ちを落ち着かせる以外の効果はないはずだ。

何か変化があるとしたら、ラディウスのほうだろう。フィリを傷つけたくないために彼の心が抗《あらが》っていると考えるのは、そうあってほしいという自分自身の願望だろうか。

深くえぐられる場所に、快感のエネルギーがどんどん蓄積されていった。やがて目の前に火花が散り始め、フィリは子供が駄々《だだ》をこねるみたいに首を横に振る。

「無理……もう、無理。あ、あ……イル、私……っ」

その時、極限まで高まった快感が破裂し、身体全体に飛び散った。びくびくと四肢が震える。深い絶頂感に溺れ、はあはあと激しく息をつく。

ほどなくしてラディウスが呻き声を洩らしたため、彼も果てたのだと悟った。

一度吐精したくらいではラディウスは収まらない。胎内を満たす楔はますます硬く、達したばかりで敏感になった洞をしたたかにえぐる。

フィリは泣きそうになりながら腰を揺らめかせた。彼を快感へと導く器になった気持ちで、淫らに昂りをしごく。ラディウスが顔を歪《ゆが》めて呻き声を洩らしたため、さらに剛直を強く締めつけた。

「ふ……ッ、イル、イル……ッ、ンあ……っ」

ぐちゅっ、ぐちゅっ、と淫靡《いんび》な水音が絶え間なく響いた。自分の頬が真っ赤に燃えているのがわかる。鷲掴みにされた乳房が荒々しく揉みしだかれる。

愛液がラディウスの下草だけでなく、純白のブリーチをも濡らしているだろう。服を着たまま、屋外で交わされる情事。それが異様に興奮を掻き立てる。

「素敵よ、イル。私、あなたが……好き」

ラディウスの頬を両手で挟んでキスをすると、猛々しい律動が急に止んだ。それまで虚ろだった瞳に急に光が戻る。彼はフィリの顔を見てパチパチと目をしばたたいた。

「フィリ……？」

「イル？　……気がついたのね」

今の告白を聞かれてしまっただろうか。動揺するのもつかの間、彼は小さく毒づいてフィリを抱きしめた。

「俺はまた……すまない」

「大丈夫。謝らないで」

優しくラディウスの頬を撫でるフィリを、彼はいたずらを見つかった子供みたいな目で見た。どうやら聞かれなかったようでホッとする。

「もっと乱暴にしなかった？」

「全然」

「もしかして、いきなり君の中に入った？」

「それは――」

確かに前戯なんてほとんどなかった。でも、フィリはたっぷり濡れていたし痛くなかったのだから
なんの問題もない。

ひどいことをしたと思っているのか、子供みたいにしょげているラディウスがかわいらしい。口を
開けば笑ってしまいそうで黙っていると、先に彼が頬を緩めた。

「今日はゆっくり君をかわいがりたかったのに。少し戻ってくる時間が遅かったな」

「あんッ」

いきなり奥深くまで突き入れられて、フィリは目を白黒させた。

「かわいいフィリ」

「はっ……」

「君をめちゃくちゃにしたい」

「んっ、んッ……！」

焦がれた瞳で見つめながら、ラディウスは矢継ぎ早に腰を突き入れた。フィリの脚を片方持ち上げ、
屹立を奥深くまで突き立てる。

欲望に満ちた青い瞳が生き生きと輝いていた。薄く開いた唇の隙間から覗く舌は色っぽくうごめき、

しっかりと絡め合わせた指に宿るのは、フィリを離すまいという強い意志。

（ああ、やっぱり……）

全身で感じる悦びにフィリは打ち震えた。

情交とは身体を重ねるだけじゃない。心をも重ね合わせれば、より肉体的な快感が強くなるのだと改めて感じる。

好き合っている者同士の行為ならば、最高に気持ちがいいだろう。フィリはラディウスが好きだ。

では、彼は……？

自分を取り戻したラディウスの律動はすごかった。翻弄されたフィリはふたたび官能の波にのまれ、がくがくと身体を揺らした。今度はラディウスも同時に達したらしい。

「もっと……イル、もっと……」

半ば朦朧《もうろう》としながらねだる。彼の気持ちが知りたくて、自分の思いを伝えたくて。

ラディウスがベンチに横になり、フィリを後ろから抱きしめた。すぐにまた彼が入ってきて、スプーンみたいにぴたりと重なる。

「フィリ……かわいい……俺の……フィリ」

鼓膜を揺さぶる甘い言葉に胸がじんとする。王室からの依頼になすすべもなく閨指導に来たけれど、今では来てよかったと心から思う。

はじめは甘いだけだった抽送が、徐々に勢いを増していった。片脚を持ち上げられて激しく突かれる。はち切れんばかりに漲《みなぎ》った先端が胎内の絶妙な場所をえぐり、ぶるぶると脚が震えた。

「は……あっ、そこ、もっと……ッ」

「ここだね」

「ンッ、ぅんっ……！」

深いストロークで貫かれ、ラディウスに支えられた脚が跳ねた。ベンチに敷かれたマントを握りしめる。彼が通り抜けるたびに蜜洞のどこもかしこも強くこすられ、得もいわれぬ快感に包まれた。

「君のなかは……最高に気持ちがいい」

吐息にまみれたラディウスの声が耳をくすぐる。ぬるついた舌が耳の裏をくすぐり、耳殻に沿ってなぞり、耳たぶを吸われる。

「ひゃ……んっ、は……ぁ」

腰を震えに襲われて身体を捩った。首筋を這い回っていたラディウスの唇が、耳元からこめかみ、頬へと流れ、フィリは顔をラディウスのほうへ向けた。

今にも目を閉じてしまいそうにうっとりとしたラディウスの頬が、月明かりに青く輝いている。その顔があまりにも美しくて、彼の頬に手を宛てる。

ラディウスの唇がフィリの唇に重なった。下半身で繰り返される波のようなストロークに合わせて、ゆったりと吐息を絡ませる。フィリが差し出した舌を、ラディウスが絡め取った。

逃げれば追われ、逃げられれば追い求めて。月明かりのもとに咲き誇る白い花をバックに、夢みたいな時間が流れていく。

「フィリ……フィリ」

ラディウスは腰を揺らめかせながら、唇をつけたまま優しく囁いた。なんだか泣いてしまいそうなのは膨らみかけた月のせいだろうか。

「イル……」

(あなたが好き)

「ァんっ……！」

口を突いて出そうになった時、入り口まで退いた塊が胎内の一番奥を穿った。最奥に留まった彼が小刻みに腰を揺らすのに合わせて、とてつもなく甘美な快感が広がる。

「ああ、は、あんっ、あっ……イルっ、イルぅ……」

とてもじっとしてなんかいられなくて、脚を支えるラディウスの手にすがった。そこがこんなに甘いなんて知らなかった。延々と襲い掛かる快感になすすべもなく、ただ声をあげ、身体を震わせることしかできない。

「すごく……締まる……ここがいいのか？」

「ふッ、う……そこ……が、気持ちぃ……あ、あっ、来る……ッ！」

身体の奥深い場所から、これまでに感じたことがないほどの強い快感が沸き起こった。膨んだ塊が一気に弾け、闇をつんざく嬌声とともに絶頂を迎える。

「あ、ああ、あぁ、あ……！」

身体じゅうを血液が逆巻き、フィリは無意識に腰を揺らした。胎内の一番奥がきゅんきゅんと甘く痺れている。けれどラディウスは止まらない。フィリの反応に気をよくしたのか、昂ぶりの先端で同じ場所ばかり執拗に突く。

「ひゃ、あっ、ダメ、今、動いちゃ――はんっ」

さっき達した余韻を楽しむ間もなくまた絶頂した。そしてすぐにまた、その時が訪れる。

（なにこれ……どうしてこんなに気持ちがいいの……？）

ベンチに敷かれたマントを握りしめ、はっ、はっ、と浅い息を繰り返した。こんなに連続で絶頂したのは初めてで、頭はくらくらするし手足の先が痺れている。

きつく抱きしめてきたラディウスが、フィリの頭をくしゃくしゃとかき乱す。

「ごめん……止まれないよ。君の中は……よすぎるから……」

「ふぁっ、あ、あっ……」

矢継ぎ早に貫かれたら身体の奥でまた快感が迸った。胎内で強い存在感を誇示している塊が激しく脈打っている。薄れゆく意識のなか、彼も達したのかもしれないとぼんやり考える。

（私、もうダメかも）

フィリはくたりと腕を投げ出し、だらしなく口元を緩めた。意識が飛ぶ寸前のとろけそうな感覚がなんとも心地いい。今にも閉じそうな瞼に映る白い花園を、フィリは幸せな気持ちで見つめていた。


翌朝、フィリはドレスの両脇を摘まんで離宮の廊下を足早に歩いていた。

朝目が覚めると、なぜかひとりで自室のベッドにいた。忘れるはずのない情熱的な情交の途中から記憶がないのは、おそらく失神してしまったのだろう。

（きっと殿下が運んでくれたんだわ）

靴音を響かせながら、ひとり頬を熱くする。胸元から零れていたはずの乳房がしまわれ、脚のあいだもきれいに拭き取られていたのがなんとも恥ずかしい。この国の王子である彼にそんなことをさせてしまったのかと思うと申し訳なくて堪らなかった。

中央に真っ赤な絨毯《じゅうたん》が敷かれた階段を駆け上がり、離宮の三階へ。

この時間、ラディウスは三階にある執務室にいることが多い。通いなれた寝所へ向かう廊下を通り過ぎたところで、彼の従僕とすれ違った。

「すみません、ラディウス殿下は執務室にいらっしゃいますか？」

フィリが尋ねると、ほぼ同年代に見える従僕は真っ赤に頬を染めてかぶりを振った。

「殿下は今朝お出かけになられたようです」

「出かけられた？　どちらへ？　すぐに戻られるの？」

「行先は西の離宮です。王太子殿下より急にお呼びが掛かったとかで……いつ戻られるかは、わたくしにはわかりかねます」

えっ、と小さく声を上げたままフィリは固まった。従僕がその場を去っても動けずに、遠くに見える執務室のドアを呆然《ぼうぜん》と眺める。

（どうしよう……あのことをまだ伝えてないのに）

西の離宮はここから北西方向に馬車で二日の距離にあるらしい。

解呪の契約が満了するまであと九日。彼がすぐに帰ってきたとして残り五日だ。それから魔女を見つけて、交渉をして、どうにか呪いを解いてもらう。ヴァルドロスとつながりのある魔女だから一筋縄ではいかないだろう。間に合うのだろうか。

しかしそのことよりも、今はラディウスが王太子とふたたび顔を合わせることのほうが何倍も気がかりだった。つい最近会ったばかりなのにまた呼びつけるとは、いったいなんの用事なのだろう。

＊

「こういうことは今後はお控え願いたい」

王国北部の山岳地帯を背後に擁する西の離宮。その一室で、ラディウスは精一杯怒りを抑えて言った。相手は王太子である兄ヴァルドロス。その兄も目の下に青みがかったクマをこしらえているところを見ると、やはりあまり寝ていないのだろう。

数日前の夜、フィリアーナを彼女の私室のベッドに寝かせたあと、寝所へ向かう途中でネスタと出くわした。彼とは車寄せで馬車を下りてから久しぶりに会ったが、ずっとラディウスを探していたようだった。

『殿下、これを』

青い顔をした執事に見せられたのは、幾重にも折りたたまれた薄紙に書かれた文書だ。差出人はヴァルドロス。その内容を読んでラディウスは唇を歪めた。

『鳩《はと》か』

『左様でございます。王宮の伝書バトが飛んできたのを従僕が捕まえていたようです』

ラディウスは、ふーっと息を吐いて手紙をネスタに返した。

『馬を用意してくれ。すぐに西の離宮へ向けて発《た》つ』

『で、では呼び出しに応じるので……？』

『父上のご命令とあらば仕方があるまい。しかしどうして西の離宮なんだ？』

ラディウスはしきりに首を捻ったがどうにもわからなかった。王宮で父と兄に会ったのはほんの数日前の話だ。いくらラディウスが話し合いを勝手に切り上げて帰ってきてしまったとはいえ、こちらが離宮へ帰りつく前に鳩を飛ばすとはどういうことだろう。

王宮と西の離宮、そしてここジュストスの離宮を結ぶとちょうど正三角形になり、西の離宮へはどちらからも同じくらいの距離だ。父王はもうあまり馬には乗らないため、馬車で来るのだろう。そこまでしてわざわざ西の離宮で会おうとする理由がますますわからない。


そんなわけで、ラディウスはこの二日間ほとんど寝ずに自ら馬を飛ばして西の離宮へやってきたのだった。一国の王子が『国政についての大事な会議』の場に、鳩に呼び出されるなんて聞いたことがない。

西の離宮へ到着したラディウスは、特別豪華な内装でしつらえられた客間に通されていた。

広い床にはえんじ色に細かな刺繍《ししゅう》の施された絨毯が敷き詰められており、壁も同色の布張り、レリーフの天井からは豪奢《ごうしゃ》なシャンデリアが吊るされている。

壁には金細工で作られた意匠がふんだんに使われていた。暖炉が金ぴかなら、当然テーブルや椅子も金の縁取りがされている。

「そう怖い顔をするな、わが弟よ。まあ、貴様も疲れているのだろうから仕方がないな。しかしそれは私も同じだ。なにせ母上の機嫌取りで忙しい状況のなか、馬を乗り継いで急いでやってきたんだからな」

白い軍服姿のヴァルドロスが、テーブルの周りを狡猾そうな顔でゆっくりと回る。

母の機嫌が悪いのは先日ラディウスが王宮にやってきたためだ、と彼は言いたいらしい。ラディウスにとって継母である王后陛下は、ヴァルドロス以上にラディウスを嫌っているのだ。

ラディウスは怒鳴りつけてやりたいのを我慢して両手を強く握りしめた。

「兄上がお忙しいのなら、その大事な話とやらをさっさと片付けたほうがいいでしょう。陛下はどうされたのですか?」

「ああ、そうだったな。私がお連れしよう」

下卑た笑みとともにヴァルドロスが出ていくと、ラディウスは目頭を摘まんだ。馬車で向かってくるはずの父がもう到着しているなんて早すぎやしないだろうか。それに、国政についての話があるのなら普通は執務室に呼ぶはずだ。それがどうして、このような豪華な客間に……?

すべてのことが頭に引っかかって仕方がないのは疲れているのかもしれない。

(そうだな。実際俺は疲れている)

数日前に馬で王宮を発って以来、ラディウスはベッドで寝ていなかった。王宮への往路は街道近くにある貴族の館で宿泊と休憩を挟みつつ向かったが、帰りは立ち寄った場所ごとに馬を替えながら休憩を取らずにきたのだ。

それもひとえに、一刻も早くフィリに会いたいがためだった。

疲れている時は余計に会いたくなる。生理現象で子孫を残したいと欲するのか、癒されたいと願うのか……。とにかく言えるのは、昨夜は最高だった、ということだけ。

フィリのことを考えた途端に下半身が張り、ラディウスはうろたえた。こんなところを兄に見られたら大変だ。

ドアが開いて、ラディウスはいつの間にか頭を抱えていた両手をサッと下ろした。

「さあ、どうぞ中へ」

ヴァルドロスが部屋に入ってきた。

ところが、彼が入り口で振り返って恭しく手を差し出したため、ラディウスは眉を顰めた。こちらからはドアの影になっており、廊下に誰がいるのかわからない。父でないことだけは確かだ。

しばらくのち、ヴァルドロスの手にそっと載せられた小さな手を見て、ラディウスは目を見張った。

どう見ても女性だ。しかもあのふくよかな手は母のものではない。

ドアから着飾った女性が姿を現した瞬間、ラディウスは短く息を吸い込んだ。

「マレン殿下、紹介いたしましょう。こちらがわが弟にしてブランサルド王国第二王子のラディウスです。——ラディウス」

「はい、兄上」

すでに立ち上がっていたラディウスは、眩暈《めまい》を覚えながら女性に近づいた。

マレンと呼ばれたのは見事な亜麻色の髪をもつふくよかな女性だ。エメラルドグリーンのシルクサテンの生地に、小花の刺繍がついたドレス。ふんわりとまとめた髪に羽根飾りのついた小さな帽子を被っている。特に襟ぐりが広いというわけでもないのに、豊満なバストが自然と強調されていた。

この女性は見覚えがある。確かエスパの何番目かの皇女で、数年前に王宮で行われた晩餐会《ばんさんかい》に出席していた未亡人だ。おそらく年齢は四十を過ぎているだろう。

やや顎を上げたヴァルドロスが、サッと彼女を手で示した。

「こちらが貴様の生涯の伴侶となる女性で、エスパ帝国の第三皇女マレン殿下だ。両国間の末永い友好関係のために貴様との縁談をご快諾くださった」

歌うような口調で告げられた言葉に、ラディウスはガツンと頭を殴られた気持ちになった。

驚愕すると同時に、怒りに任せて兄に殴り掛かりたくなった。しかし、隣国の皇女を前にそんなことをできるはずがなく、静かに震える息を吐く。

まさか、秘密裏にここまで縁談が進められているとは思わなかった。何を言っても首を縦に振らないラディウスに業を煮やした兄が強硬手段に出たのだろう。国政について話がある、と鳩で伝えたのも、会えばなんだかんだと理由をつけて断られるからに決まっている。

マレンはにっこりと笑みを湛えてドレスの両脇を摘まんだ。

「ラディウス様、はじめまして、かしら。噂には聞いておりましたけれど、とっても素敵な方ね」

「マレン殿下。どうぞお見知りおきを」

ラディウスは懸命に笑みを作って彼女の手にキスをした。

マレンは特別美人というわけでもないが、物腰から上品さが伝わってくる。親子ほどの歳の差があるこの女性は妃候補にもあがっていなかったはずだ。

フッと鼻で笑う声が聞こえた。

「お見知りおきを、だなんてよそよそしいな。貴様の妻になる方なのに」

慇懃《いんぎん》な笑みを張り付けた兄が、ぽんと肩を叩いて横を通り過ぎる。

「くれぐれも変な気を起こすなよ」

すれ違いざまに耳元で囁かれて、今度こそ自分は本当に殴ってしまうのではないかと思った。この男なら、『最愛の弟をたぶらかした罪』などと難癖をつけて、フィリアーナの命だって奪いかねない。

ヴァルドロスが後ろで素早く踵《きびす》を返し、にんまりと口の端を上げた。

「さぁて、顔合わせが済んだ以上、私がここにいても無粋なだけです。まずは親睦を深めるために、おふたりで散策などなされてはいかがかな？」

西の離宮には、ジュストス離宮ほどではないものの広大で美しい庭園がある。

園内に巡らされた石畳の周りは見渡す限りに色とりどりの花が咲き誇り、季節ごとに近隣の貴族を集めた園遊会を催している。国内でよく見られる花や、外国産の花、ハーブ類、温室など花壇ごとにディスプレイにも趣向を凝らし、背の低い樹々《きぎ》は様々な形に整えたりと、見る者を楽しませているらしい。

けれど、今のラディウスにはすべての花が灰色に見えた。隣を歩くマレンの姿も目に入らない。兄の策謀にはまったラディウスは絶望の淵《ふち》に立たされている。

会ったばかりの兄からすぐに呼び出されたこと。

スケジュールが急すぎること。

その場所が会議ではあまり使うことのない西の離宮だったこと……

あとになって思えば怪しいことだらけだったが、寝不足のせいで頭が働かなかった。

マレンは当然兄の権謀術策など知らなかっただろう。エスパからはこの西の離宮が一番近い城だが、それでも国境から馬で一週間ほどかかるし、客人を急《せ》かすことなどできない。

ラディウスはパッと顔を上げた。

(もしかして、俺が王宮に呼ばれる前から策略は始まっていたのか?)

いや、そうでないと計算が合わない。

ラディウスが西の離宮での会合のことを知ったのは一昨日《おととい》の話だが、エスパの皇女はずっと以前よりこの顔合わせのことを知っており、予定に合わせてここへ向かったはずだ。

ヴァルドロスは、王宮での話し合いから直接ラディウスを西の離宮へ連れていくつもりだったのだろう。それが父の『理解あるひと言』であらぬ方向へ進んでしまった。手紙をつけた鳩が七羽も到着していたというから、彼の慌てぶりが窺える。

「こんなおばあちゃんが相手でごめんなさいね」

突然隣から声が聞こえて、ラディウスはびくりとした。

マレンの存在をすっかり忘れていた。彼女の腕には、毛の長い茶色の小型犬が大事そうに抱えられている。犬は先ほどからおかしな咳を繰り返していた。

「そんなことをおっしゃらないでください。あなたはその……とても素敵な方です」

ふふ、と彼女はふくよかな手を口に宛て上品に笑う。

「かえって気を使わせてしまったみたいね」

「すみません」

「あら、謝る必要はないわ。あなたくらいの年齢の男性が女性の扱いにまだ慣れていないことはよくわかっているもの」

「はあ」

話の意味がよくわからず、ラディウスは曖昧に濁す。

にこにこと穏やかな笑みを湛え、それでいて前を向いたまま話すマレンの横顔をこっそりと窺った。おしろいを塗った頬にはまだ張りがあるが、どう見ても母――ヴァルドロスの母親――よりも年上だ。妃候補には三人の女性の名前があがっていたが、いずれもラディウスと同年代か少し年下だった。

この縁談に対して周りは何も言わなかったのだろうか?

足を止めたマレンが通路の脇に揺れる赤い花の花弁に触れる。

「単刀直入に尋ねるわ。あなたはわたくしとの結婚を望んでいらっしゃるの？」

「それは……」

返答に困るラディウスの横で、マレンが声をあげて笑う。

「返事はしなくて大丈夫よ。わたくしはこんな年齢だし、もう子供だって産めないと思うの。というより、最後のお産があまりにきつかったから、もうこりごりというのが本当のところね。子供は三人産んだわ。もう孫もいるのよ」

ふたたび歩き出した彼女は、楽しそうに身の上話を語った。

最愛の夫を若くして亡くした話。その後に飼い始めたペットの犬たちが今は生きがいであること。

つい最近になってラディウスとの縁談が降ってわいたことなど。

腕の中で気怠《けだる》そうに目を閉じている犬を撫でながら、彼女が眉を寄せる。

「もしかして、わざと子供の望めない私を相手に選んだのではないかしら」

「それはどういう意味で……？」

今度はラディウスが眉を顰める番だ。

マレンは見るからに人の好《よ》さそうな丸顔に、意地の悪い笑みを浮かべた。

「あなたのお兄様、着ている服と真逆でお腹《なか》が真っ黒そうですもの。同じ年頃の息子がいるからなんとなくわかるわ」

ふっ、とラディウスが噴き出し、その後声を揃えて笑った。

「あなたは正直そうな方だからわたくしも正直になるわ。この歳になってまで政治のためのコマになるのはうんざりなの」

はあ、と彼女はため息をつき、少女みたいな顔つきで遠くを見た。

「夫がいなくなってから政略絡みの縁談は何度か来たけれど、すべて断っていたのよ。今回ブランサルドへやってきたのは、お相手がずいぶん若い方だと聞いて興味が湧いただけ。私はただ、残り少ない人生をペットの犬たちと静かに暮らしたいだけなのよ。――ねえ、ラディウス殿下」

「なんでしょうか」

マレンが急に大きな声を出したため、ラディウスは足を止めた。

「ちょっとこの子を見てくださらない？　ほら、苦しそうでしょう？　わたくし、病気のこの子のことが気がかりで夜もまともに眠れないの。食欲だってわかないわ」

ラディウスは犬に頬ずりをするマレンの逞しい腕を見て目をしばたたいた。

彼女が連れてきている犬は三匹だが、エスパの城では大型犬から小型犬まで二十匹を超える犬を飼っているのだとか。それぞれの犬の特徴や性格、彼らをどんなに愛しているかを語る彼女の口は止まらない。

「あなたはとてもいい方のようだ」

「あなたもね」

ラディウスは笑ったが、しばらくすると笑うのをやめて庭園の揺れる花に目を馳せた。

「そんなあなたにこんなことを言うのは心苦しいのですが、私には心に思う方がいます。彼女のことを思うだけで心があたたかく、穏やかになる大切な人です。ですから、もし結婚したとしても、おそらくあなたを愛することはないでしょう」

マレンは一瞬驚いたような顔をしたが、すぐに笑顔になった。

「あなたの気持ちはよくわかるわ。わたくしだって、今でも夫をとても愛しているもの」

「わかっていただけてよかった」

ホッとして笑みを返すラディウスに、マレンが深く頷く。

「きっと一筋縄ではいかないお相手なのね。でも、あなたも政治のためのコマだわ。いったいどうなさるおつもり？」

「考えがないわけではありません。ただし、これには少しばかり時間を要します。もろもろの情勢を窺いながら慎重に策を進めるつもりです」

その時、どこからか青い小鳥が飛んできてラディウスの肩にとまった。小鳥は小さな黒いくちばしをラディウスの肩にこすりつけたのち、羽繕いを始めた。

「まあ、かわいらしい小鳥だわ。人を怖がらないのかしら」

動物好きらしいマレンが目を見張る。ラディウスが手を差し出すと、チルッと鳴いて指に乗ったため、彼女はびっくりしたように唇を押さえた。

「逃げないのね。あなたの鳥なの？」

「まさか。鳥は自由で気まぐれなものですから」

どこかで聞いたセリフを口にして、にっこりと口元を綻ばせる。

ラディウスの指から飛び上がった青い小鳥は、晴れ渡る上空をいつまでもぐるぐると羽ばたいていた。

＊

ラディウスが外出するたびに待ち焦がれていたフィリでも、これほどやきもきしたことはない。

彼が西の離宮へ旅立ったと聞いてからもう五日が過ぎた。先日王宮へ向かった時は四日で帰ってきたのに、一日増えただけで不安が募る。

それに加えてロピの姿が見えないのも気に掛かっていた。

ラディウスが出かけた朝にはもう彼の姿は見えなかった。フィリのために魔女のところへひとりで様子を探りに行っていなければいいのだけれど……

フィリはメイドの手を借りて朝の支度を済ませ、襟の開いた借り物のドレスに着替えた。離宮へ来た時に数着貸与されたドレスを日替わりで着ていたのだ。

「もうすぐフィリアーナ様ともお別れですね。寂しくなります」

メイドが馬毛のブラシでドレスを払いながら言う。彼女はフィリが離宮に来てからというもの、毎日世話をしにここへ来てくれたため、フィリにとっても寂しい限りだ。

「これまでよくしてくれてありがとう。そうだ、あなたにこれをあげるわ。植物の実の脂から作ったハンドクリームよ」

ドレッサーの引き出しを開け、木の実をくり抜いて作った器に入ったハンドクリームを取り出す。

メイドは喜び、ペコペコと何度もお辞儀をしてそれを持ち帰った。

寂しくなる、と言われたらそんな気持ちにもなるけれど、フィリはまだ諦めたわけではない。

契約満了まであと数日ある。ラディウスが戻ってきたらすぐに魔女と王太子の関係を話して、ひとりで魔女のところへ向かうつもりだ。

その時、離宮の正門のほうで盛大なファンファーレが鳴り響くのが聞こえた。

(なんだろう？　誰か来た……？)

フィリは部屋の入り口まで行ってドアに耳を押しつけた。

廊下で人が慌ただしく走り回る音がする。ラディウスひとりならファンファーレは鳴らないし、厩のある裏門から帰ってくるはずだ。

そろりとドアを開けて外を覗いてみる。先日ラディウスが出かけたと話していた従僕がちょうど通りかかったため、廊下に出て呼び止めた。

「何かあったんですか？」

若い従僕は手綱を引かれたみたいに足を止めて振り返った。今度は顔が赤くならない。

「ラディウス様がお帰りになったのです」

「ラディウス様が？」

フィリは、ぱあっと顔を綻ばせた。やっと彼に会える。急いで彼にあのことを伝えないと。

「ですが、お客様もいらっしゃるようです」

従僕が告げた言葉に、すでに玄関のほうへ向けていた足を止める。

「お客様が？」

問いかけるフィリを置き去りにして従僕は行ってしまった。目の前をバタバタと通り過ぎる使用人たちについていくと、玄関前に整然と列が作られている。残りの人たちは持ち場へ向かったようだ。

フィリは大広間の隅にある太い柱の陰に身を隠した。閨指導者である自分は客に姿を見られるわけにはいかないからだ。

しばらくすると、王太子が先頭に立って入ってきたため、フィリは身構えた。ラディウスに呪いをかけた張本人かもしれない人が、この離宮に足を踏み入れるなんて許しがたい。

その後ろに続くラディウスが見えた時は思わず駆けだしそうになった。しかし、彼にエスコートされて入ってきた女性を見た瞬間、急いで身を引く。

遠くてよくは見えなかったが、女性の着ているドレスのグレードからして王族クラスなのは間違いない。ラディウスのほうを向いている女性の表情は窺《うかが》い知《し》れないが、彼はとても親しげに微笑《ほほえ》みかけている。

（ラディウス様……？）

胸にもやもやしたものが広がり、ウエストの前で両手を握りしめる。

先日、王宮から帰ってきた時の彼の様子が少しおかしかったため、何があったのかとずっと気に掛かっていたのだ。

もしかしたらエスパとの縁談について話があったのではないか。でも、呪いが解けないうちは結婚の話も進まないのではないか、と高をくくっていた。

背後に近づく足音に振り返ると執事のネスタがいた。彼はいつもの灰色のフロックコートを着て神妙な面持ちで佇《たたず》んでいる。

「あちらはエスパ帝国の皇女マレン殿下、ラディウス様の婚約者でございます」

「えっ……」

フィリは神経質そうなネスタの顔を見つめたまま絶句した。頭の中、いや、心の中までが白い霧に覆いつくされ、何も考えられなくなった。

（ラディウス様が結婚？　そんなはずはない。……いいえ、初めから彼は結婚すると決まっていたじゃないの）

頭が混乱して天地がぐるりと回るような気がした。脚ががくがくと震える。呼吸が苦しく、全身から力が抜けてさっきまで隠れていた柱に手をついた。

優しい彼に恋人のように甘く抱かれ、勘違いしてしまったのかもしれない。どんなに指を伸ばしても、この手は届くことがないのに。

震えるフィリの様子に構いもせず、ネスタが真顔で言葉を継ぐ。

「西の離宮に赴いていたのはマレン殿下にお会いになるためです。おふたりが顔合わせするのは初めてでしたが、会話もすっかり弾み、この先婚姻に向けて順調に話が進みそうです。それで、お願いしてあった解呪の進捗はいかがかと……」

「も、もう少しといったところですわ」

喉が詰まってまともに声が出そうになかったが、必死に取り繕った。ネスタにはラディウスに対する気持ちを気づかれたくない。はじめから叶《かな》わないと知っている恋だから、何も知られずに役目を終えたかった。

ネスタがふたりのところへ向かった。

王太子の姿は見えなくなっていたが、ラディウスと婚約者はまだ広間にいてネスタや従僕と話している。この後のスケジュールの確認だろうか。

フィリは勇気を振り絞って柱の陰から皇女の姿を見つめた。

マレンは落ち着いたデザインのこげ茶色のドレスを着た、ラディウスよりずっと年上の女性だった。緩くまとめた亜麻色の髪に、クリーム色の小さな帽子をちょこんと乗せている。ふっくらとしたバストはとても豊かで、男性を優しく包み込むような体型だ。

朗らかに笑う彼女からは、柔和な雰囲気が漂っていた。きっと人柄もいいのだろう。年齢はかなり上だが、この人ならラディウスを幸せにしてくれるかもしれない。

フィリは押しつぶされそうな気持ちを抱えて広間をあとにした。自室のドアを開けた瞬間に青い物体が目の前をかすめ、ひゃっと声を上げる。

「ロピ！　いつの間に戻ってきたの？」

室内に入ってドアを閉めたフィリは、猫足椅子の背もたれに止まった小鳥に駆け寄った。

手を差し出すと、ロピは両脚を揃えてぴょんと飛び乗った。ふわふわの青い羽に鼻をうずめて、スンスンと匂いを嗅ぐ。

鼻腔をくすぐる陽だまりの匂いに、気持ちがちょっと安らぐのを感じた。さっきは心構えができていなかっただけ。あとになれば彼がほかの女性のものになるのは当然だと納得できるだろう。

ロピは羽根をぼわっと膨らませて小首を傾げた。

「心配してたんだから」

「さっさと飯食わせるピ」

「こんなに長いこと留守にして、心配してたんだから」

「腹減ったピ、じゃないよ。こんなに長いこと留守にして、心配してたんだから」

「ロピもこれで忙しいピ。さっさと飯食わせるピ」

「はいはい」

呆《あき》れたふりをするフィリだったが本音は嬉しかった。はじめての失恋はひとりで抱えるには身に余る。生意気な口を利く友達に会えただけでなんとなく気持ちが楽になるから不思議だ。

「王子に魔女のことを伝えたピ？」

ロピが餌を貪りながら尋ねる。

「それがまだなの。忙しくて伝えそびれたのと、すれ違ってしまったのとで。殿下はずっと出かけていてさっき帰ってきたのよ」

「知ってるピ」

「外で見てたの？」

「そうじゃないけど知ってるピ」

何が言いたいのかよくわからないが、ふうん、と気のない声で返した。

ロピがくちばしを忙しく動かしながら顔を上げる。

「さっさと伝えたほうがいいピよ。王太子がまた何か企《たくら》んでるかもしれないピ」

「ロピは何か知ってるの？」

「なんだかわからないけど嫌な予感はするピ。ロピが魔女の家を見張ってる時に、王太子の家来が何か受け取ったんだから」

餌を満足いくまで食べたのか、ロピは身体を膨らませて瞼を閉じた。ずっと出ずっぱりで疲れたのかもしれない。

鳥の言うことだからあてにならないこともある。けれど、ロピの言う通りつい最近王太子の従僕が魔女から何かを受け取ったのは事実だ。それがもし、また何かの呪いや毒だったとしたら……

ラディウスが薬を口にして苦しむ姿が目に浮かび、思わず肩を震わせる。

(こうしちゃいられないわ)

フィリは部屋から飛び出すと、ラディウスの従僕を探して廊下を走った。

ロピのおかげで心のもやもやが吹っ切れた。

今すべきことは悲劇のヒロインになることじゃない。一刻も早く彼にこのことを知らせなければ。


緊急の伝言がある、と従僕に取り次ぎを頼み、フィリは急いで客間の一室に向かった。

その部屋は増改築を繰り返した離宮で一番古い区画にあり、今ではあまり使われていないのだそう。舞踏会や園遊会が行われる日など、盛大なイベントがある時だけ貴族を泊まらせたりするらしい。

客間の周辺は誰もおらずひっそりとしていた。薄暗くじめっとしており、白亜の城と称賛されるジュストス離宮と同じ建物とは思えない。城の半分はかつては砦《とりで》として使われており、美しいのは増築した表側の部分だけであるとラディウスは笑っていた。

壁をレンガ色に塗られた室内でドキドキしながら待っていると、ドアが静かに開いた。

「よかった。ちゃんと君だったか」

ほっ、と頬を緩めるラディウスを見て、フィリの胸の鼓動は一気に早まった。

久しぶりに間近で見る彼はうっとりするほど素敵だ。いつもの軍服姿ではなく、白いシャツに飾りボタンがたくさんついた紺色のウェストコートを着て、首に巻いたクラヴァットをサファイヤで留めている。

ドアを後ろ手に閉めてラディウスが近づいてきた。

「少し顔色が悪いようだ。寒いのか？」

彼の手が頬に触れた瞬間、フィリは急いで逃れた。

「な、なんでもありませんわ。……それより、お忙しいなかご足労いただきありがとうございます。お呼びだてしたのはほかでもありません。どうしてもお耳に入れておきたいことがありまして……」

フィリはロピから聞いた魔女と王太子との関係をありのまま話した。深い森の奥に棲《す》むという魔女の話、その魔女のもとを王太子の従僕が訪れていたこと、従僕が物資を対価に魔女から何かを受け取っていたということ……

落ち着いた様子で聞いていたラディウスの顔色が徐々に悪くなっていくことに、フィリは申し訳なさを感じた。しかしタイムリミットは迫っている。王太子の手元に新たな毒物か呪物があるとなれば、薄絹に包んで話したところでろくなことにならない。

「まさかそんなことになっていたなんて」

話の途中から椅子に座った彼が、膝の上で組んだ両手に顎を乗せて吐き出した。

「すみません。大切なお客様がいらっしゃっている時に」

「いや、むしろよく話してくれた。実は、兄の動向は私のほうでも調べさせていたんだ。魔女とのつながりまではわかったんだが、具体的には何も掴めずにいたから助かったよ。その情報はどこで？」

ドキンと胸が跳ねてフィリは目を泳がせた。

「そっ、それは……えっと、森の動物たちが教えてくれました」

「動物が？」

ラディウスは一瞬怪訝《けげん》そうに眉を寄せたが、すぐに穏やかな笑みを浮かべた。

「なるほど君らしいな。もちろん信じるよ。ただし、君は何もしないでくれ」

「えっ」

フィリは驚いて目をしばたたいた。

立ち上がったラディウスが、フィリに息が触れそうなほど近づいてくる。

「ヴァルドロスは危険すぎる。私のほうで対処するから絶対に危ないことはしないでくれ。約束できるな？」

フィリは全身が熱を帯びるのを感じた。厳しい口調とは裏腹に、彼の眼差しが優しかったからだ。

体温の高い逞しい身体がすぐそばにある。なのに、指一本触れることすらできないのがこんなに苦しいなんて。

堪えきれなくなったフィリは、ラディウスにくるりと背を向けた。

「わかりました。殿下のご迷惑にならないよう気をつけます」

「わかってくれればいいんだ。……私はもう行かなければ」

そう聞こえたものの、彼がその場から動く気配はない。

触れてほしい――時折衣擦れの音が聞こえるたびにドキドキしたが、甘い出来事はついに起こらず、踵を返す足音が室内に響く。

「あ、あの……！」

我慢できずにフィリは振り返った。

胸が苦しい。もしかしたらこれが最後かもしれないのに、何も話せずに別れたら一生後悔する。

「どうした？　フィリ」

振り返ったラディウスの表情が甘い。フィリは懸命に笑おうとした。

「ええと……にっ、西の離宮の庭園はきれいなんですか？」

ラディウスの口角が微《かす》かに上がる。

「きれいだったよ。ここの大庭園ほどではないけど、今もいろんな花が咲いている」

「そうですか。そっ、それから……そのお召し物、殿下によくお似合いです。青は殿下の……色って感じで」

「ありがとう」

にっこりと相好を崩すラディウスの笑顔に、フィリはかえって胸が苦しくなった。

違う。本当に聞きたいのはこんなことじゃない。さっきからずっと喉の奥に引っかかっていた言葉をどうにかして取り出す。

「あの……お連れになっていらした女性の方は、殿下の……殿下の……」

眉を震わせながらそこまで言ったものの、あとの句を継げなくなった。

ラディウスも何も言わない。言わなきゃよかった、と床に目を落とすフィリの視界に、ぴかぴかに磨かれたブーツのつま先が映る。そして、顔を上げた途端にその質問をしたことを後悔した。

「あの女性はエスパの第三皇女でマレン殿下だよ。私との縁談が持ち上がっていて、顔合わせのためにここへ来られたんだ」

ラディウスは穏やかな顔をしているように見えた。その青灰色の目はフィリではないどこか遠くを捉えており、静かに揺れている。

（ああ、本当に……）

ラディウスの表情を見て、彼は結婚を決めたのだとフィリは悟った。

ラディウスはひとりの男性である前に一国の王子だ。強大な隣国との友好の懸け橋となるべく結ばれる縁の前には、互いの感情など一切関係ない。せめて彼がこの結婚によって大義を果たせますように、と願うばかりだ。

フィリは瞼を閉じて深く息を吸った。そしてパッと目を開けると、満面の笑みを浮かべてラディウスを見る。

「殿下、ご結婚おめでとうございます。私も遠くからマレン殿下のお姿を拝見しましたけど、とても優しそうな方でしたわ」

「おめでとう、だって？」

彼が急に大きな声を出したため、フィリはビクッとした。

「私はマレン殿下と結婚するつもりはない。マレン殿下のほうもそう思っているはずだ」

「いいえ、殿下はきっとご結婚なさいます」

珍しく眉をしかめたラディウスの顔つきがますます険しくなる。

「どうしてそんなことを言うんだ？」

「殿下……？」

つかつかと苦い顔で近づいてくるラディウスから避けるように距離を取る。さっきまで穏やかだったのに、打って変わって険を含んだ表情になった彼が怖い。

後ずさりを続けたフィリは暖炉の脇に追い詰められた。厳しい面持ちのラディウスがフィリの後ろの壁に手を突くと、顔に影が掛かった。

「だいいち、呪いはどうするんだ？　君はまだその責務を果たしていない」

「先ほど魔女の話をしたではありませんか。私が行って魔女を連れてくるか、解呪の方法を聞いてきます」

ラディウスの美しい双眸が細くなる。

「危険だ」

「危険でもほかに方法がないのなら仕方がありません。私はそのためにここへ来たのですから」

目と鼻の先で揺れる鋭い目を、フィリは挑みかかるつもりで睨みつけた。ヒリヒリするほどの攻防に耳の奥で鼓動が騒ぎ立てる。呼吸が乱れる。

ラディウスの言う通り、その魔女は彼に獣化の呪いをかけた張本人かもしれない危険人物だ。

しかしそれだけに、確実に解呪できる可能性も高い。危険だろうがなんだろうが、せっかく魔女が見つかったのに、このチャンスを試さないなんてフィリにはできそうもない。

ラディウスが真剣な眼差しで首を横に振る。

「君が危険な目に遭うくらいなら呪いなど解かれなくてもいい。それか、私が自分で魔女の元へ行く」

「それこそ向こうの思うつぼです！」

思わず彼の腕を掴んでしまった。

「ご、ごめんなさい」

慌てて離した手を掴み返され、フィリはハッとラディウスを見た。固く結んだ唇の上で揺れる、澄んだ青灰色の瞳。彼の目つきはただ険しいだけでなく、別の複雑な感情が籠っているように見えた。

中庭に差し込む日没前の夕日に照らされ、銀色の睫毛の下には昏《くら》い翳《かげ》が落ちている。

ラディウスに初めて会った晩、ろうそくの仄かな明かりに揺れるこの瞳に心を奪われた。

一緒に街を歩いた日は、柔らかな日差しのなか白馬の尾のように髪をなびかせて笑う彼に、妖精王の姿を見た。

比類なき美しい容姿に生まれながらも、中身は気さくで愛嬌《あいきょう》にあふれ、少年みたいにまっすぐな心をもつ人。

だから彼を好きになったのだ。

「君がここへ来た理由は何も呪いを解くだけじゃない。君は私を悲しみから救ってくれた。優しく背中を撫でて、荒《すさ》んだ心を癒してくれた。その君を大切に思って何が悪い?」

手のひらにそっと口づけをされ、フィリは震えた。身体の芯が痛いほど疼く。ここへ来た時は爪の先ほども知らなかった女の悦びを、彼に教えられたのだ。

ラディウスに魔女のことを知らせたら、ひとりで森へ行って呪いを解く算段をつけるつもりでいた。その後はネスタにでも任せて、自分は彼にはもう会わない――そう決めていたのに。

ラディウスとはこれきり会えないのだと思ったら急に堪えきれなくなった。涙が頬を滑り落ちる。大きな腕で抱きしめられた途端に、堰《せき》を切ったように涙が次々にあふれてくる。

「すまない……君を泣かせるつもりはなかった」

「いいえ、ラディウス様。謝らないで」

嗚咽《おえつ》に震えながら彼を抱きしめる。フィリが泣いているのは自分自身の都合だ。彼は何も悪いことをしていないし、はじめから叶うはずのない恋だとわかっている。

不意に顎をもち上げられ、優しくキスが落ちてきた。しっとりと冷たい唇が、フィリの唇を軽く吸っただけで離れていく。もう一度キスされる前に急いで顔を背けた。

「フィリ……俺は君のことが――」

「それ以上言ってはダメ」

低い声で言って、フィリはラディウスの唇を指で押さえた。

指先から伝わる彼の唇の柔らかさ。体温。それと、胸に宛てた手のひらに触れる筋肉の逞しさ、彼の匂い。そのすべてが愛おしくて、激しく心をかき乱された。

「フィリ」

ふたたび強く抱きしめられた時、一瞬何もかもがどうでもよくなった。

ラディウスが唇を奪いにくる。壁際に追いやられたフィリに熱い胸を押し付け、フィリの手を痛いほど強く握って。興奮のためか彼の呼吸は震えている。

柔らかな唇が、フィリの唇の上を滑らかに這い、吸い、舐った。いつもに比べて性急なキスだったが、それが却《かえ》って嬉しい。はじめは拒絶していたフィリも、彼の情熱に押されて徐々に脱力していった。

「フィリ……」

一度唇を離したラディウスが、吐息が触れる距離で囁く。翳を纏った青い眼差しが揺れている。彼は睫毛を伏せ、もう一度、今度は貪るような激しい口づけでフィリを奪った。

「ん……んふっ……」

激しい口づけに翻弄され、フィリは深く息を吸って背伸びをした。口を開けると、すぐにぬるついたあたたかなものが口内に忍び込んでくる。

フィリの舌はねっとりと絡め取られ、甘く吸い立てられ、時折優しく噛まれた。上顎を撫でられたら、堪らず彼のシャツを握りしめてしまう。

一度は思い切ろうとしたけれど、口づけされて嬉しかった。きっとこれが最後になるだろう。このキスの味も、握ったシャツの感触も、部屋の空気も、すべてが素敵な思い出になる。

その時、唐突にドアをノックする音がしてふたり同時に跳び上がった。ラディウスがフィリを見つめたまま、パッと手を放す。

「入れ」

蝶番《ちょうつがい》をきしませてドアが開き、神経質そうな顔をした執事が顔を覗かせた。

「殿下……！　まだこちらにいらしたのですか。皆さまもう晩餐《ばんさん》の席におつきですぞ」

「わかった。すぐに行くから先に向かってくれ」

ラディウスの視線は相変わらずフィリの顔にある。

「そんなわけには参りません。今夜は大切なお客様が見えているのですぞ。先ほど陛下も到着なされました」

ラディウスは深いため息をつき、フィリの両肩を掴んでかぶりを振った。

「フィリ。あとで行くから君の部屋で待っていてくれ。いいかい、絶対だ」

「かしこまりました」

フィリが腰を折って顔を上げるまでのあいだに、ラディウスの姿は消えていた。

ほう、と深くため息をつき、いつの間にか松明《たいまつ》が明々と燃えている中庭を窓から眺める。

閨指導のためにやってきた子爵令嬢に過ぎない自分を、ラディウスが大切に思ってくれるのは素直に嬉しい。

けれど、足枷《あしかせ》にはなりたくない。もしかして自分が離宮に来たことで、彼に迷惑を掛けてしまったのでは、と思ってしまう。

部屋で待っているようにと彼が言ったのは、魔女のところへ行かないよう説得するつもりなのだろう。

ならばなおさら、部屋にいてはいけない気がした。婚約者の滞在中、もし彼が彼女とそういう雰囲気になった場合に、獣化の呪いが起きてはまずい。できるだけ急いで魔女の元へ向かわなければ。

「私はひとりでやれる。怖くない、怖くない」

フィリは自らを奮い立たせるために震える両手を握りしめた。

ドアの外は暗く、ひっそりと静まり返っており、近くに衛兵も使用人のひとりもいなかった。来た時とは違って恐ろしいくらいだったが、これから向かう魔女が棲む森はもっと暗いのだ。

壁伝いに靴の音を響かせながら、これからやるべきことを頭の中で考える。まずは部屋に戻って荷造りをしよう。ここに戻れるという保証はないから、自分に万一のことがあった場合に備えて、魔女の棲み処を地図に描き残して……

魔女の家の場所はロピからなんとなく聞いていたものの、地図を残すとなると彼の協力が必要だ。

(ロピはちゃんと部屋にいるかな。また出かけてなければいいんだけど)

窓がなく、古びた苔《こけ》の臭いが漂う暗い廊下を、フィリは前だけを見て進む。はじめて愛した男を守るために。

*

白いクロスを敷いたテーブルの上には、着飾った面々を映す金銀の食器が並んでいた。次々と豪華な食事が運ばれ、すでにほろ酔い気分の周りが、がやがやとうるさい。

その豪華な食事にほとんど手をつけず、ラディウスはテーブルの上のものを見るともなしに見ていた。

まったく馬鹿げている。兄の策略にまんまとはまり、まるで晩餐会とばかりに、着飾った人々の中心に座らされているとは、遺憾極まりない。おまけにどこから呼んできたのか、弦楽器の楽団が場違いなほどやかましい曲を奏でている。

ヴァルドロスはすべてお膳立てしたうえでラディウスをここへ連れてきたのだ。

西の離宮を発つとき、マレンと国王との顔合わせを兼ねて食事をしようと誘われた。それが戻ってきたら、両親と親戚だけでなく、宮廷の主だった貴族までが続々と集まってきたのだ。もちろん、妻を伴って。これが兄の計略でなくてなんなのだろう。

しかし、兄の仕打ちに以上にラディウスをやきもきさせているのはフィリのことだった。

フィリは明らかに思いつめていた。情に深く責任感の強い彼女のことだから、ラディウスの結婚話を聞いた今、どうにかして呪いを解かなければと思っているだろう。

あの様子では魔女のところへ単身乗り込みかねない。今こうしているあいだにも出かけてしまうかもしれないのに、この場から動けないなんて磔《はりつけ》にでも遭っている気分だ。

「大庭園に咲き誇る花もしおれそうなほどですわね」

すぐ隣から声があがって、ラディウスはそちらを見た。

「はい?」

「あなたのお顔ですわ。とてもひどいお顔をしてらっしゃること」

声の主はマレン皇女だ。彼女は最初に会った時と同じようなグリーンのサテン生地のドレスに、きっちりとまとめた髪に控えめな真珠の飾りをつけている。

ラディウスは咳払いをして目を泳がせた。

「失礼しました。このところあちこちへ飛び回っていたので疲れが出たようです。自分の城に戻ってくると気が抜けていけません」

「そうね。わたくしくらいの年齢になるとそれがもっとよくわかるようになるわ。でも、気をつけたほうがいいわね。ここにはあなたを蹴落とそうとしているかもしれない人たちがわんさかいるんですもの」

マレンはふくよかな手で目の前の仔牛《こうし》のステーキを頬張《ほおば》り、もぐもぐと咀嚼《そしゃく》した。

ぐるりと周りに目を配れば、なるほどこちらを盗み見ている視線とよく目が合う。

ラディウスの正面にはエスパの大臣がいて、その隣には王国の枢機卿、さらに隣にはうるさがたの大臣たちが座っている。

上座にあたる左側の妻手には国王と王妃が座り、隣の長手側の一番上座にはヴァルドロスがいる。

ヴァルドロスと目が合った時、彼は満面の笑みでワインの入ったグラスを高々と掲げ、ラディウスに祝福の意を示した。

ラディウスはゾッとした。彼の頭の中では今頃、勝利のファンファーレが高く鳴り響いていることだろう。

（そうはいくか）

ラディウスはヴァルドロスを無視してワインに手を伸ばした。これをのめば少しは食欲がわくかと思ったのだが、グラスを空けてしまってもフォークを持つ気にはならなかった。隣に目をやると、つい先ほど給仕が持ってきた皿まで空になっている。

「ラディウス様は食欲がおありじゃないのかしら。せっかくおいしいのに」

ラディウスの前の手つかずの皿をマレンがちらちらと見ている。白い大皿の真ん中には、フルーツのソースが掛かったステーキがちょこんと載っていた。

「召し上がらないのならわたくしにくださらない？」

「構いませんよ」

「まあ、嬉しいわ」

顔を輝かせたマレンは、ラディウスが差し出した皿を奪うようにして自分の前に引き寄せ、おいしそうに食べ始めた。

（よく食べる人だな）

ラディウスは横目に見て呆気にとられた。

「わが城の食事が気に入られたようですね」

ナプキンで口を拭うマレンに声を掛ける。彼女は咀嚼を続けながら何度も頷いた。

「ええ、ええ。とてもおいしゅうございます。こちらの料理人をエスパに連れて帰りたいくらいに」

「あちらにも腕のいい料理人がいるでしょう。では一万ルミスタでお貸ししましょうか」

「まあ」

くすくすと笑いあって、ヴァルドロスをちらりと見やる。

彼はまたこちらを見ていた。そして席を立つと隣にいる王妃の耳元で何かを告げる。王妃はこちらを一瞥《いちべつ》してから、自分の息子とそっくりな冷たい灰色の目を細めて笑った。

ラディウスはテーブルの下で拳を握りしめる。

兄の母親の蔑《さげす》むような目つきが昔から大嫌いだった。王宮へ上がった時には思春期を迎えていたため、小言を言われれば反抗し、押さえつけられれば無視をしたこともあった。

王宮での生活は抑圧の連続だったが、内からあふれだす不満を剣の稽古にぶつけたため、めきめきと上達した。同年代の子供たちと荘園《しょうえん》や街で年じゅう駆けまわっていたお陰で、はじめから身体能力が高かったのもあるだろう。

十六歳で離宮に独立する頃には剣術でラディウスに勝てる者はいなくなった。はじめからラディウスを目の敵にしていたヴァルドロスとの確執が決定的になったのも、この時期だった。

給仕がデザートを運んできた。ついでに手つかずの皿を下げるように言うと、給仕ははじめからおこぼれを期待していたのか顔を綻ばせた。

デザートは三角に切り分けられたチェリーパイにカスタードソースをかけ、周りにフルーツをあしらったものだった。

甘いものは苦手だ。マレンに食べてもらおうと横を向くと少し様子がおかしい。先ほどまで豪快に料理を平らげていた彼女の顔は青く、震えてもいる。

「いかがなさいましたか?」

ラディウスに声を掛けられたマレンは、前を向いたまま苦しそうに胸を押さえた。

「わ……わたくしちょっと、食べすぎたようだわ」

喉から絞り出すように言って、ごとりとテーブルに突っ伏す。

「マレン殿下！」

ラディウスが立ち上がった途端、食堂は一気に騒然となった。

着飾った女たちがあちこちで金切り声をあげ、男たちの怒号が飛び交う。その周りでは、使用人がフロアを行ったり来たりと上を下への大騒ぎだ。

『食べ過ぎたのかしら』

『あの体型だものな』

『毒かもしれませんわよ。いやだ、わたくしも食べてしまったわ‼』

「みなさん、静かにしてください」

ひそひそと話す者たちをラディウスは一喝した。暇な貴族たちは噂の種になるような話が何よりも大好物なのだ。

食堂のあちこちに控えていた従僕たちが飛んできて、来客を廊下に出した。マレンを除いて室内に残っているのは、王とヴァルドロス、ラディウス、ネスタの四人だけだ。

いつの間にかそばへ来ていたヴァルドロスが、顔をくしゃくしゃに歪めて頭をかき回している。

「なんてことだ……これは外交問題に発展するぞ。おい、誰かあのテーブルに給仕した者を呼べ！」

「今はそんなことどうでもいいでしょう。それより早く侍医を！」

ラディウスは兄に噛みついたあと、そばにいるネスタを見た。ところが、生真面目な執事は青ざめた顔で口髭を震わせる。

「それが、本日は妻が産気づいたとかで暇を取っております」

「なんだと？　代わりの者は？」

「助手のふたりのうちひとりは遠方まで往診に出かけておりまして、もうひとりは医師のお産の手伝いに出ております。どうも手術になりそうだということで」

ネスタはしどろもどろになりながら、ハンカチで額を拭う。

後ろから苦しげな呻き声が聞こえたため、ラディウスは振り返った。

マレンは目を白黒させて喉を掻きむしり、時折えずくような素振りを見せている。顔色はますます青く、それがみるみるうちに土気色に変わっていった。

彼女が言うようにただの食べ過ぎであればいいが、それにしてはあまりにも苦しそうだ。もしこれが何かの毒物によるものだったら――

ラディウスの脳裏に、なんでもあっという間に解決してしまう女性の笑顔が浮かんだ。

(そうだ、フィリならどうにかしてくれるかもしれない。バケモノになった俺を救ってくれたように)

「ネスタ、ここにフィリを呼べ」

ラディウスが口にした名前に、執事が眉を顰める。

「フィリアーナ様でございますか？　しかしあの方はこの場にお呼びできるような立場では――」

「今はそんなこと言っている場合じゃないだろう！　急げ！」

「はっ、かしこまりました」

ラディウスが珍しく声を荒らげたことに驚いたのか、ネスタは転びそうになりながら食堂から飛び出した。

4　ナスタジャの魔女

ろうそくの明かりで照らされたオレンジ色の廊下を、フィリはドレスの両脇を摘まんで全力で駆けている。少し先を走るのは灰色の上着姿のネスタだ。

ロピを探してうろついていた大庭園からずっと走り続けているため息が切れたが、止まるわけにはいかなかった。ラディウスの婚約者が危機に瀕《ひん》しているというではないか。

フィリが自室に戻った時、ロピの姿はまた見えなくなっていた。裏庭も、廊下の端から端まで歩いても見つからなかったため、先に荷物だけまとめて大庭園を探し回っていたのだ。

結局ロピは見つからなかった。彼がいなければ魔女の棲み処もわからない。地図も描き残せないのに、と自室で途方に暮れていたところ、慌てふためいたネスタが飛び込んできたのだった。

フィリが砂色の髪を揺らしながらネスタの背中に声を掛ける。

「それで、苦しみ出してからどのくらい経っているんですか？」

「おそらくですが二十分ほどでしょう」

「その直前に何か変わったことは？　マレン殿下だけが召し上がったものとかは？」

「いいえ、皆さんと同じものを召し上がっていたはずです」

ネスタは呼吸が苦しそうだ。初老の彼にはずっと走り続けているのが辛いのだろう。

やがて、遠くに大きく開かれた両開きのドアが見えてきた。ドアの外には従僕やメイドたちがあふれている。食堂内に人はまばらだ。

「ネスタさんはあとからゆっくり来てください」

遅れがちになっていた彼に声を掛け、フィリは全速力で走った。

ドアの前にたどり着くと、人が波を割るように左右に道を開ける。食堂の中には王太子と、肖像画でしか見たことがなかった国王の姿もあった。王は精一杯威厳を保っているように見えるものの、顔色はやはり優れない。

「フィリ！　こっちだ！」

声のしたほうを見ると、ラディウスが床にうずくまった女性を介抱している。服装は変わっているが、女性は昼間見たエスパのマレン皇女だ。

滑り込むようにしてマレンの横にしゃがんだフィリは、彼女を注意深く観察した。マレンの顔色は非常に悪いものの、意識はあるようだし浅く呼吸もしている。

「マレン殿下、ご気分はいかがですか？　どこかが痛いとか、ご自分についてわかることがあれば教えてください」

「う、うう……急に胸が苦しくなって……手足が痺れて、すごく……気持ちが悪いわ」

苦しそうな息遣いの合間に応じるマレンに、フィリは頷く。

「わかりました。――ラディウス様はその時お近くに？」

「私はずっと隣に座っていたんだ。殿下とも時々話をしていたが、特別具合が悪そうではなかった」

「そうですか。マレン殿下、ちょっと失礼いたします」

彼女が着ているドレスの襟元についた大きなレースをかき分けると、首筋に暗赤色の小さな斑点が見えた。以前に図書館の本でこんな症例を見たことがある。まさか、と思い、ドレスの袖口を手で引き裂いてみる。

食堂の外にいるメイドたちのあいだで悲鳴があがった。相当高級なドレスだろうが、シルクサテンの生地は彼女のふくよかな腕をぴっちりと覆っており、破くよりほかに方法がなかったのだ。

裂けた生地のあいだから覗いた白い前腕の内側に、やはり同じような斑点が浮き出ている。

(これは……)

フィリの胸はドキドキと逸った。急いでマレンの額に手を宛てると、やけどでもしそうなほど熱い。脈は弱く、額に玉の汗が浮かんでいる。

これはおそらくアルコネという木の根から作られる毒だ。

摂取すると消化につれて身体じゅうを回り、頭痛や嘔吐《おうと》、手足の痺れ、譫妄《せんもう》、呼吸困難などあらゆる症状を引き起こす。放置すれば確実に死に至るが、苦しみの割に進行がゆっくりで、死の直前まで意識が明瞭に保たれる。そのため、古来より強い恨みを持つ者による殺人の道具として使われてきたそうだ。

フィリはマレンの手を強く握った。

「マレン殿下、まずは落ち着いてください」

「そんなことをして何になるんだ! だいいち、お前は医者じゃないだろう⁉」

なぜか自分まで真っ青な顔をしたヴァルドロスが、震える手でフィリを指差す。ラディウスが素早く立ち上がり、兄の手を払った。

「兄上は黙っていてください。――フィリ、私にできることはあるか？」

「では、誰かにバケツを用意するよう言ってください」

ラディウスの指示に従って、給仕がすぐにバケツを持ってきた。フィリはメイドと協力してマレンを四つん這《ば》いにさせ、どうにかして吐かせる。

お腹が空っぽになる頃には彼女は自分の身体を支えられなくなっていた。フィリとメイドによって巨体を抱き起されたマレンは、息も絶え絶えになりながら目を白黒させた。

「ああ、死んでしまいそうだわ」

「殿下、よく頑張りましたわ。別室で静かに休みましょう」

フィリはポケットから取り出したハンカチでマレンの額の汗を拭いた。何人ものメイドに抱えられた彼女が、食堂から出ていく。

フィリはラディウスの姿を探して食堂内を見回した。

急がなくてはならない。少しは楽になっただろうけれど、マレンの身体にはすでに毒が回っている。

ラディウスは部屋の隅でヴァルドロスと話していた。その隣にはラディウスを少し小型にしたような体格の国王が立っており、小柄なヴァルドロスは彼らに責められているように見える。

フィリが王家の親子三人が話している場に近づいていくと、ラディウスの鋭い声が聞こえた。

「マレン殿下が苦しみだした時、兄上は給仕を呼ぶように言いましたね。それはなぜですか？」

「そ、それは……料理を持ってきた給仕が何か知っていると思ったからだ」

弟に詰め寄られたヴァルドロスは、明らかに動揺している様子だ。彼の顔は先ほどよりさらに青く、炭のように黒い髪がぐちゃぐちゃに乱れている。

ラディウスは眉間に皺《しわ》を寄せて、兄の顔に胸が触れそうなほど近づいた。ふたりの身長差は頭ひとつ分以上ある。

「それはおかしいでしょう。通常食事を口にした人に何かあれば、料理人に責任があると考えるものです。違いますか？」

「どうなんだ、ヴァルドロス。お前は何か知っているのか？」

「い、いや、私は――」

王にまで詰問されて、ヴァルドロスはいよいよ切羽詰まった表情だ。フィリはラディウスに近づいて腰を折った。

「ラディウス殿下、恐れながら申し上げます」

「どうした？　フィリ」

三人の目が一斉にこちらを向き、フィリの心臓はドキドキと脈を打った。

国王のいる前で、自分は今何を言おうとしているのだろう。万が一毒物の同定が間違っていたら、犯人が王太子ではなかったら、不敬により断罪されるかもしれないのに。

しかし、ラディウスに声を掛けてしまったからには後に引けず、恭《うやうや》しく身を屈めたまま口を開く。

「マレン殿下のご容態ですが、なんらかの毒物を盛られた可能性があります」

国王の口から、ひゅっと息を吸い込む音が聞こえた。

「毒だと？　娘、滅多《めった》なことを言うでないぞ」

「陛下、彼女の申すことは信用できます」

ラディウスからの進言に、ふうむ、と国王は髭の生えた顎をこすった。

「発言を許す。申してみよ」

「では申し上げます。マレン殿下の症状と状況から、アルコネイロという毒物が食事に含まれていたと思われます。アルコネイロは、アルコネの木の根を乾燥させて抽出した毒物で……」

国王とラディウスはフィリの言葉をひとことも聞き漏らすまいというふうに、静かに聞いていた。

それに引き替えヴァルドロスは、話を聞くにつれて落ち着きをなくし、ついには壁に手をつかなければ立っていられなくなった。

「……このまま対処しなければ確実に命を失うほどの強い毒性をもっています。現在この毒物を作れるのは魔女しかおりません」

「ひいっ」

フィリの口から『魔女』という言葉が飛び出した途端、ヴァルドロスが尻もちをついた。彼は今にも食べたものを戻しそうな顔つきで自分の頬を掻きむしった。

「お、おお、お許しください、父上！　あ、あれをマレン殿下が口にするとは思わなかったのです！　わた、私はただ――」

「『邪魔者の弟を亡き者にしたかった』――そういうことですか？」

見たこともない険しい顔をしたラディウスが、たった今氷室から取り出したような声で言う。

「そそっ、そんな、そんなわけがあるか」

ヴァルドロスが情けない声をあげた。彼は足腰が立たなくなったのか、床に座ったままブーツの底で床を蹴っている。

その彼に向かって、ラディウスは静かに歩を進めた。

「兄上は何か勘違いされておられるのでは？　私は大切な兄上を蹴落としてまで国王になるつもりはありません」

国王が苦虫を噛みつぶしたような顔をしたのを、フィリは視界の端に捉えた。王は床に這いつくばる息子に杖の先を突きつけた。

「お前は勝手な思い込みでラディウスを亡き者にしようとしたのか？　小国であるわが王国はエスパとの安全保障の上に成り立っておるのだぞ。正直に答えよ、ヴァルドロス！　本当にお前の仕業なのか！」

国王が手にした錫杖を振り上げると、ヴァルドロスは頭をかばった。

「ひぇぃっ……！　もっ、申し訳ございません‼　私が、私がやりましたァーーッ！」

王はしばらく錫杖を持った手を震わせていたが、やがてそれを投げ捨てると深紅のマントを翻した。

「この戯《たわ》けものめが‼　もうよい、誰か！　ヴァルドロスを牢《ろう》へ連れていけ！」

すぐさまどこからともなく衛兵たちがやってきて、すっかり抜け殻になった王太子の両脇を抱えて消えていく。

ふーっ、と大きく息を吐いた国王がフィリのほうへ身体を向けた。

「して、娘よ。マレン殿下を救う手立てはあるのか？」

「魔女に心当たりがあります。今から向かって、どうにかして解毒剤をもらってきます」

「そうか、どうか頼む。皇女の命と両国の絆《きずな》がお前に掛かっておるのだ」

「かしこまりました」

フィリは深くお辞儀をすると、踵を返して足早に食堂を出た。

廊下にはメイドや従僕の姿はもうなく、不安げな顔をしたネスタがいるだけだった。

「ネスタさん、ひとり乗りの馬車を用意してください！」

走りながら告げる。執事はキョトンとして宙へ目を向けた。

「ひとり乗りですか、はて……そんな旧型の馬車があったかどうか」

「フィリ！」

ラディウスが結んだ髪を振り乱してドアから飛び出してきた。彼はフィリの手を取るが早いか、厩のある裏門のほうへ足を向ける。

「馬車より私の馬のほうが速い。——ネスタ、今から解毒剤を取りに魔女のところへ向かう。医者を一刻も早く呼び戻してマレン殿下についていてくれ」

「な、なんと⁉　魔女？　それはいったい——」

水を閉じ込めた宝石みたいなラディウスの瞳が、きらりと輝いた。

「説明はあとだ。厩舎まで私の剣を持ってきてくれ！」

すべて言い終わる前に、ラディウスはフィリの腕を引いて駆けだしていた。

厩舎は離宮の裏門のすぐ手前にある。正賓を除いて馬車や馬は裏口から出入りするらしく、フィリがここへやってきた時にもそこから入った。

衛兵に落とし格子を開けてもらい、外にある石畳の通路を走って厩舎へ向かう。

薄暗い厩舎に入るなり、飼い葉と土と糞《ふん》の匂いがムッと鼻をついた。ひとりだけいた馬番らしき年老いた男がうつらうつらと舟を漕《こ》いでたが、近づいていくと目を覚ましてシャキッと立ち上がった。

「私の馬を急いで用意してくれ。ふたり乗りの鞍《くら》も」

「へい、かしこまりました」

馬番はラディウスにペコペコと頭を下げて、意外にも素早い動作で準備をする。そのうちにネスタが革製の鞘に納められた剣を持ってきた。

馬の準備が調い、ラディウスはフィリの腰を掴もうとした。しかしその手を、フィリはやんわりと押しのけた。

「乗せてあげよう」

「殿下のお手を煩わせるまでもありません」

フィリは馬の鞍を掴み、脚を開いて馬に跨った。

見た目は悪いが、このほうが横向きに足を揃えて座るよりはるかに安定する。たまに馬を駆る時はいつもこうしていた。

「これを持っていて」

渡された幅広の剣を受け取った瞬間、バランスを崩して落としそうになった。

（重い……！）

家族からお転婆の変わり者として扱われていたフィリでも、剣だけは握ったことがない。見たところ片手用の剣だが、こんな重いものを自在に振り回せるのだろうか。

その大切な剣を、革製の剣帯を頭にくぐらせて慎重に抱えた。後ろに飛び乗ったラディウスが、フィリの身体を包むようにして手綱を握る。

「ハッ！」

ラディウスの掛け声と同時に、白馬はいななきをあげて駆けだした。あまりのスピードに後ろに倒れたフィリの身体を、ラディウスがしっかりと支える。

月明かりが照らす広大な草原を、一頭の白馬は夜露を蹴散らしながら駆けていく。もう満月が近い。解呪の期限も残りわずかとなった今日、奇《く》しくもフィリにとってはまたとないチャンスが巡ってきたことになる。

しかしこれは諸刃《もろは》の剣でもあった。魔女が取引に応じなければ、どんな目に遭わされるかわからない。それに、魔女の棲み処を詳しく知っているロピがいない。

ドドッ、ドドッ、と蹄《ひづめ》が地面を蹴る音と、風切り音だけが耳に響く。

フィリは首だけを後ろに回してみた。さっきまで周りを明るく照らしていた離宮の明かりがすでに遠い。それは後ろを振り返るたびに小さくなっていき、やがて何も見えなくなった。

「それで、魔女の森はどこなんだ？」

ラディウスが後ろで声を張る。

「ナスタジャです」

「ナスタジャ⁉」

彼の大きな声に、ぶるる、と馬が首を振った。一瞬手綱を引いてしまったのかもしれない。

耳にラディウスの唇が触れ、フィリはびくりとした。

「ナスタジャの森といったら、入れば二度と出られなくなるという深い樹海じゃないか。それも森の動物たちから聞いたのか？」

「それは……」

フィリはしばらくためらったのち、唇を湿らせてから口を開いた。

「私の親友の青い鳥に調べてもらいました」

この期に及んで秘密はなしだ。隠せば命にかかわる。

「青い鳥って、いつも君の肩にとまっているあの小鳥のことか」

「そうです。……ごめんなさい。私、殿下に嘘をついていました。本当は動物と意思を通わせることができるんです。なかでもあの青い小鳥——ロピは特別で、彼とだけは言葉で会話ができます」

「言葉で？」

「はい。私が彼と出会ったのは、もうずいぶん前の子供の頃のことでした」

フィリはロピとの出会いや、彼がこれまでに起こした奇跡の数々を話して聞かせた。

ロピは本当に不思議な鳥で、あの大きさのほかの小鳥が野生下ではたった数年しか生きられないのに、フィリが知っているだけでも十三年は生きている。

普段から森に入り浸っているフィリでも、同じような青い鳥は一度も見たことがなかった。ほかの鳥と話しているのを見たことはあるけれど、決して群れることはなく、あの目立つ身体でどうやって身を守っているのかもわからない。

ロピはフィリにとって、単に友達というだけでなくかけがえのない相棒だった。

継母と継姉に疎まれて泣いていた時はずっとそばにいてくれたし、一緒に怒ってもくれた。ふわふわの美しい羽毛で癒してくれ、時にコミカルな動きで笑わせてくれる。

いたずら好きで気まぐれなところもあるけれど、賢くて頼りになる彼のすべてが大好きだ。だからいつもそばにいてくれないと困る。現に今だって……

「君を信じるよ」

ラディウスはフィリを優しく腕で包み、髪に口づけた。

フィリは風で冷えた肩があたたかくなるのを感じた。重く圧し掛かる責任も、不安も、こうされるだけでやわらいでいく。

「そういえばあの小鳥は？　どこかを飛んでるのか？」

銀色の髪を躍らせて、ラディウスがきょろきょろと見回す。

「いいえ。探したんですが見つかりませんでした。森の真ん中にある大きな湖のほとりに、魔女の小屋があると聞いています。あとは森に入ってからフクロウやオオカミに尋ねます」

「そうか。動物と話せるというのはものすごく便利だな」

そう言って笑うラディウスに対し、フィリは口の端をほんの少し上げることしかできなかった。

人を寄せ付けないという樹海の奥深くへ、馬でどこまでたどり着けるかわからない。樹海の動物たちは魔女の棲み処を知らないかもしれないし、心を開いてくれるとも限らない。

何よりの問題は、魔女と対峙した時に何が起こるかわからないことだけれど……

フィリはぶるりと身体を震わせた。

（それでも、なんとかして解毒剤を手に入れて帰らなくちゃ）

マレンは今も苦しんでいる。彼女がラディウスの婚約者であっても、苦しんでいる人を放ってはおけない。それに彼女が死んでしまったら、最悪の場合戦争が起きるかもしれない。

「寒いのか？　コートを持ってくればよかったな」

フィリの肩を抱く腕に力が籠められる。

「大丈夫です」

（ラディウス様と一緒なら）

フィリは肩を抱く彼の腕に自分の手を重ねた。

途中何度か遠くに集落を見て、馬は街道を外れた草の上を走り続けた。草の丈は馬のくるぶしほどだろうか。それでも一向にスピードが落ちないのはさすが第二王子の愛馬だ。

やがてこんもりと茂った黒い森が見えてきた。手つかずの森というだけあって突破口などないように見えたが、ラディウスはまるで自分の庭かのようにいきなり森の中へ馬首を突っ込ませた。

瞬間、バサバサッと音がしてカラスが一斉に飛び立った。

「みんな、起こしちゃってごめんね！」

ガアガアと怒りをまき散らす上空に向けて、フィリは声を張りあげた。ねぐらの下を通過してしまったのだろう。

「少し無茶をするかもしれない。君が動物たちを諌《いさ》めてくれ」

「わかりました」

そう言った途端に目の前に倒木が現れたが、馬はなんなくそれを飛び越える。

人の手が加わった雑木林とは違い、森は鬱蒼《うっそう》としていた。伸び放題になった枝が行く手を阻むように手を広げ、蔦《つた》が縄のように垂れ下がっている。まるで罠《わな》だ。

草の下には時折水たまりが隠れていたが、ラディウスは巧みに手綱を操り馬の転倒を防いだ。

次々と現れる木の根や岩、灌木《かんぼく》などの障害物を、馬は軽快に跳び越えていく。

ラディウスだけでなく、馬も森を走り慣れていそうだ。彼にとってはきっとこの馬が唯一無二の相棒なのだろう。

暗闇をものともせず、馬は樹海の中を駆け続けた。

もうどこをどう走ってきたのか見当もつかない。夜のせいか、頼りにしていた森の動物たちにも一向に会えず、焦りは募っていく。

（どうしよう。このままじゃ目的地にたどり着けないばかりか、ここから出ることもできないわ）

ホーウ、と試しにフクロウの鳴きまねをしてみた。しかし、耳を澄ませど返事は聞こえない。

「誰かー！　いたら返事して――！」

それでもねずみの声ひとつせず、あるのは草を薙《な》ぎ払《はら》う馬の足音だけ。

ダメかもしれない――そう思った時、黒っぽい何かがフィリの視界をかすめた。

(あれは……?)

遥か前方、ちょうど重なった樹々の葉の隙間から差し込んだ月明かりに、翼をもつ生き物の姿がちらちらと見えた。はじめはコウモリかと思ったそれが、空中で優雅な一回転を見せてフィリのほうへ向かってくる。

「ロピ‼」

小さな塊が、ぐーっと大回りしてフィリの横に並ぶ。彼は黒曜石みたいな目を月明かりに光らせ、羽ばたきと滑空を繰り返す波状飛行でついてくる。

「ロピ……! 来てくれたのね⁉ 探したんだから……!」

フィリの目にじわりと涙が浮かんだ。よかった。もう二度と会えないかもしれないと思っていたのだ。

「ちょっとヤボ用があったピ。そんなことより魔女のところへ向かうならついてくるピ!」

小鳥は翼を翻して前に飛び出し、ツピィ――――、と聞いたことのない甲高い声で鳴いた。ぐるぐると馬の周りを羽ばたきながら、何度も。

すると、森のあちこちから鹿やイノシシが飛び出してきた。さらに、ウサギやイタチといった小さな動物たちまでやってきて、次々と隊列に加わる。

《ついていくよ》

《一緒に連れていって》

ロピが少し前の上空でくるりと一回転した。

「戦えるよ。みんなフィリに助けられてるピ！」

「みんな……！」

あふれた涙が風で次々と後方に流されていく。

（ロピだ。ロピがみんなを集めてくれたんだ）

彼の姿が見えなかったのはきっとこのせい。今夜何かが起こると思って呼び集めていたのかもしれない。

白馬を先頭にして樹海を進む動物たちは、あっという間に大きな集団となった。

草の上を飛び跳ねるもの、器用に枝から枝へと飛び移るもの、空を飛ぶもの。フィリが知らない動物たちがほとんどで、説得するのは大変だっただろうと思う。

「驚いた……俺は今何を見てるんだ？」

ラディウスが放心したように動物たちを見回す。フィリはポロポロと涙を流していた。

「ロピです……あの子は気まぐれだけど、やる時はやる子で……」

ロピがフクロウに先導を任せてこちらへ突進してきた。

「王子は手綱に集中するピ！　フィリもまだ泣くんじゃないピ～！」


それからしばらく森を走り続け、かすかに水の音がする場所で進行を止めた。

下草の中から虫の声が響いている。樹上でフクロウの声がしているのは、魔女に気づかれないためにわざと鳴いてもらっているのだ。

「フィリ、大丈夫か？」

「どうにか」

「そこ、ぬかるみがあるから気をつけて」

「わかりました」

フィリとラディウスは、月明かりに照らされないよう湖から少し離れた灌木の中を歩いていた。

先を行くのがラディウスで、ロピは枝のあいだをちょこまかと飛び移りながらさらに先を行く。

大勢で行動すると目立つため、動物たちにはここから少し離れたところで待ってもらっている。いざとなったらロピが鳴いて危機を知らせる手筈《てはず》だ。

ここへ来る途中、この湖についてラディウスからいろいろな話を聞いた。

彼の言うことによると、この周辺は昔から『人隠しの森』と呼ばれ、地元の農夫でもめったに足を踏み入れない場所だったらしい。何人もの人が行方知れずになっており、探しに入った者も戻ってこないため、次第に誰も近づかなくなったという。

フィリはぶるりと肩を震わせ、太ももまでたくし上げたドレスを抱きしめた。その原因が魔女だったらと考えるとなんとも恐ろしい。

斥候役のロピが戻ってきて、前を行くラディウスが足を止めた。

「もうすぐ着くピ。ほら、あそこ」

フィリの手の上でロピがくちばしを斜め前方に向けた。

その方向に目を凝らすと、樹々のあいだから今にも朽ち果てそうな小屋が見えた。蔦に覆われた平屋建ての小屋は奥行きが長く、馬三頭分くらいあるだろうか。明かりは見えないけれど、煙突からは煙が上がっている。

少し近づくと、建物の周りに畑や井戸があるのが見えた。遠くに家畜の柵まである。

「自給自足しているようだな」

ラディウスがポツリと漏らした言葉に、フィリは頷く。これだけ深い森のなかひとりで生きていくためには、ひととおりの水や食料が必要だろう。魔女は物資を受け取っていた、とロピも言っていた。

ラディウスの耳に唇を寄せる。

「あれだけ煙が上がってるということは、起きているんでしょうか」

「わからないが……せっかくここまで来たんだ。声を掛けてみるしかないだろう」

ふたたび前進を始めたラディウスのあとからフィリも続いた。建物の手前にある大木の影に身を潜める。

「私が話をつけてこよう」

木の陰から足を踏み出したラディウスの手を掴む。

「ダメ！　ラディウス様の身に何かあったらどうするんですか。ここは私が――」

今度はラディウスを押しのけてフィリが前に進み出た。しかし、後ろから腕を引かれた拍子によろめき、大きな胸に抱き留められる。

「何を言っている？　女性の君のほうこそ怪我《けが》でもしたら大変だ」

フィリは険しい顔で見下ろすラディウスに向き直った。

「あなたは大切なこの国の王子で、ヴァルドロス様に命を狙われているんですよ？　その殿下とつながりのある魔女のところへ顔を出すなんて、わざわざ蛇の巣穴に飛び込むようなものだわ」

「大切？　それなら俺がフィリを大切に思う気持ちもないがしろにしないでほしい」

「いいえ。私とラディウス様では立場がまったく違います」

「ダメだ。みすみす君を危ない目に遭わせるくらいなら解毒剤なんていらない」

フィリは両目を吊《つ》り上《あ》げて息を吸い込んだ。

「それではここへ来た意味がありません！　解毒剤を持ち帰らなければマレン殿下は死んでしまうかもしれないのよ⁉」

その時、魔女の家から物音がして、ハッとふたりしてそちらを見た。さっきまで閉まっていた木戸が半分ほど開いている。

「まったく、お前たちはうるさいね。おちおち眠ってもいられないよ」

「ひっ……！」

木戸の隙間から背の高い女が姿を現した途端、フィリはラディウスにしがみついた。一瞬にして恐怖に囚われたのは、魔女の声がフィリを虐《しいた》げていた継母の声に似ていたからだ。

ドアの前に降り立った女の姿を、煌々《こうこう》と月明かりが照らす。

女は夜空と同じ色の、フードがついた長いローブを着ていた。手足だけでなく、頭まですっぽりとフードに隠れており顔は見えない。ただし、首元から前に垂らした漆黒の髪は長く、濡れた燕《つばめ》の背中みたいに艶めいているのはわかった。

ラディウスの腕にしがみついて震えているフィリに、彼が耳打ちした。

「そうしているとかわいいよ。……といっても、君はいつだってかわいいんだけど」

「は、はい？」

眉を顰めて見上げると、ラディウスがにやりと片方の唇の端を上げた。

「いつでも俺を頼ってくれればいいのに」

「ちょっ……！　そんなこと言ってる場合ですか」

「そうだな。お楽しみはあとに取っておこう。――あなたがこの辺りで有名な魔女かな？」

ラディウスが女に声を掛けた。特別大きな声でもないが、よく通る彼の声は離れた場所で待つ動物たちのざわめきを誘ってしまったようだ。

女は森の奥へ首を向けて、フードの下から覗かせた真っ赤な唇を横に広げた。

「ふうん……遠くにギャラリーがいるようだねえ。いかにも私は魔女だ。といっても、魔女だなんていつの間にか誰かが勝手に言い始めただけだがね」

「なるほど。では、夜分に申し訳ないが、今日は頼みがあってここへ来た。アルコネイロの毒を中和する薬がほしい」

魔女が顔を上げ、フードの奥がちらりと見えた。

フィリはゾッとした。魔女の双眸に人ならざるものを感じ取ったからだったが、しばらく考えてその理由がわかった。瞳の瞳孔の部分が蛇と同じ縦長をしているのだ。

魔女は大きな唇をにやりと曲げた。

「そうか、お前が……ということは、失敗したんだね？」

「そういうことになるな。話が早い、と言っていいのかわからないが、その不出来な兄のせいで今大変なことになっているんだ。時間がない。いくら出せば解毒剤を譲ってくれる？」

ヒッヒッ、と不気味に肩を震わせる魔女に、フィリは眉を顰めた。

「気を付けて」

「ああ」

魔女が一歩こちらへ近づいてくる。フィリは無意識にラディウスの腕を引っ張った。

「それじゃあひとつ聞くが、あんたはいい奴かい？　それとも悪い奴かい？」

「善悪で言ったら善のほうだと信じたいが、それは私が決めることではない。戦争と同じだ」

魔女がにやりと頷く。

「では薬はやれないねえ」

「なんだと？」

ラディウスが腰のものに手を掛けた。

魔女の手が袖の中で落ちつきなく動いている。何か変だ。フィリはいつでもラディウスを庇《かば》えるよう、ぬかるんだ足元に力を籠《こ》める。

「いいかい、世の中の大抵のものは光と影、善と悪でできてるものさ。魔女ってのは昔から悪いほうに加担すると決まってるんだよ。あんたの兄からは悪のにおいしかしなかった。だから薬を売ってやったのさ」

フィリは押しつぶされそうな胸に思い切り息を吸った。

「そうは言っても結局はどれだけ対価がもらえるかじゃないんですか？　知ってるのよ。毒薬を渡す見返りに、王太子から金品を受け取ったでしょう？」

「そりゃあタダ働きなんかしないさ」

「王太子に渡したのは毒薬だけじゃないんでしょう？　ラディウス様に獣化の呪いをかけたのもあなたね？」

その時、魔女が素早い動きで腕を払った。

「危ない！」

横に飛んだラディウスが、フィリを抱いて地面に転がる。直後に、パァンと頭上で火花が炸裂《さくれつ》し、四方に飛び散った。

草が伸び放題になった地面で次々と火の手が上がった。鳥たちが慌てて逃げていく音が聞こえる。

急に空が明るくなったかと思えば、足元だけでなく頭上を覆う枝葉にまで火がついていた。

ラディウスが起き上がりながら周囲に視線を巡らせる。

「枯木でもないのにどういうことだ？」

「油分の多いケダシンの実に特殊な加工をして火薬で破裂させたのです。この周りもケダシンの木だから一気に燃え広がったんだわ」

そう言ったフィリの顔を、魔女がぎょろりとした目で食い入るように見つめる。

「ほう、詳しいね。お前も魔女かい？」

フィリはラディウスの手を借りて立ち上がった。

「魔女ではないわ。少なくともあなたみたいに悪い魔女では」

「さっきの話を聞いてなかったようだね。魔女にいいも悪いもないんだよ」

チッと舌打ちをしたラディウスが、フィリの前に立ちはだかった。そこらじゅうに燃え広がった炎のせいで、彼の髪もオレンジ色に見える。

「穏便に話し合いで解決……とはいかないようだな。フィリ、君は隠れていろ」

ラディウスが腰に帯びた剣をすらりと抜いて切っ先を魔女のほうへ向けた。

「アルコネイロの解毒剤をよこすなら命だけは助けてやる」

凄《すご》みを帯びたラディウスの声。彼の背後にいるフィリからはその表情は見えなかったが、激しい怒りが伝わってくる。

しかし魔女は怯まなかった。炎に照らされた口元はむしろ楽しんでいるように見える。

「ずいぶんと見くびられたもんだよ。お前の呪いを解く薬はいらないのかい？」

「まずは解毒剤が先だ。大切な客人の命が掛かっている」

ケッケッ、と魔女は隙間だらけの歯を見せて笑った。

「あたしゃ『いい奴』には力を貸さないって言ってるだろう？　呪いを掛けられた身で術者の前に出る。それがどういうことかわからないのかい？」

魔女が手をかざした。

「ラディウス様、逃げて！」

フィリは咄嗟《とっさ》に地面に転がっていた棒切れを拾い、魔女目がけて突進した。しかし、魔女が空中で手を振り回した瞬間、強い衝撃波を浴びて地面に叩きつけられた。

「痛ッ……！」

起き上がろうとしたところ、ズキッと手首に痛みが走る。どうやら少し捻ったらしい。

「フィリ……！　貴様ぁッ」

よろよろと立ち上がったフィリの視界に、魔女に向かっていくラディウスの姿が映った。危険だ。魔女は彼を魔法で操ろうとしているのに。

「ラディウス様！」

フィリが叫ぶのと、ラディウスの剣が振り下ろされるのと同時だった。ふたりがぶつかり合う瞬間に光が弾け、思わず顔を背けてしまう。

(何？　何が起きたの⁉)

固く閉じた瞼の向こうで眩い光が明滅した。やがてそれが収まり、恐るおそる向けた視界に飛び込んできた光景に目を見張る。

爪の長い手をかざす魔女の前に、ラディウスが両手を地面について伏していた。その唇からは、彼の褥《しとね》で何度も耳にしたあの唸り声が聞こえる。覚束《おぼつか》ない足取りで近づいてみれば、小刻みに震える彼の瞳が金色に輝いていた。

魔女の手のひらから、コォォ、と白い光が発せられていた。頭にかぶっていたフードは今や後ろに撥《は》ねのけられ、おぞましい素顔が暴かれている。鋭く吊り上がった双眸は白く濁り、頬は青白く、ケロイド状の火傷《やけど》の痕があった。

「いいかい、小娘。お前も魔女ならよーく覚えておきな。呪いが発動するには一定の条件がいるんだ。たとえば特定の言葉。におい。強い光……王子にかけた呪いの条件はとうに忘れたが問題はない。高位の術者であれば条件などなくとも任意に発動できるからだ」

「お願い、やめて……！」

祈る気持ちで懇願するフィリを、魔女が濁った目で捉える。そして真っ赤な唇を横に広げてにんまりと笑った。

「ラディウスといったか。今からお前は私のペットの犬ころだよ。見たところお前たちは愛し合っているらしい。正気に戻った時にその娘を食い殺していたと知ったらどんな気分だろうねえ」

「やめて――ッ！」

「さあ、娘を襲うがいい！」

魔女の声に応えるかのように、ラディウスがゆらりと立ち上がった。彼がこちらへ顔を向けた瞬間、フィリは自分がどこにいて何をしているのかわからなくなった。

元はラディウスだった獣が近づいてくる。

ぎらぎらと獰猛に光る金色の瞳と開いた瞳孔。食いしばった歯の隙間からしゅうしゅうと洩れる荒い息、唸り声。ほどけた髪は炎の明かりを受け、燃えるように逆立っている。

（そんな……ラディウス様……）

日差しを浴びて輝く湖のような目を細め、にこにこと屈託なく笑う普段の彼の様子が目に浮かぶ。

心優しい彼に、自らの意志に背いて人を殺《あや》めることなどさせたくない。

（でも、今のラディウス様には何を言っても無駄だわ）

それはフィリが一番よく知っていることだ。いつもポケットにしまってある薬も荷物にまとめてしまった今、残す手立てはただひとつ。

彼の耳まで届くよう、胸に大きく息を吸う。

「イル」

フィリは両手を広げ、にっこりと満面の笑みを浮かべた。

これまでに自分が見せたどんな笑顔よりも美しく、たおやかで、慈しみ深い笑顔になるようにとの願いを込めて。

一歩、また一歩と獣じみた顔つきのラディウスが迫ってくる。

周囲を取り巻く炎がますます熱い。しかし、フィリの心はそれよりもっと熱かった。決して退かず、笑顔のまま見つめるフィリの頭上に、ラディウスが雄叫《おたけ》びとともに剣を振りかざす。

しかし――

「あっ、ぐ……ッ」

燃え盛る炎に切っ先がきらめいた瞬間、彼の手が不意に空中で止まった。

まるで見えない壁にぶち当たったかのよう。剣の重みで大きな身体がぶるぶると震えている。

魔女が息をのむのがわかった。

ラディウスの端正な顔に浮かぶのは、何かと闘っているかのごとく苦しげな表情だ。

フィリは一歩進み出てラディウスを強く抱きしめた。

「ああ、イル……私がわかったのね」

フィリはラディウスの胸に頬をこすりつけ、いつもと変わらぬ匂いを嗅いだ。

こんな時なのに嬉しくて涙が出そうだ。彼は獣なんかじゃない。フィリに牙を剥《む》いても、ちゃんとどこかに自我が残っている。

初めて会った晩と同じく、優しくゆっくりとラディウスの背中を撫でる。

「大丈夫。あなたがどんな姿になろうとも、私だけはちゃんと受け止めてみせるわ」

「フィ……リ……」

硬くこわばっていた彼の身体から徐々に力が抜けていく。呼吸が凪《な》いでいく。

ガラン、と金属が地面を叩く音がして、彼が剣を落としたのがわかった。

「おのれぇ……！　どういうことだ！」

獣みたいに歯をむき出しにした魔女が、ずんずんとこちらへ向かってきた。太腿まである長い髪を振り乱し、闇に同化した長衣を翻して。

フィリは素早くラディウスの前に立ちはだかった。もう一度彼を操ろうというのか、魔女がラディウスに向かって手をかざす。

「逃げて！」

「その必要はない」

ハッと振り向くと、ラディウスが剣を拾って魔女のほうを向いたところだった。

背筋をピンと伸ばして剣を構える彼は、いつもと同じ精悍《せいかん》な顔つきに戻っている。燃え盛る炎を宿した青い瞳に、フィリは胸の高鳴りを覚えた。

「ありがとう。君のおかげで目が覚めた」

ニッと輝かんばかりの笑みを浮かべるラディウスにつられ、思わずフィリも口元をほころばせた。

しかし、魔女がすぐ近くに迫り、ふたりの顔から笑みが消えた。

「今度こそ隠れていてくれ。君には指一本触れさせない」

「わかりました」

彼の言うことに従って地面を蹴ると同時に、魔女が飛び掛かってきた。

「させるか！」

ラディウスが素早く剣を下ろし、魔女の長い髪がばさりと切れた。魔女はその剣を踏み台にして空中で一回転したのち、地面に降り立った。

「へえ。サーカス団にでもいたのか？　こんなふうに」

おどけた口調で言ったラディウスが、剣をぐるぐると振り回して見せる。そのうちにフィリは魔女の小屋の陰に隠れた。時間稼ぎをしてくれたのだ。

魔女がイライラした様子で唇を曲げる。

「余裕を言ってられるのも今のうちさ」

「じゃあ次はもっとすごいものを見せてくれるんだろうな」

「舐めるんじゃないよ‼」

後ろに飛び退《すさ》った魔女の姿が次の瞬間には消えていた。そしてふたたび現れると同時に、無数の光の礫《つぶて》がこちらへ放たれる。

「フィリ、伏せろ！」

ラディウスは脱いだ上着を振り回してそれを防いだ。上着にぶつかった礫《つぶて》が次々と力を失い地面に散らばる。光の礫に見えたものは植物の葉のようだった。フィリにはこんなことはできない。やはり本当の魔力があるのだろうか。

地面に這いつくばるようにしてその様子を見守りながら、フィリは離宮へ来る前に街の書店で見た魔術書に書かれた内容を思い出していた。

魔女は様々な物体に呪文を浴びせて毒物や呪物を作ることができる。それが、位の高い魔女になると武器や防具にも特別な力を宿らせることができるらしい。

そのため、いくら法律で魔女との取引を禁じても、私怨あるいは戦争に備えて陰で取引を続ける者があとを絶たないのだとか。

忌み嫌われる存在でありながら、彼らが今の今まで生き永らえている理由がそこにある。

ラディウスは上着を盾にして、湖のほとりに立つ魔女に近づいた。魔女はチッと舌打ちをしてまた姿を消した。

その次に魔女が現れたのは小屋の屋根の上だった。今度は風を巧みに扱って火の粉を散らし、炎を纏った枝葉で地面に渦を作る。渦はどんどん大きくなり、周りの樹々を巻き込んで火柱となった。

熱風に襲われてフィリは顔を覆った。ラディウスも熱と予測がつかない炎の動きに戸惑っているらしく、逃げまどうのがやっとだ。

(これじゃとても魔女に近づけないわ)

フィリは地面を見回して何か助けになるものがないかと探した。ちょうど手のひらに乗るくらいの石を見つけ、屋根の上の魔女目がけて放り投げる。

こつん、と屋根に石が当たった瞬間、魔女の目がこちらを捉えた。それと同時にぴたりと風が止《や》み、ラディウスが走って小屋へ向かう。

「この、小娘が！」

魔女が怒りに目を吊り上げつつ、こちらに向けて両手をあげた。しかし、直後に悲鳴を上げて身を屈めたため、フィリは屋根の上に目を凝らした。

魔女を襲っていたのは、フクロウたち夜行性の猛禽《もうきん》たちだった。ロピの姿も見える。

「遅くなったピ！」

「ロピ！」

鳥たちは魔女の髪やローブを引っ張ったり、頭をつつき、頬の肉をかじったりした。

魔女はどうにかして鳥たちを追い払おうと、闇雲に腕を振り回す。

そのあいだにラディウスが、小屋の脇に積み上げられた薪に飛び乗った。さらに、小屋のすぐ横に立つ木の枝から枝へと次々飛び移り、やがて屋根に到達した。

彼は魔女の背後から静かに迫った。魔女が窮地に追いやられたことに気づいたのは、後ろから回された剣を喉に突きつけられた時だ。

「術を使う時は姿を現さなければならないようだな」

「ひぎっ」

魔女の喉元で、月明かりを浴びた刀身がギラリと光る。その背後でラディウスが、にやりと不敵な笑みを浮かべた。

「観念しろ。さっさと解毒剤をよこすんだ」

「畜生！」

魔女は往生際が悪く身体を捩って暴れた。その際に体勢が崩れ、ふたりは揉みくちゃになって屋根を転がり落ちた。

「ラディウス様！」

急いで駆け寄ったところ、すでにラディウスが魔女を組み敷いていた。

ふたりともたいした怪我はなさそうだ。平屋だったうえに、ちょうどそこだけ下草がはびこっていたのがよかったのかもしれない。

チチッ、と屋根の上でロピが鳴いている。

フィリが顔を上げると、離れた場所に置いてきた動物たちがやってくるのが見えた。

「みんな……！」

動物は火を怖がるから、ロピが逃げたのと同様どこかへ散ってしまったかと思っていたのだ。置いてきた場所とは逆の方角からやってきたところを見ると、火を避けて遠回りしてここまで来たのかもしれない。

《無事だったんだね》

《フィリ》

《草を持ってきたよ》

鹿が紫色の野草を咥《くわ》えて持ってきた。

「ありがとう。助かったわ」

フィリに首筋を撫でられた鹿は、その場でぴょんぴょんと跳ねまわった。

「その草は？」

ラディウスが魔女をうつ伏せに押さえつけたまま尋ねる。激しい乱闘により乱れた彼の髪には、枯れ葉や木のクズがいっぱいついている。

「これは口割草《くちわりそう》。文字通り、自白剤に使われる毒草です」

「口割草だって⁉　やめろ！　薬を渡すからそれだけはやめてくれ！」

首だけ上げた魔女が、濁った目を零れ落ちんばかりに見開き、手足をバタつかせた。口割草を使われた人間は非常に強い苦痛に苛まれるのだ。

暴れる魔女をラディウスが押さえつける。

「信用できるものか。悪い奴にしか加担しないんだろう？」

「信用できないのはお前たちも同じだ……！　お前たちのせいで、私は……私の人生は、めちゃくちゃに」

魔女の顔に一瞬いろいろな感情がごちゃ混ぜになったような表情が浮かんだのを、フィリは見逃さなかった。

ラディウスが神妙な面持ちでこちらを見る。

「口割草だなんて初めて聞いたよ。恐ろしい植物を知ってるんだな」

「図書館の本に書いてあったんです。私も使うのは初めてで……」

言葉の途中で震える息をのみ込む。これまでは治療のためだけに使ってきた薬草の知識を、初めて人を傷つけるために使うのだ。手も息も震える。

フィリは草をよく揉んでから、後ろ手に押さえつけられた魔女の顔に近づけた。

「さあ、この匂いを嗅ぐのよ」

魔女はヒィヒィと喘いで、どうにかして逃れようと暴れた。しかし身動きができない。

鼻の前に毒草を宛がわれると、やがてトロンとした目つきになり完全に脱力した。艶めいていた漆黒の髪は老婆のように白化し、肌は皺だらけ、手や腕は枯れ枝みたいになり、一瞬にして老け込んでしまった。

「教えて。アルコネイロの解毒剤はどこにあるの？」

「う……あソ、こに……」

魔女が震える手で小屋を指差したため、ラディウスがひょいと魔女を持ち上げて小屋へ向かう。

魔女の家はあちこちに穴が開いており、板を張ったり麻を詰めたりして修復した跡があった。

床には物が散乱し、虫の死骸や隙間から入り込んだ枯れ葉も散らばっている。全体的に埃《ほこり》っぽく、獣が死んで腐ったようなにおいが漂っていた。

この魔女が人里離れた森の奥で暮らすようになった経緯を想像して、フィリは悲しくなった。

もしかしたら、フィリと同じように家族から『変わり者』だと疎まれたり、周囲から恐れられて迫害され、こんな樹海の奥まで追いやられたのかもしれない。街に買い出しにも行けずに自給自足をし、家の修理に人も呼べないような生活を送らねばならないことに、憐れみを感じたのだ。

解毒剤は、魔女が指し示す薬瓶が並んだ棚の一番手前にあった。瓶を手に取ったフィリの手元を、ラディウスが不審そうな顔で覗き込んでくる。

「信用できそうか？」

「口割草を使われたら嘘はつけません。もうひとつ聞かないと」

念のため魔女に確認したのち瓶をポケットにしまい、魔女の顔をじっくりと観察した。目つきがかなり怪しい。あまり時間がなさそうだ。

「これで最後だからしっかりして。ラディウス様にかけた獣化の呪いを解く方法は？」

魔女は口の端から泡を出しながらパクパクと喘いだ。

「くす、リ……薬、瓶……ア」

「質問を変えるわ。ラディウス様の獣化の呪いを解く薬には、なんの植物を使うの？」

「クレアドナ……シル……の実」

「わかったわ」

もう一度薬瓶の入った棚へ行き、雑然と並んだ瓶をひとつひとつろうそくで照らす。

薬瓶が透明なガラス製でよかった。その中の赤色をした液体の入った瓶を取り出し、蓋を取ってにおいを嗅ぐ。

草の香りのなかにブドウに似た甘さと香り、それとわずかなエグみを感じる。指をちょんとつけて舐めてみると、スパイスのような辛みと酸味が鼻に抜けた。

瓶を手にして後ろを振り返り、魔女の目の前に掲げる。

「これでいいのね？」

「ソレ……だ」

絞り出すようなしわがれ声に、フィリは安堵した。

やっと手に入れた。フィリにとってはマレンの解毒剤よりもこちらのほうがはるかに大切だったから、本当は大声で叫んで跳び上がりたいくらいだ。

「ア……マだ……マ、テ……」

骨と皮だけになった魔女が震える手でラディウスの腕を掴んだ。先ほど操られた時の感覚がよみがえったのか、彼の顔に困惑と恐怖が滲む。

フィリは皺だらけの魔女の腕に手を重ねた。

「何か言いたいことがあるの？」

フィリは口割草を嗅がされる前に彼女が口にした言葉を思い出していた。魔女は王室か世の中に対して恨みを持っているようだった。ラディウスにはわからないかもしれないが、フィリにはわかる。

「あなた、もしかして迫害されてこんな森の奥へ来たのではなくて？」

ラディウスが弾かれたようにフィリを見た。

魔女がこくこくと小刻みに頷く。

「そう……ずっと悲しかったのね。誰もあなたに話しかけてくれず、助けてくれずにひとりぼっちで苦労して……それがあなたを悪い魔女に変えた。違う？」

魔女が頷いた時に目尻から濁った涙が零れ、胸が締め付けられるのを感じた。素直に気持ちを吐き出したのは口割草の効果もあるだろう。

「私にも特別な力があるから少しだけ気持ちがわかります。もしかしたら私もあなたのようになったかもしれない」

「フィリ……」

ラディウスが憐れむような眼差しを向けてきた。彼は魔女の腕を掴むフィリの手に大きな手を重ね、視線を魔女に向ける。

「わかった。今度の会議で誰かを迫害するのを禁ずる法律を作ろう」

「ラディウス様」

フィリが顔を上げると、ラディウスが真剣な顔つきで頷いてみせる。

その時、魔女の腕の感触が変わった気がしてふたりで目を向けた。皺くちゃだった身体からさらに水分が抜けていき、朽ちた木のようになり、やがて骨もなくなってしまう。

簡素で汚れたベッドに残されたぼろぼろのローブを前に、フィリとラディウスはしばらく呆然としていた。何が起きたのかまったくわからない。ただひとつ言えるのは、最後に見た魔女の顔が安らかな表情をしていたということだけ。

すべてが終わったことに気づいた途端、フィリは脱力してその場に倒れそうになった。

魔女はきっと、ラディウスの言葉を聞いて安心し、天に昇ったのだろう。おそらく肉体はとっくに朽ちていて、世間に対する強い恨みや憎しみが彼女をこの世にとどまらせていたのではないか。自分も同じような人生を歩んでいたかもしれないと思うと、魔女を恨む気にはなれなかった。

「ここにはもう用はない。すぐに帰ろう」

ラディウスがフィリの腰に手を回した。

「ひとりで歩けます」

「我慢しなくていい。フラフラじゃないか」

子供みたいに縦に抱き上げられると、急に力が抜けていくのがわかった。必死に保っていた心が限界まで擦り切れ、今にも破れそうになっているのが自分でもわかる。

小屋の外に出ると、入り口を動物たちがぐるりと囲んでいた。森を焼き尽くす炎はまだ消えていないのに、皆心配そうな顔つきでこちらを見ている。

「みんな……」

フィリは思い切り泣き出したくなった。動物たちにとって火は恐怖でしかない。それなのにこうして逃げずにいてくれたことが心から嬉しい。

ロピが飛んできてラディウスの肩にとまった。いつもは饒舌《じょうぜつ》ないたずら鳥はひと言も発せず、黒々とした目でフィリを見つめる。

フィリは鼻の奥にツンとしたものを感じながら、ロピに頷いてみせた。

「ありがとう。あなたのおかげよ」

「礼はあとでもらうピ。それより急ぐピ」

ロピがチチッと鳴くと、動物たちの輪の奥からラディウスの馬がやってきて目の前で立ち止まった。

「ここで待っててください」

ラディウスの腕から下りたフィリは、よろめきながら家畜の柵まで行った。

「好きなところへ行きなさい」

すべての柵の扉を開け放つと、火に驚いて右往左往していた動物たちが一斉にどこかへ走り去っていく。

「しっかり掴まって」

馬の背に乗ったラディウスがやってきて、フィリの脇の下に腕を回す。直後に軽々と抱き上げられてフィリは鞍に収まった。

念のためふたりの身体を剣帯で括りつけたのち馬は森を離れた。動物たちは思い思いに行動しているようでいて、結局は炎から遠ざかるしかなく、馬のあとをついてきている。

夜露の下りた森はひんやりとしていたが、ラディウスに抱きかかえられているおかげで寒くはなかった。出発する前に彼が上着を貸してくれたから、逆に彼が寒くなっていないかと心配になる。

いろいろあったせいでフィリは疲れ切っていた。布越しに伝わる包み込むようなぬくもりに身を預け、いつまでも魔女のことを考えていた。

フィリとラディウスが離宮に到着したのは、夜明けまであと二時間といった頃だった。動物たちとは森を走る途中で次第に別れていき、ついてきたのはロピ一羽だけ。その彼も建物には入らずに、どこかへ飛び去った。

表玄関の前にいた衛兵に馬を預けたのち、フィリはラディウスの後に続いて城の中へ飛び込んだ。いつもならこの時間はどこもひっそりと静まり返っている。しかし今夜はメイドや従僕が多いようだ。

「ラディウス様……！」

玄関ホールにいたネスタが慌てて飛んできた。彼も寝ていないのか、眼鏡の奥の目が落《お》ち窪《くぼ》んでいる。

フィリとラディウスは事件が起きた食堂がある区画に向かって走った。その横にネスタがぴたりとついてくる。

「殿下、お帰りをお待ち申し上げておりました。おやおや、御髪《おぐし》がすっかり乱れて」

背伸びをして髪を整えようとするネスタの手をラディウスが押しのける。

「そんなことはどうでもいい。マレン殿下のご容態は？」

「はっ。ただ今食堂の隣の部屋で休まれておりますが、あれからずっと苦しまれております。お顔の色も悪く、相変わらず熱も高い状態が続いておりまして、侍医がつきっきりで診ております」

「侍医は戻ってきたのか」

「一時間ほど前に」

「わかった。すぐに薬をのませよう」

バン、と勢いよくドアを開けて客間へ飛び込むと、ベッドを囲んでいた人たちが一斉にこちらを向いた。

室内には疲れ切った顔をした侍医とふたりのメイド、それに、マレンと一緒にエスパからやってきた大臣とお付きの夫人ふたりがいる。皆ベッドから少し離れているところを見ると、何かの感染症を恐れているのだろう。確かに重大な病気のなかには、マレンと似た症状を呈するものもある。

「失礼いたします」

フィリはベッドに横たわるマレンの顔を覗き込んだ。ややうつ伏せ気味に横を向いた彼女は、胸元に爪を立て浅い呼吸を繰り返している。顔色は白というより土気色に近い。額には玉の汗が浮かび、首筋の斑点が頬にまで広がっていた。

彼女の肩にそっと手を宛てる。

「マレン殿下、お加減はいかがですか?」

返事がない。額の汗を手で拭うとうっすらと目を開けてこちらを見た。

彼女は何かを言おうとしてパクパクと口を動かした。けれど紫色になってひび割れた唇からは弱々しい呼気が洩れるだけだ。

「胸が苦しいんですね?」

手を握ると微かに頷く。希望が見えた。末期になるとその苦しみすら感じなくなるはずだから、どうやら間に合ったようだ。

「皆さんでマレン殿下を抱き起してください。大丈夫。うつるものではありませんから」

フィリの言葉に、周りは明らかにホッとした様子だ。

男性が場所を空け、女性たち数人がかりで大きな身体を抱き起した。こんな時くらい、異性の身体に触れるのが許されればいいのに。

「殿下、とってもよく効くお薬です。さあ、口を開けてください」

ポケットから取り出した瓶の蓋を開けて口元へ運ぶが、マレンの虚ろな目は明らかに拒否している。

「大丈夫なのかね。そんな得体の知れない薬」

「しっ。殿下を不安にさせるようなことを言うもんじゃない」

苦言を呈する片眼鏡の侍医を、ラディウスが窘めた。そうしてくれて助かる。侍医が怪しんでいるのは薬ではなくフィリのことだろう。

マレンはひと口啜《すす》ってえずくような素振りを見せたが、どうにかして瓶の半分ほどをのんだ。彼女がまた横になってからしばらく経つ頃、フィリは侍医に呼ばれて部屋の隅へ向かった。

「何も様子が変わらんじゃないか。どうするつもりだね」

「薬が効くには時間が掛かりますわ」

片眼鏡を掛けた痩せぎすの医師は、フィリの頭のてっぺんからつま先までサッと目を走らせた。魔女との戦いで転んだせいでドレスは破れ、靴も泥だらけだ。

「信用ならん。だいいち医者でもない君に何がわかるというのだ」

「マレン殿下が懸命に闘っていらっしゃることはわかります」

侍医がため息をついて首を横に振る。

その時、ベッドのほうからワッと歓声が上がった。侍医とともに急いで駆けつけると、マレンの頬や首筋からみるみるうちに暗赤色の粒が消えていく。

「よかった……！　薬が効いてきたようです」

ホッとしたフィリは胸を両手で押さえた。

「どうやらそのようだな」

隣で感心したような声をあげたのはラディウスだ。彼は、次第に顔色が戻っていくマレンの顔とフィリの顔を交互に見て、信じられないというふうにかぶりを振った。

「君を信じていなかったわけではないけど、すごい効き目だ。ありがとう、フィリ。君は本当に――」

腰に手を回そうとするラディウスの手を、フィリは急いでかわした。主人の回復を喜ぶマレンの侍女やメイドたちをぐるりと見回す。

「申し訳ありませんが、この後のことをお願いしてもよろしいでしょうか。薬を手に入れる際にずいぶん汚れてしまいましたので」

「ええ、構いませんとも。詳しいことはまたあとでお話しましょう」

涙ながらに笑みを浮かべる侍女たちに背を向け、フィリはラディウスとともに部屋を出た。

言葉少なにラディウスと別れたフィリは、女官専用の風呂で湯あみを済ませてから、ベッドで死んだように眠った。

とにかく疲れていた。肉体的にも精神的にも。夜通し馬を駆り、魔女との死闘を繰り広げたラディウスはもっと疲れていただろう。

たっぷりと寝て起きた時には、すでに日が傾いていた。

メイドを呼び、まずは身支度を整える。メイドから聞いた話では、マレンはもうほとんど回復してベッドに起きあがっているらしい。念のためしばらく養生するものの、顔や身体に出ていた斑点も消え、食欲が出てきたのか食事の時間を気にしだしたという。

「ではフィリアーナ様、後ほど食事をお持ちしますね」

「お願いします」

メイドが部屋を出ていき、ふうっと息を吐く。昨夜から何も食べていないため、食事と聞いただけでお腹が鳴った。

それにしてもマレンが回復してよかった。強大な隣国との軍事的危機も回避され、これでひと安心、すっかりお役御免だと思ったのだが……

「あーっ！」

ラディウスに解呪の薬をのんでもらうのを忘れていたことを思い出し、心拍数が急に上がった。

ボロボロになったドレスはすでに処分済みだ。あの薬はどこへいったかと慌てて見回せば、洗面台の上にちゃんと置かれているではないか。

「あー、よかった……心臓に悪い」

瓶をポケットにしまい、椅子に座って両手で顔を覆う。

テーブルの上にはロピの食事に使う小皿が置いてあった。そういえばロピもいない。昨夜は離宮の近くまで一緒についてきていたような気がするが、見間違えたのだろうか。

夕食も済みとっぷりと日が暮れた頃、フィリは燭台を持って三階へ続く階段を上っていた。もしラディウスがいなくても、薬は執事に渡せば事足りるだろう。

執務室に着き、ノックをするとすぐにネスタが出てきた。

「フィリアーナ様……！　昨夜は大変お疲れさまでございました。ささ、どうぞ中へ」

にこにこ顔の執事に促されて室内に入る。部屋の奥まったところにある机にはラディウスが座っていた。

「やあ」

よく磨かれた幅広の机からラディウスが顔を上げた。机の上には書類の束が置かれており、彼はペンを握っている。机の隣に置かれたビロード張りの椅子の下では、なぜか小型犬が寝そべっていた。

「こんばんは、殿下。あの……その犬は？」

「ああ、これはマレン殿下の犬だよ。彼女は小型犬ばかり三匹連れてきているんだけど、この子は病気でね。かわいそうだから私がここに連れてきた」

「そうですか」

執務室に連れてきてまで面倒を見るなんてラディウスは優しい。

犬がおかしな咳をし始めたため、フィリは犬を持ち上げて胸に耳をくっつけた。呼吸音がおかしい。

ざらざらという雑音が混ざった呼吸は野生動物にも時々起きる。

「わかりました。肺にイバラソウの花粉が刺さっているのだと思います」

「イバラソウ？　そんな草があるのか」

ラディウスが眉を寄せる。

フィリは犬を床に戻して立ち上がった。犬は咳を繰り返していて苦しそうだ。

「イバラソウは森に多く生えている多年草で、春になると棘《とげ》のある細かな花粉を飛ばします。その花粉を吸った鹿や狸、森に入った猟犬なんかもたまに発症しますが、特効薬があるのでわが国ではあまり問題になりません。エスパにはイバラソウが少ないのですが、旅先でもらってきたのかもしれませんね」

「その薬をフィリアーナ様はお持ちで？」

と、ネスタ。

「持っていますのでのちほどお渡しします。それから、ネスタさんにはこちらもお渡ししておきます」

「はて、これはなんでしょうか？」

ネスタが眼鏡を指で摘まみ、その上からフィリが渡した瓶を眺める。

「昨夜魔女の家で手に入れた殿下の呪いを解く薬です」

「薬――ッ⁉」

彼の目が零れ落ちんばかりに大きくなった。

「こっ、これが解呪の薬なのですか？　そうですか……これで殿下の呪いが……やっと……」

ネスタが眼鏡の向こうに差し入れた指で瞼を拭う。彼はキッと顔を上げると、勢いよくフィリに歩み寄った。

「ではフィリアーナ様、こちらを殿下にのんでいただき、早速今夜の夜伽にてお試しください」

「えっ⁉」

「えってはございません。まさか、薬をのませてハイ終わり、というおつもりだったのではございませんでしょうな？　きちんと解呪ができているかご確認いただかなければ報酬はございません。むしろ契約不履行で、これまでの滞在費や昨夜破かれたドレスの費用などを請求させていただきますぞ」

フィリは困惑して、厳しい顔をしたネスタと笑いを我慢しているようなラディウスの顔を交互に見た。

部屋に戻ってロピが帰ってきていたらそのままこっそりと出ていくつもりだったのだ。そのための手紙は魔女の森へ行く前にしたためてあるのに、この状況は……

執務室を出たフィリとラディウスが向かった先はラディウスの寝所だった。何度も通った回廊だが、部屋の主と一緒に歩くのは初めてだ。

回廊は物音ひとつせず、鈴を鳴らすような虫たちの声だけが響いていた。空には明々とした青白い月。睦まじく手をつないだふたりのシルエットを、柔らかく床に投げかけている。

部屋に入るなりラディウスがフィリを抱きしめてきた。しかし、あたたかな胸をやんわりと押し返しポケットをまさぐる。

「さあ、ラディウス様。こちらを」

ネスタに返された瓶をラディウスの目の前に掲げる。蓋を開けると薬草独特のえぐみとスパイシーな香気を含んだ匂いが鼻をついた。

彼は瓶を受け取って匂いを嗅ぎ、すっと通った鼻に皺を寄せた。

「全部のむのか？」

「わかりません」

「無責任だな」

ラディウスが唇の端に笑みを浮かべる。

フィリはつられて頬を緩めながら、胸の奥がギュッと締めつけられるのを感じた。

これでフィリの役目が本当に終わる。

短かった……本当にあっという間だった。

はじめはわけもわからずにここへ来たものの、ラディウスと過ごす優しい時間がとにかく楽しくて、嬉しくて。気づけば彼に夢中になっていた。

自分と少し似た境遇でありながら、ラディウスはちっとも腐らず、王家の子息という重圧にも負けず、陰湿な兄のいじめにもへこたれなかった。

やんごとなき身分にもかかわらず誰に対しても気さくで、いつも太陽みたいに輝いて周りを明るく照らす人。そんな彼に惹かれない人なんてひとりもいないだろう。彼にはいつでも笑っていてほしい。幸せに生きていってほしい。

ラディウスは瓶をあおり、クーッと顔をしかめた。

「期待を裏切らない味だな」

おどけた調子で言って、笑いながら窓辺へ歩いていく。

フィリはくすくすと声を立てた。バルコニーに出た彼は、手すりに肘をかけて鼻の頭にかいた汗を拭っている。魔女が解呪薬に使った薬草には、身体を火照らせて発汗させる作用があるのだ。

笑いの絶えない、幸せなひと時をくれた彼にありがとうと言いたかった。そして、最後にどうしても謝りたいことがある。

月の雫を浴びる銀色の後ろ姿に、フィリは近づいた。夜明け前の静けさと、夜露に濡れた草の匂いを孕んだ風が心地いい。彼の横に並んで深く腰を折る。

「ラディウス殿下、申し訳ございませんでした」

「どうした……？　急に改まって」

手を取られて顔を上げたところ、困ったように眉を寄せる端正な顔が視界に飛び込んでくる。彼の豆だらけの手を握り返しつつ、渇いた喉を唾で潤した。

「魔女との戦いでお分かりいただけたかと思いますが、私……あなたをずっと騙していました。魔力なんてこれっぽっちもないんです」

ジュストスの街を一緒に散策している時にも同じようなことを言ったことがあったが、冗談交じりに否定されていた。

森へ向かう際に動物と話せることは伝えたけれど、それは魔力とは別のものだ。

握られた手の甲に、あたたかいキスが落とされた。

「君が魔女でないことははじめからわかっていたよ」

「……え？」

フィリは弾かれたように顔を上げ、ラディウスの落ち着いた色の瞳を見た。彼の横顔は月明かりを浴びて青白く輝いている。

「国内の王立魔法研究所では、遥か昔から魔法や魔力について研究されてきたんだ。わが国だけじゃない。どこの国も軍事力を上げるために魔術を編み出そうと躍起になっている。でも、莫大な時間と金をかけていくら研究を重ねても、魔法なんてこれっぽっちも作れなかった。もしも魔法や魔女が存在していたとしても、きっと夜空に輝く星のひと粒を探すようなものだろう」

「そうだったんですね。それじゃ、あのナスタジャの魔女は？」

うん、とラディウスの目がこちらを捉える。

「俺も彼女こそ本物の魔女じゃないかと思ってるよ。君が言ったように、植物の葉や実を使ってはいても、風を起こしたりあんなスピードで移動することは普通の人間にはできないだろう。もしかしたら亡霊だったのかもしれないな」

しみじみと語った彼の言葉に、フィリは手の中で段々と儚くなっていく魔女の最期を思い出した。

彼女に関してはこれからも謎が解けることはないだろう。幸せな人生ではなかっただろうが、ラディウスがした約束に最後は安らいだような顔を見せたのがせめてもの救いだ。

ラディウスの手が頬に触れ、フィリは顔を上げた。

「もしネスタに何か言われたとしても、俺が必ず守るから安心していい。それに、君には別の魔法を見せてもらった」

「別の魔法？」

うん、と彼は端正な顔に尊敬を滲ませたような笑みを浮かべる。

「動物と話ができる人なんてほかにいない。魔法よりすごいと俺は思う」

「ラディウス様」

逞しい腕に抱きしめられて、フィリの胸はあたたかな思いで満たされた。ものごころついた頃から周囲に距離を置かれ、『こんな能力いらない』と泣いたこともあった。でも今は、動物と話せてよかったと心から思える。そうでなければこの人に出会えていなかったから。

ラディウスはフィリの髪に何度か口づけを落としてから、ゆっくりと抱擁の手を緩めた。真剣な眼差しで見つめて、顎を指で軽く上げる。

唇が近づいてきたため、フィリは身をこわばらせた。この離宮には彼の婚約者であるマレンがいるのだ。いくら契約上の義務とはいえ、ラディウスと身体を重ねるのはいかがなものだろう。

「あ、あの――」

「しっ。何も言うな」

あたたかな唇が、フィリの唇にそっと押し当てられた。優しく食むように、唇の感触を確かめるようにしてじっくりと触れる。

観念したフィリは、深い吐息を零してラディウスのシャツにすがった。

離宮へ来てから幾度となく繰り返された口づけは、互いの好みや動き、呼吸まで知り尽くしている。

それでも、未だにキスをするたびにドキドキする。胸がときめいてしまう。

小鳥のさえずりに似た水音と、ふたりの吐息の音が辺りに漂った。歯列を優しく割って忍び込んできた舌をそっと絡め取り、くすぐり、甘く吸う。

「ん……は、ぁッ……」

次第に淫らな気持ちになってきて、ラディウスのシャツの袖を強く握った。彼の手は甘く、優しく、迷うようにフィリの臀部と太腿のあいだをさまよい続ける。

フィリはもうすっかり濡れていた。彼を待ちわびてあふれた蜜が、下草の中からしみ出して、内腿《うちもも》を汚している。早くそこに触れてほしくて、思わず身体が震えた。吐息まで荒くなって、硬く張ったラディウスの分身に腹部を押し付ける。

「フィリ……かわいい、俺のフィリ」

ラディウスの手がドレスをたくし上げ、裾から忍び込んだ。ヒップの丸みが激しく揉みしだかれ、太腿が焦らすようにするするとなぞられる。

いつもなら獣化の呪いが始まっている頃だ。その反応がないということは、ちゃんと薬が効いたのだろう。これで契約はすべて履行され、本当にお役御免となる。

彼に抱かれるのもこれで最後かと思うと、胸に冷たい冬の風が流れ込むように感じた。

散々触れた傷だらけの肌も、ぬくもりも、日のあたる草原みたいな彼の匂いも——明日からはすべて思い出となり、肌で感じることはなくなるのだ。この幸せを忘れないよう、しっかりと胸に刻みつけておきたい。

武骨な長い指が内腿の際どい場所に触れた瞬間、フィリの身体はびくんと揺れた。

「は……ッ、あ……ラディウス……様」

堪らず名前を呼ぶと、とろりとした瞳がフィリを捉える。

「イルと呼んで」

「イル……んっ‼」

バルコニーの手すりに背中を押しつけられた途端、ついと秘裂を撫でられた。急いで口を押さえたのは、この時間、見回りの衛兵が外をうろついているからだ。この寝所は中庭に面しており、そこには常時人が立っている。

「ダメ……見られちゃう……ッ」

「暗くて何も見えやしないさ」

「声が……聞かれちゃ――はンッ」

指先が花芽をかすめ、ビクンと背中を仰け反らせた。

快感の槍に貫かれて全身が震える。くちくちと淫らな音を立てて指が行き来するたびに、蜜洞を絞られるような感覚に襲われる。

「んッ、う……ふッ」

声を出さないよう必死に堪えるが、とても抗い切れるものではない。ラディウスがドレスをたくし上げたため、ミルクティー色の薄い茂みの下で彼の指がうごめいているのがよく見える。

時折円を描いてみたり、小刻みに揺らしたり。たいした閨指導はできなかったけれど、フィリと身体を重ねるうちに自然と女性を気持ちよくする術《すべ》が身についたようだ。

彼の指はフィリが零した蜜で濡れ、月明かりに光っている。それがなんともいやらしく、びくっ、びくっと身体が震えた。

「かわいい」

とろけた瞳で囁いたラディウスが、フィリの顎をもち上げた。キスするわけでもなく、ただ感じているフィリの顔を眺めるためだけに。

襟ぐりから乳房が引き出され、大きな手が押し包んだ。白い膨らみの先端を捏ねつつ、うっとりとした目でこちらを見るラディウス。その顔を見ていたらもうダメだった。

「あ……待って、私……ッ」

快感が身体の奥から怒涛《どとう》のようにあふれ、フィリは手の甲を口に押し当てた。

「ん、んんっ……‼」

全身を熱い血が駆け巡る。秘所全体がきゅんきゅんと疼き、自分の身体を支えられないほど脚が震えた。絶頂のあとに訪れた余韻に顔を歪めながら、ラディウスのシャツにすがりつく。

「あ……あ……、こんなところで」

「君とならどこでだってしたいよ」

口元に官能的な笑みを浮かべてラディウスが囁く。フィリは彼の胸の中で首を横に振った。

「いつもあなたばかりズルい」

「え?」

「私もあなたが私にするようにしてみたい」

「フィリ……？」

フィリは顔を上げて、戸惑いの滲む端正な顔を見上げた。

「覚えておきたいんです。あなたのことを全部。そうしたら私はひとりでも生きていける」

ラディウスは一瞬目を見開き、一拍置いてから静かに頷いた。

「わかった。君の気が済むようにしてくれ」

フィリの目の前で、彼は結んだ髪を解き、シャツのボタンを外して脱ぎ捨てた。それが終わるとブーツと靴下を脱ぎ、ブリーチのフラップを留めているボタンを外していく。

腰を折って下着ごとブリーチを脱いだ彼が身体を起こすと、そこに軍神をかたどった彫刻が現れたみたいだった。逞しい身体の真ん中には、傘の張った男性の象徴が猛々しくそそり立っている。

フィリの胸はドキドキと高鳴った。彼の裸は見慣れたはずなのに、月明かりに輝く傷だらけの肉体の美しさに目が離せない。

「どうだ？　なかなか悪くないだろう？」

ラディウスはおどけて両手を広げた。男らしい口元に浮かんだ笑みがすこぶる色っぽい。

「とっても素敵です」

「俺に触ってくれ」

フィリは彼に近づいた。ストッキングを脱ぎつつ、ドレスのパーツをひとつひとつ外しながら。

背中のホックはラディウスに外してもらった。ドレスを床に落とし、彼のほうを向く。

「きれいだ……フィリ」

一糸まとわぬ姿になった身体を、青い目が頭のてっぺんからつま先までゆっくりと移動する。胸にむず痒さを抱えつつ、彼に触れる距離まで近づく。

張り詰めたラディウスの胸に指先が触れた時、胸筋がピクリと動いた。屹立した昂ぶりの先端が当たる腹部があたたかい。

フィリはラディウスの胸のふくらみに両手をあてた。この形と感触、押した時の弾力を忘れないようまんべんなく探り、乳輪と乳首に触れ、鎖骨へと移動する。

太い骨を指でなぞると、額に彼の吐息が掛かった。興奮しているのかやや荒い。太く、血管の浮き出た二の腕から前腕へとフィリの手は下り、最後に彼の手を握る。

フィリは胸の前に持ってきたラディウスの手のひらに自分の手を重ねて、するすると指で撫でた。

「大きい……」

思わず呟くと、ラディウスがクスッと笑う。

「こうして重ねてみると大人と子供みたいだな」

フィリはふたりの手に視線を向けたまま、口元を緩めた。

魔女の森ではこの豆だらけの手に守られたのだ。ベッドの中ではフィリの身体を優しく包み、何度も消えない快感を刻みつけて……

急に感傷に浸りそうになり手を下ろした。

きれいに腹筋が割れた腹部へ手をあてると、そこがぴくりと反応する。引き締まった腹部はほかの場所に比べて厚みが薄く、余分な脂肪がほとんどないようだ。筋肉の溝に沿って指を下ろしていくと、頭にかかる息が荒くなっていく。

指が銀色の下草に触れた瞬間、ビクンと昂ぶりが跳ねた。剛直した彼自身の先端は今や真っ赤に膨れ、小さな裂け目から気の毒なくらいに露が零れている。

「そこに触って」

頭上で低い声が響いた。

フィリはその場にしゃがみ、目の前で揺れる男根を両手で握った。すっくと立ちあがったそれは鋼鉄じみた硬さで、周りをあたたかな皮膚で包まれている。筋張った幹の部分には稲妻みたいに太い血管が絡みつき、先端の部分は丸々とはち切れんばかりに傘が広がっていた。

根元からしごくと元気に脈を打ち、先端から新たな露があふれた。ちゅっと吸って口を離すと、つうっと透明な糸がかかる。

口に含もうとすると、ラディウスに顎を押さえられた。

「それは娼婦のすることだよ」

見下ろす彼は眉を顰めている。

しかしフィリは首を横に振り、両手で幹を支えて素早く口に含んだ。

弾力のある先端にそっと舌を這わせると、昂ぶりが手の中でびくびくと跳ねる。フィリの口内よりも幾分体温の低いそこは不思議な感触で、幹の部分ほど硬くなく皮膚はかなり薄い。裏側の皺がよった部分を舌でくすぐると、ラディウスがため息を洩らした。

「ああ、なんということだ」

手で顔を覆っているのか、声がくぐもっている。しかしフィリからは見えない。

口淫は娼婦のすることだと彼は言ったが、例の図書館で見た本にはちゃんと夫婦間で行われるセックスの一部だと紹介されていた。フィリの身体に散々悦びをもたらした彼の分身の記憶を留めておくのに、これほど確実で親密な方法はないと思ったのだ。

歯を立てないよう気をつけながら、愛おしい存在を優しくいたぶり、苛んだ。唇で挟んでしごいたり、舌で舐め回したり、吸ってみたり……

しかし彼の昂ぶりは大きすぎて、先端の丸みくらいしか口の中に入らない。

「君は……く……ッ、フィリ」

ラディウスの脚がぶるぶると震えた。

「もう死んでしまいそうだ」

フィリはヒクヒクと揺れる屹立を口から出した。

「私の中より気持ちがいいんですか？」

「そうじゃない。恥ずかしさと罪悪感で死にそうなんだよ。おいで」

とろけそうな顔をしたラディウスに横抱きにされ室内に入った。この部屋には、コーナーにゆるい傾斜がついた緋色《ひいろ》のビロード張りの長椅子がある。そこへフィリを抱いたままラディウスが腰を下ろした。

「まったく君には驚かされる」

ラディウスはクスッと笑ってキスを落とした。彼は優しい表情をしている。

「いいか、フィリ。君は何も心配する必要はないんだ。全部俺に任せて」

「え？」

彼の言っている意味が分からずに、フィリは小首を傾げた。頬を大きな手が包み、美しい青灰色の瞳が覗き込んでくる。

「今は俺のこと以外、何も考えないでくれ。いいね？」

頷いた直後、フィリの片脚が両手でもち上げられた。

「んっ」

足の先にキスを落とされてビクッとする。コーナーに置かれたクッションに背中を預けたけれど、濡れそぼった秘所が丸見えなのがどうにも恥ずかしい。

恭しくフィリの脚を持ち上げたラディウスの唇が、脚の甲から脛《すね》、膝へと次々に口づけを落としつつ上がってくる。髪を下ろした彼も素敵だ。流れるような銀色の髪を纏った彼は一段と神々しく見える。

太腿にキスが落ちた時、フィリは震える吐息を零した。口淫を咎《とが》めた彼と違って自分はなんてふしだらなのだろうか。

下草に彼の髪が触れただけで、こぽりと蜜が零れる感覚があった。くすぐったいのと期待とで、勝手に腰が揺れてしまう。キスが秘所に到達した瞬間には脚が跳ねてしまった。

「びしょ濡れだ」

吐息まじりの声が秘裂を撫でる。そこをじっと見つめるラディウスの目はギラギラと輝き、鼻腔が広がっている。

太腿を強く押された直後、舌先がスーッと秘裂をなぞった。

「やぁんっ……！」

フィリは眉根を寄せ、びくびくと身体を震わせた。

銀色の髪を揺らしながら、ラディウスの舌が潤んだ谷間を苛む。泉のほとりを丁寧に舐め、両側の花びらをちゅっ、ちゅっと吸っては、花びらの外側と内側を何度も上下に往復する。

女の身体で最も感じる花芽を弄られたら、喘ぎが止まらなくなった。それに気をよくしたのか、彼がそこばかりを攻める。

「ひゃ、あんっ……！　ダメ、そんなにしちゃ」

秘核を舌でいたぶられつつ、指で泉のほとりを撫でられたらどうしようもない気持ちになった。蜜洞がキュンキュンと疼く。新たな蜜がこぽこぽとあふれ、膝が勝手に震える。

卑猥な音を立てて唇が離れ、ヒクついた蜜口に吐息が掛かった。

「気持ちいい？」

「気持ち……いいッ、ああっ……！」

蜜口から指がねじ込まれ、慌ててラディウスの頭を掴む。

胎内に入ってすぐのところで、節くれだった指がゆっくりとうごめいた。間もなく指が増やされて、やはり同じところで小刻みに押し引きされる。そのすぐ上では、舞い戻ってきた舌が花芽へのいたぶりを再開していた。

「あんっ、や……は、あぁ」

甘くて強い刺激に休みなく貫かれ、唇から絶え間なく喘ぎが零れた。両方同時に攻められたら、もうなすすべもない。

フィリはラディウスの頭をかき回して、もじもじと腰を捩った。熟れた果実みたいにとろけた蜜壺を捏ねる指のスピードが増す。彼が頭を動かすたび、内腿に触れる髪が揺れる。

今彼が入ってきたら、ものすごく気持ちがいいだろう。そう考えたら一刻も早くつながりたくて堪らなくなった。

「イル……んッ、……イル」

「どうした?」

今にも眠ってしまいそうな目をしたラディウスが顔を上げた。

「来て」

恥じらいに頬を熱くして両手を差し出す。閨指導者がこんなふうにねだっていいものかわからないが、彼ならば怒らないでくれるだろう。

ラディウスの美しい顔に蠱惑的な笑みが浮かんだ。彼は長椅子の上に座り直し、フィリの両太ももの裏側を手で押してすぐ近くまでにじり寄ってきた。

「いくよ」

張り詰めた先端が蜜口に押し当てられ、胸が喜びに震える。もう何度も経験したのに未だに心ときめく瞬間だ。

「は……ああッ……ん」

ずぶずぶと塊が分け入ってくるに従い、フィリは胸を反らした。頭の下にあるクッションで頬を包むように押し当て、持て余す悦びを受け流す。

小柄なフィリの隘路を、メキメキと屹立が押し広げた。この心地よい圧迫感と悦びを記憶に焼き付けたくて、逞しく漲った剛直を締めつける。

ラディウスが奥まで達すると、自然と涙が目尻から転がり落ちた。おそらく彼には気づかれていない。さりげなく手首の内側で拭った。

「フィリ」

最奥まで達したラディウスが覆いかぶさってきた。立派な体躯だ。彼のうなじに両腕を回したら、満たされる思いに自然と口元が綻んだ。

フィリの唇に柔らかな唇が押し当てられた。薄く目を開け、視線を絡ませたまま、ちゅ……ちゅ……と優しいキスを繰り返す。

ラディウスがゆっくりと動き出したため、フィリも腰を揺らした。彼はめいっぱい腰を引き、さざ波が寄せるように優しく屹立を滑り込ませる。

その動きが心地よくて、フィリはキスをしながら彼の唇に小さな喘ぎを零した。ロマンチックな営みに胸が躍る。陶酔する。互いに差し出した舌を絡ませあい、舐りあい、吐息を絡ませあった。

唇を離したラディウスが上気した顔を向ける。

「はじめて出会った晩のこと、覚えてる？」

「覚えてます……忘れるはずがありません」

フィリにとってあの出会いはとても鮮烈なものだった。暗い室内のほのかな明かりのなか、はじめて見る彼のあまりの美しさに心臓が止まるかと思った。

「あの時はすまなかったと思ってる。警戒してたんだ」

「そんな……私こそ、緊張しすぎて、あんッ……！」

入り口まで引かれた昂ぶりが一気に滑り込んできて、思わずラディウスの腕にすがる。

「一緒に街を歩いた時は本当に楽しかった。君のすることにいちいち驚いて、感動して……」

「あ……、は」

「王宮から帰った日に庭園で見た君はきれいだった」

律動しながら、ラディウスがうっすらと口元に笑みを湛える。

「あの晩のフィリは本当にかわいかったな」

肩口に顔をうずめて呟くラディウスの声が悲しく聞こえて、フィリは胸が苦しくなった。ひとつひとつ思い出を数えていく彼が、別れを惜しんでいるようで涙が出そうになる。

「フィリ……フィリアーナ」

ため息まじりに囁いて、彼は舐るようにフィリの唇を吸った。角度を変えて何度も。それが心地いいやら切ないやらで、ますます胸が苦しくなる。

唇の粘膜を丁寧に舐めていたラディウスの舌が、歯列を割って滑り込んできた。彼のうなじに回した手で頭を引き寄せ、熱い舌と吐息を同時に絡ませる。上顎を舌でちろちろとくすぐられると、全身から力が抜ける気がした。

「は……あ、イル……」

「フィリ……君が愛しい」

口を大きく開けたラディウスが、噛みつくようなキスでフィリの唇を奪った。荒々しい吐息とともに唾液が流れ込んでくる。彼の息が荒いことに、フィリの胸は喜びで破裂しそうだ。

口内を蹂躙《じゅうりん》する舌が、フィリの舌をねっとりと絡めとった。じゅっ、と水音を立てて吸われ、甘く噛まれ、求めあう。

節くれだった大きな手がフィリの乳房を揉みしだいた。先端を指で潰し、捻り、手のひらで転がす。

「んあッ……！」

抜け落ちる寸前まで引かれた昂ぶりが、一気に胎内を貫いた。怒張したものが隘路を駆け抜け、身体のあちこちが跳ねてしまう。身体の奥底から湧き起こる悦びに胸がざわめいた。

「ああ……最高だよ。フィリ」

「ん……っ！」

耳元で囁いたラディウスが、フィリの耳たぶを吸った。舌が耳殻に沿ってぬるりと這い、耳の後ろを舐める。最後に耳の中を舐めて耳たぶを甘く噛んだ。

フィリはハアハアと喘いでいた。耳が弱いことを彼はいつ知ったのだろう。

ラディウスが身体を起こし、フィリの片脚を肩に引っ掛けた。唇を結び、真剣な顔をして剛直を抜き差しする彼の顔が凛々しい。

「あっ、ひぁ、ああ……ッ」

フィリは身悶《みもだ》えた。硬く筋張った剛直が蜜洞を深くえぐり、強い快感がもたらされる。激しい律動に頭のてっぺんが痺れて、呼吸が早く、浅くなる。

揺れる乳房が大きな手に包まれ、胸の頂を淫らに苛んだ。同時に攻められると弱い。身体じゅうを電流が駆け抜け、背中をのけぞらせて激しく喘ぐ。

「あ、あっ……すごい……ッ、イルっ」

「フィリ……、フィリ……ッ」

「や……！　はッ、ァンっ、ああっ」

長椅子が動いてしまうほど激しく貫かれ、途端に我慢がならなくなった。絶頂を迎える瞬間、ラディウスの腰を脚で引き寄せ、逞しい腕に爪を立てる。

「あ……あ……ッ……」

狂おしいほどの幸福感に、フィリは胸を反らして喘いだ。深い絶頂がいつまでも続き、胎内で暴れ回る剛直を締めつける。

心地よい陶酔に身も心も包まれる頃、ラディウスも達したようだった。身体の奥で繰り返し精を放つ力強い存在に、改めて命の営みを知る。

（ああ、ラディウス様……なんて顔するの？）

フィリは込み上げるものをのみ込み、唇を噛んだ。

達する時の彼の顔が好きだ。端正な顔を切なそうに歪めて、一瞬瞼を閉じたのち、パッと開いた時に見える美しい青の瞳には胸が震える。

「フィリ」

深いため息とともにラディウスがあたたかな眼差しで見下ろした。整った顔が近づいてきて、頬を大きな両手が包み込む。

「愛してるよ」

「え……？」

優しい笑みを浮かべた彼の顔を見つめたまま、フィリは動けなくなった。今、身分の低い相手に対して、王族が決して口にしてはいけない言葉をかけられた気がする。

胸がドキドキと鼓動を刻んでいた。突然思ってもみなかった言葉をもらえて、頭がちっとも働かない。……もしかして聞き間違えたのだろうか。人として愛しているという意味だった……？

「フィリは？　俺のことが好き？」

もう一度情熱的な目で問われて、さっきのは本当に『愛してる』という意味だったのだと悟った。

「ラディウス様……イル……好きです。大好きです。愛してます。心から」

そう言った瞬間に涙があふれ、フィリはラディウスに抱きついた。

ずっと恋してはいけない相手だと思っていた。彼が好意を感じてくれているのがわかっていても、どこかに本気ではないのだろうという思いがあったのだ。

フィリにしても、この気持ちは隠したまま城を去るべきだと思っていた。別れを目前にした今、自分の気持ちを伝えられたことが何よりうれしい。

「嬉しいよ。君が同じ気持ちでいてくれて」

口づけが落ちてきて、フィリはすぐに唇を開いた。視線を合わせたまま強くこすりつけるようなキスをして、角度を変えてまた唇を重ねて……。

官能を揺さぶる甘い行為に、フィリは吐息を洩らした。

互いの唇を食み、舌で口内を舐るうちにどんどん口づけに熱が籠っていった。胎内では、硬く引き締まった剛直がゆるゆるとうごめいている。

「抱いて……思い切り抱いてください」

唇が離れた時、フィリはそう口にした。

長椅子の上で裏返しにされたところへ、ラディウスが背後から覆いかぶさってくる。屹立がねじ込まれた直後から、激しい抽送が始まった。

「あ……はっ、んぁっ」

後ろから回された手でバストがまさぐられた。荒々しく動く節くれだった手の中で、柔らかな脂肪が自在に形を変える。強く握られてぷくりと立ち上がった薄紅色の頂が、何度も指で弾かれた。

「ひ……、やんっ、はぁん」

執拗に胸の蕾をいたぶられたら、途端に堪らなくなった。蜜壺は屹立したものでぐちゅぐちゅと捏ねられている。

「フィリ……フィリ、かわいい……君が好きだ」

耳元でラディウスが呟く。

フィリは悦びに震えた。交合の最中、こんなにも素直に、自由に思いを伝えられるなんて、嬉しくてどうにかなりそうだ。

下半身を苛む彼の分身は筋張り、胎内のいたるところをえぐった。入ってすぐのところや、へその裏側のよく感じるところ。一番奥の甘い場所も。

さっきまでバストを弄んでいた手が、下草の中に迷い込んだ。指が花芽に触れた瞬間、ビクンと身体が跳ねる。

「硬くなってる。かわいい……」

かすれた声で囁くラディウスの声も明らかに興奮している。

「あ……あ……っ、それダメ……おかしくなっちゃうッ……」

強すぎるほどの快感に貫かれ、フィリは顔を歪めて喘いだ。コリコリと優しく転がされる花芽が脈を打つように疼いている。

「フィリ、あぁ……フィリッ」

「んっ、ンッ！」

熟れた蜜洞を猛烈に突き上げられ、いよいようにもならなくなった。急速に熱を集めていく秘所の疼きに耐え兼ね、太い腕を握ってかぶりを振る。

「んあっ、来る……！」

「……くッ」

爆発的な快楽が全身を貫き、フィリは叫びにも似た声をあげて絶頂を迎えた。今度はラディウスも

同時に達したらしい。

「は……ぁん……素敵」

後ろで深いため息を零すラディウスの頬に頭をこすりつけながら、フィリは陶酔に身を委ねた。広い胸に守られた背中があたたかい。この満ち足りた思いが極上の悦びなのだ。ただ肉体的に気持ちがいいだけじゃない。

「この長椅子を掃除するメイドのことを思うと気の毒になるな」

急に耳のそばでそんなことを言われて、フィリは噴き出した。今やふたりの身体はいろいろな体液でびしょ濡れなのだ。ラディウスが達するたびに蜜壺から流れ出る白濁の量を考えると、美しかったビロードの座面が見る影もないのは容易に想像できる。

これ以上汚さないようにと気を使ったのか、繋がったまま抱き起された。まるで子供のおもちゃ箱みたいに抱えられてベッドに移動し、天蓋の中に下ろされる。

フィリの中から出ていった肉茎は、当然のように力を失っていなかった。濃厚な白濁を纏い、力強く屹立した姿がこの上なく卑猥だ。呪いが解けた今でも、彼の中では別の意味の獣性が暴れ回っているのだろう。

「うつ伏せになって」

言われた通りに腹這《はらば》いになる。すぐさま腰を引っ張り上げられ、膝を開かされた。猫が伸びをするような格好は何もかもが丸見えになっているだろう。

「もう真っ赤だ」

「はんっ……！」

すっかり敏感になった谷間を撫でられ、花びらが震えた。ラディウスの吐息も荒い。

「こんなに硬くして……痛くないか？」

「ひゃぁっ……！」

すっかり熱を持った花芽を何かで押されて、雷に打たれたほどの衝撃が走った。舌だ。彼の荒い息遣いが秘所全体を覆っている。

「あっ、あんッ、んんーっ、ダメぇ……」

何度も達しているせいで、そこが異様なほど敏感になっている。強くこすられたら痛いかもしれない。それをわかっていて舌で優しく愛撫しているのだとしたら、相当の手練《てだ》れだ。いつの間にこんなことを覚えたのだろう。

ラディウスが秘核をちろちろと舐めながら蜜口に指を出し入れするため、じっとしていられない。でも、彼の太く筋張ったものを味わった後では、ちょっと……いや、だいぶ物足りなく感じる。

「こんなにヒクヒクさせて……俺が欲しい？」

「欲しい……あは、んッ……あなたじゃなきゃ……もうダメ」

「まったく君はかわいいな」

ベッドに膝立ちになったラディウスがフィリの腰を引き寄せた。すぐに硬いものが蜜口を突き破り、ぐずぐずにとろけた隘路を満たした。

「んあッ、ああっ……！」

彼は最初から、腰がぶつかり合う音が鳴るほど激しく腰を振った。ぐちゅっ、ぐちゅっという卑猥な音に合わせて、濡れそぼった胎内に剛直が抜き差しされる。

「ああ……君の中は……よく締まる……ッ」

「あんっ、ふ……ぁ、あぁ……っ」

フィリの意思とは関係なく、蜜洞が彼自身を思い切り締めつけた。荒々しい呼吸にまじって低い呻き声が背中に響く。時折ラディウスが零した汗が腰を叩く。

いったん動きが止まったと思ったら、両手首を掴まれて引っぱられた。

「ああっ！　は、あっ、あっ！」

再開した抽送が、両手を強く引かれているせいでいっそう激しくなった。蜜壺を滾り切ったものでごりごりと抉られて、目の前に火花が散る。

「無理……死んじゃう……ッ」

顔を歪め、半ばすすり泣きながら懇願した。身体も頭も溶けた熱みたいにとろけきって、今にも気を失ってしまいそうだ。

離宮へ来て以来、失神するまで抱かれることも多かったけれど、今夜だけは最後まで意識を保ちたい。濃密な情事のあとの気怠い空気のなか、彼と他愛もないことを語らいたかった。

「これで最後だから」

そう聞いた瞬間、喉の奥に熱い塊がせり上がり、フィリは唇を震わせた。顔がくしゃりと歪み、ぽろぽろと大粒の涙を流す。

これで本当に、ラディウスと肌を合わせるのは最後なのだ。明日からは元通り、指を触れることすら叶わない雲の上の存在となる。

「愛してる」

猛々しく抽送を繰り返しながら、ラディウスが背中に囁いた。

「愛してる」

もう一度。

「永遠に愛してるよ。フィリ」

もったいないほどの言葉を何度もかけられて、フィリはこくこくと頷いた。喉が詰まってしまい声が出なかったのだ。

この時のラディウスの声、響き、胎内を蹂躙する彼の熱を絶対に忘れまいと心に誓った。いや、忘れることなど一生ないだろう。この先フィリが誰と身体を重ねようと、命が尽き果てるその日まで。

「お願い、一緒に」

涙をのんでやっと絞り出したのは完全に涙声だった。

返事をする代わりなのか、ラディウスが後ろから抱きしめてきた。逞しい腕にすがると、すぐに猛烈な抽送が始まる。胎内を席捲《せっけん》する塊がさらに膨れ上がったように感じ、フィリは顎を仰け反らせた。

「はぁっ、あっ、んッ！　来るッ――」

「フィリ、愛してる……ッ」

その瞬間、一瞬意識が遠のいた。ふわりと手放しかけた意識を必死にたぐり寄せ、身体の奥から突き上がる快感を受け止める。

フィリの身体の奥深いところで、ラディウスの分身がドクドクと脈打った。今、彼の子種が運命的な出会いを求めて必死に泳いでいることだろう。彼の子を宿すことができたなら、こんなに嬉しいことはない。

ひとしきりの悦びを味わったあと、フィリはラディウスに支えられてゆっくりとシーツの上に寝転んだ。ずしりと身体に乗った重みが心地いい。彼と離れたら寂しくてまたわんわん泣いてしまうかと思っていたけれど、意外にもスッキリしている。きっと最後に素敵な言葉をもらえたからだろう。

ベッドに並んで横たわり、差し出された腕枕にぴたりと寄り添う。ラディウスがフィリの太腿を持ち上げ、自分の脚に絡ませた。なんて大それたことを、と思わず彼を見るが、本人はなんの気もなさそうに穏やかな顔をしている。

(なんだか夫婦みたい)

また寂しくなりそうだったから、すぐにその考えを消した。もともとすれ違うことすらなかった関係が元に戻るだけ。そう思えばずいぶんと気が楽になる。

「フィリ。俺の名前を呼んで」

黙ったままフィリの髪を撫でていたラディウスが口を開いた。

「イル」

「もっと」

フィリは逞しい胸に手と頬を強く押し付けた。

「イル……イル。あなたを愛してます」

優しく抱き寄せられて、髪にキスが落とされた。

「いい響きだ」

彼もフィリと同じ気持ちなのかもしれないと思うと、胸がじんわりとあたたかくなった。

フィリを両手で強く抱きしめたラディウスが耳元で囁く。

「何があっても君を守るから。俺を信じて待っていて」

5　嵐を呼ぶ青い鳥

翌日の朝、フィリは謁見に呼ばれて玉座の間にいた。

玉座の間は、離宮の中ではおそらく一番きらびやかに造られた部屋だろう。舞踏会でもできそうな広さの象嵌細工《ぞうがんざいく》の床と、緋色の布が掛けられた壁、幾つもの金に塗られた柱の前に、黄金でできた玉座が数段高い位置に鎮座している。

部屋の入口から玉座までは長い緋色の絨毯が敷かれており、謁見者はそこを通って玉座へ向かうようだ。

その通路に向かって、フィリは神妙な面持ちで立っていた。隣にいるのは青い軍服に身を包んだラディウスで、腰に儀仗《ぎじょう》用の細い剣を履いている。絨毯を挟んだ向かい側に痩せぎすの王妃が立っているほかは、数人の従僕と衛兵がいるだけだ。王はまだ来ていない。

真正面で背筋を伸ばして立つ王妃の姿を、フィリはちらちらと盗み見た。遠目には見かけたことがあったが、こうして同じ部屋で対峙するのは初めてだ。

それなりに歳は重ねているのだろうがきっちりとまとめた亜麻色の髪は艶があり、細身の身体つきはずいぶんと若く見える。蝶貝《ちょうがい》のスパンコールきらめく銀色のドレスは相当高価なものだろう。ヴァルドロスにそっくりな吊り上がった目元と、口角の下がった唇にプライドの高さが窺える。やはりラディウスとは似ても似つかない。

玉座を見るふりをして隣に目を向けると、ラディウスが剣を差した腰に手を宛てまっすぐ前を見据えていた。

彼はとても魅力的だ。その表情はわずかに目の下にクマが残るものの健康的な色味をしており、少し楽しそうでもある。少なくとも明け方見た時よりもはるかに具合がよさそうだ。

フィリがメイドに連れられてここへ来た時にはすでにラディウスがいて、彼とは会釈をした程度でまだ何も話していなかった。驚くほど気持ちがスッキリしているのは、昨夜ラディウスに思いを伝えられたからだろう。彼もフィリを愛していると言ってくれた。それだけでじゅうぶん幸せだ。

「おはよう。……といっても、さっきまで一緒だったな」

フィリの視線に気づいたのか、ラディウスが話しかけてきた。小さく咳払いをして口を開く。

「おはようございます。ところで、マレン殿下のご容体はいかがですか？」

「ここへ来る前に顔を見てきたけど、すっかり良くなってピンピンしていたよ。しっかり二人前の食事を平らげたそうだ」

不意に笑いがこみ上げて、唇を固く結んだ。

「ところで、君の青い小鳥はどうしている？」

「それが、魔女の森から帰って以来一度も見かけていないんです。私がここを発つ前に見つからなければ、ひとりで行くしかありません」

「そうか。せっかくの功労者なのに褒美ももらわずにいなくなるとは殊勝なことだな」

ラディウスがフッと笑い声を立てたため、フィリも少しだけ笑った。

鳥は犬と違って匂いを辿《たど》ることができないから、もしも今日会えなかったらロピとはこれきりになるだろう。そうなったらフィリはまったくのひとりぼっちだ。

この謁見が済んだらすぐに発てるよう準備だけはしてある。あとはネスタに解呪の確認が滞りなく済んだことを報告し、報酬をもらったらすべて終わり。世話になった人たちにはここへ来る前にひと通り挨拶をしてきた。ラディウスには謁見が終わり次第手短に別れを告げよう。

離宮を旅立っても、フィリは子爵家に帰るつもりなどさらさらなかった。かといって紹介がなければどこかの屋敷の使用人になることもできず、しばらくは家を出る時に持ってきた貯金と、解呪の報酬であてのない旅だ。ラディウスに頼んでここで働くことも考えたが、それではフィリが辛くなる。

従僕の動きが慌ただしくなった。そろそろ国王がやってくるのかもしれない。

フィリはドアに目を向けつつ、こそこそとラディウスに声を掛けた。

「今日は先日の件で呼ばれたのでしょうか」

「そうらしい。事件の顛末《てんまつ》について私から陛下に報告するのと、君とあの小鳥には報奨が与えられるはずだ」

「それはありがたいことです。つくづくロピがいないのが残念ですね」

「そうだな。……まあ、頭のよさそうな鳥だから何か考えがあるのかもしれない」

そう言ったラディウスのほうをちらりと見上げる。

「たとえばどんな？」

「君を幸せにする方法とか」

その言葉に、フィリはドキッとした。

フィリを幸せにする方法なんてひとつしかない。それはもちろんラディウスとずっと一緒にいることだったが、所詮は叶うはずのない夢だ。

ドアが重々しい音を立てて開き、国王が入ってきた。ラディウスに従ってフィリも腰を折る。

衣擦れの音とともに、目の前をゆっくりとえんじ色のマントが行きすぎる。一緒に入ってきた従者たちはかなりの人数のようで、フィリは腰が痛くなるまでお辞儀を続けなければならなかった。

「待たせたな。皆の者、面《おもて》を上げよ」

玉座のほうから重々しい声がして、ラディウスが顔を上げる気配があった。一拍遅れて顔を上げたフィリは、眼前に広がる光景に目を見開く。

たった今王が通過した絨毯の上には、両脇を衛兵に抱えられたヴァルドロスが膝をついていた。おとといから着たままと思われる純白の軍服は薄汚れ、黒髪はぼさぼさ、足には何も履いておらず、足の裏は農奴みたいに真っ黒だった。

玉座の隣に立つ宰相がコホンと咳払いをした。

「お忙しいなかお集まりいただいた皆様方には恐悦至極に存じます。本日は――」

厳《いか》めしい顔をした国王がサッと手を挙げ、宰相の言葉を遮った。

「口上などどうでもよい。ラディウス。先日の顛末についての報告をせよ」

「はっ」

ラディウスは軽く頭を下げ、玉座の前に進み出た。腰に履いた剣を床に置き、片膝をついてフィリと一緒に離宮を飛び出してからのことをよどみなく話す。

ラディウスの話を聞くうちに、国王の顔はどんどん険しくなっていった。とりわけ、魔女との戦いのくだりにおいてはしきりに顎髭を撫で、時折ヴァルドロスを鬼の形相で睨みつける。

その視線は時々フィリのことも捉えたが、そのたびに胸がドキッとした。何も悪いことはしていないのに、国王然たる貫禄《かんろく》と威圧感に気圧《けお》され、自然と身体が固くなってしまうのだ。

ラディウスの話が終わると、王は深く息を吐き、太腿の上で頬杖をついた。

「ヴァルドロス、何か言いたいことはあるか?」

ラディウスが話しているあいだ、ずっと俯《うつむ》いていた王太子が顔を上げる。青ざめた顔に歯をむき出しに、今にもラディウスに飛び掛かってきそうな表情だ。

「私が犯人だという証拠がどこにあるのです?」

馬鹿にしたような口調で言った兄を、ラディウスが冷ややかな目で見る。

「往生際が悪いですよ、兄上。先日は自分がやったと認めたではありませんか」

「私が認めたのは薬を使ったということだけであって、魔女とつながりがあるなどとはひと言も言っていない」

「しかしな、ヴァルドロスよ」

王が懸命に怒りを抑えているような顔を見せる。

「お前が魔女に毒物や呪物を依頼していたことは、すでに調べがついておるらしいではないか。聞けば、ラディウスの獣化の呪いもお前の仕業だとか。魔女に依頼した薬物の類を他人に使用することは法律で固く禁じられている。そのことはお前も知っておろう？」

一瞬、王妃が鋭い目でフィリとラディウスを捉えたのを、フィリは見逃さなかった。しかし王妃はすぐに視線を外し、近くにいた衛兵を呼び何ごとかを告げた。

ヴァルドロスが床に膝をつけたまま身を乗り出す。

「わたくしは国の未来を憂えてそうしたまでです！　卑しい血の流れる弟が子をなせば、必ずや一族の汚点となりますゆえ――」

ドン！　と王が力任せに錫杖で床を叩き、その場にいた全員が飛び跳ねた。ただひとり、フィリの正面に立つ王妃を除いて。

「口を慎め、ヴァルドロス！　お前は友好国と戦にもなりかねんほどの暴虐を働いたのだぞ⁉　まったく、私の血を分けたラディウスまで辱めおって……！」

勢いよく玉座を下りた王は、ヴァルドロスの首根っこを掴んだ。そしてラディウスの前まで引きずってくると床に放り投げた。

フィリはあまりの恐ろしさにラディウスの後ろに隠れた。王はものすごい剣幕《けんまく》だ。

「貴様がしでかしたことを、ラディウスとこの娘が尻拭いをしてくれたのだ。ラディウスに誠心誠意謝罪をし、この娘に礼を言うがよい」

しかしヴァルドロスは頑なに謝罪を口にしない。怒った王が錫杖で彼を打ち付けたため、フィリはラディウスの陰で縮こまった。

すっかり曲がってしまった錫杖を投げ捨て、王が肩で息をしながらラディウスに歩み寄る。

「許せ、ラディウス。あやつをちと甘やかしすぎた」

ラディウスが氷のような目でヴァルドロスを見下ろす。

「王命とあらば……と言いたいところですが、ゆくゆくは陛下に代わり国を治める者が魔女とかかわっていたという事実は、国の未来に禍根を残しえます。しかも彼が犯した罪はそれだけではありません」

王が眉根を寄せて目を丸くした。

「なんだと？　まだほかにもあるのか」

「残念ながらそのようです。兄上が犯した罪の一部始終は、神が遣わしたこの者が話してくれるでしょう。——ネスタ」

ラディウスが指をパチンと鳴らすと、いったんドアの外に出たネスタが従僕ふたりを従えて戻ってきた。

従僕たちが抱えているものを目にしたフィリは、御前であるにも関わらず、あっと声をあげた。

彼らが恭しく手にしているのは鳥かごだった。しかもかごの中には見慣れた青い鳥がいる。

（ちょっ……なんで⁉）

心なしか得意げな様子で止まり木にいる相棒を見て、フィリは開いた口が塞がらなくなった。

おとといの夜、魔女の森で一緒に死闘を繰り広げたロピは、フィリを乗せた白馬が厩舎に着いた時にはもういなかった。てっきり近くの森で休んでいるか、どこかをウロウロしているのだろうと思っていたのに。

「ラディウス。これは何かの冗談か？」

王が憮然《ぶぜん》とした顔で鳥かごを覗き込む。

ラディウスが咳払いをしてこちらを一瞥したため、フィリは眉を顰めた。

「冗談ではありません。兄上と魔女とのやりとりを見ていたこの鳥が、彼らの会話を覚えていて教えてくれたのです」

「鳥が……？　鳥が喋《しゃべ》るはずないだろう」

「ところが喋る鳥もいるんですピィ」

ロピが口を利いた途端、王は驚いた顔をして素早く後ずさりした。勢い余ってマントを踏み、尻もちをつきそうになったところを、従僕がふたり掛かりで支える。

「とっ……鳥が喋った⁉　誰か近くで話しているのではないだろうな？」

きょろきょろと周りを見回す王に対し、ラディウスが首を横に振る。

「いいえ、父上。本当にこの鳥が話しているのでございます」

鳥かごは従僕によって運ばれ、玉座の隣にあった黄金色に輝くテーブルの上に恭しく置かれた。

ネスタから渡された粟穂を、ラディウスがかごの前にちらつかせる。

「さあ、ロピ。話してごらん。君は魔女の森で何を見た？」

ゆらゆらと目の前で粟穂が揺れるのに合わせて、ロピの頭も左右に揺れる。

「ナスタジャの森にある魔女の家に、灰色の服を着た男が出入りするのを見たピ。服にはあそこにいるみすぼらしい男と同じ紋章がついてたピ」

首を突き出したロピの視線はヴァルドロスを捉えている。

フィリは青い顔で震えている王太子に目を向けた。彼は必死に威厳を保とうと身体を反らすものの、髪はぐちゃぐちゃ、軍服も厩で寝ていたかのように薄汚れている。何しろ裸足《はだし》だ。

フィリの相棒の小鳥は、ここ最近離宮で起きた不穏な出来事や、王宮を取り巻く汚職などについてペラペラと話した。そのすべてがヴァルドロスの仕業であると具体的に示しながら。

たとえそれが事実だったとしても、どうしてロピがそんなことまで知っているのかわからない。

（まさか……）

ちらりとラディウスを見ると一瞬目が合った。しかし、すぐにそっぽを向いてしまった。ふたりのやり取りに気づいたネスタは気まずそうに目を泳がせている。

フィリは小さくため息をついた。

これは間違いなく黒だろう。彼らが調べて突き止めた王太子の悪事を、ロピ——王は神の使いであると思い込んでいる——に話させているに違いない。けれど、いくらロピが賢いからといって、こんなにたくさんのことをたった一日で吹き込めるだろうか？

（もしかして、ここ最近ロピが留守がちにしていたのは、彼らに飼いならされていた……？）

フィリはラディウスとネスタを睨みつけ、最後にロピに視線を向けた。彼は得意げに述懐を続けている。

「……でも、今まで話したことはまだ序の口だピ」

「まだあるというのか⁉」

王が食い入るようにして鳥かごの前に跪《ひざまず》く。

「何年か前にラディウスのお母さんが亡くなったピ」

王が口惜しそうに首を横に振る。

「ああ、そうだ。あれはかわいそうなことをした。不慮の事故であっけなく逝ってしまったのだ」

「違うピ。ラディウスのお母さんは王太子に殺されたんだピ！」

「ひぃッ」

ロピがすべて言い終わる前に、絨毯の上で衛兵に押さえつけられているヴァルドロスが悲鳴にも似た声をあげた。

すっくと立ちあがった国王が、その声の主を振り返る。

「ヴァルドロスーーッ‼」

王は玉座の階段を大股で駆け下りた。憤怒で顔を赤黒く染め、鼻腔は広がり、食いしばった歯の隙間からしゅうしゅうと荒々しい息が洩れている。まるで悪魔だ。

「貴様……それは本当のことか！」

「私じゃない！　私じゃありません、父上……！」

胸倉を掴まれたヴァルドロスが、ラディウスに対して目を剥いた。

「いい加減なことを言うな！　私がやったという証拠はあるのか！」

「証拠はこれだピ！」

鳥籠の中から飛んできた何かが、コン！　と絨毯を叩き、ころころと転がった。それは大きな赤色の宝石がはまった金色に輝く指輪だった。

「あ……ああっ……これは」

王が指輪にフラフラと近づく。その後ろから回り込んできて先に指輪を拾い上げたのは王妃だ。

王妃は震える指で顔の前に掲げた指輪を、怒りを滲ませた双眸で見つめた。

「これは王家に代々伝わる指輪だわ……！　あんな……あんな泥棒猫の手に渡っていたというの⁉」

ラディウスが一歩前に進み出る。

「その指輪を洗濯係から受け取ったのは、母が亡くなった翌日のことでした。彼女がいつも身につけていたものだから、と形見として私によこしたのです。指輪は、血の付いたヴァルドロスの服のポケットに入っていたそうです」

「やはりヴァルドロス、貴様が——」

ふたたびヴァルドロスのほうへ向かいかけた国王の目の前に、王妃がサッと指輪を突きつけた。

「陛下！　これがどういうことかご説明くださいませ！　本来ならばこれはわたくしが陛下からいただくもの。やはりあの売女《ばいた》に渡していたのですね⁉」

「だからどうしたというのだ。お前には散々誠意を尽くしたではないか」

唸るように口にした国王に、王妃の顔が真っ赤に染まる。

彼女はずんずんと歩いてヴァルドロスの元へ行き、頬をぴしゃりと叩いた。

「ヴァルドロス！　情けないと思わないのですか⁉　……いいわ。あなたがやれないというのなら、わたくしがやります。あの女の遺《のこ》した血をここで根絶やしにしなければ」

王妃の鋭い視線がラディウスを捉えた。サッと手を挙げると、周りにいた屈強な衛兵たちが次々に剣を抜く。

「お、お前たち、何をしているのだ！」

大きな身体でおろおろとする国王を、王妃がせせら笑った。その顔は目も口の両端も吊り上がり、悪魔みたいに恐ろしい形相をしている。

「ご自分の胸に手を宛てて聞いてみたらどうかしら。お金というものはなんの価値もない下賤《げせん》の女に注ぐものではなく、こうやって使うのよ。――かかりなさい‼」

鋭い声で命じられた衛兵たちが、一斉にラディウスのほうへ向かってきた。隣にいたフィリは彼に突き飛ばされ、近くにいた従僕に支えられた。

「君はどこか遠くへ逃げろ！　ネスタ、剣を！」

フィリの背後から投げられた剣を、ラディウスがジャンプして受け取った。着地する瞬間、回転しながら回し蹴りをして衛兵たちの剣を弾《はじ》き飛《と》ばす。彼の蹴りを回避できたふたりの兵士が突きを繰り出した。

「ひゃッ」

従僕に抱えられたフィリは思わず目を閉じた。

戦いに参加していない衛兵たちが慌ただしく王や宰相を遠ざけ、応援を呼びに行く従僕たちの怒号で玉座の間は阿鼻叫喚《あびきょうかん》となった。

王妃の手下の兵士と、それ以外の兵士とであちこちで小競り合いが起きている。ラディウスの命を狙う者と、反対に守ろうとする者。彼の周りでは人が次々と入れ替わり、見ていて目が回るほどだ。

「フィリ！　君は隠れてろ！」

フィリの悲鳴に気づいたラディウスが顔をこちらへ向けずに叫ぶ。

「さ、こちらへ」

ネスタに誘導されて、フィリは玉座の間を出た。

「フィリアーナ様はどうぞご自分の部屋でお待ちくださいませ」

「いいえ。ここにいます。いてもいいでしょう？」

フィリは開いたドアにかじりつき、玉座の間で繰り広げられる剣戟《けんげき》を外から見守った。鋭く光る切っ先がラディウスの身体をかすめるたびにここから逃げ出したくなるが、どうしても見なければいけない気がしたのだ。

いつの間にか王妃の姿も見えなくなっていた。絨毯の上には、指示する者を失った衛兵たちに押さえつけられたままのヴァルドロスがいて、身を捩って逃れようとしている。

傷つけられたり、捕えられたりして、王妃側の衛兵が次々と姿を消していった。

人がまばらになった頃、ついにヴァルドロスが衛兵の拘束を振り切るのが目に入り、フィリは「あっ」と声をあげた。

彼は一瞬の隙を突いて衛兵の腰から剣を抜き、これまで自身を押さえつけていたふたりの衛兵を貫いた。その時にはラディウスに挑んでいた衛兵もいなくなり、ふたりは絨毯の上を自然と歩み寄っていく。

玉座の間は血の海だった。そこらじゅうに呻き声をあげる衛兵たちが転がり、フィリは気を抜くとその場に倒れ込んでしまいそうになる。

「ラディウス〜〜〜！」

食いしばった歯の隙間から唸り声を洩らしながら、ヴァルドロスが駆け寄る。彼の顔は悪魔に憑り憑かれたように赤黒く染まり、目は血走っている。

ふたりが対峙する瞬間、フィリは思わず目をつぶった。キィン！　キィン！　と剣がぶつかり合う音がしたのち静かになり、目を開けて震える唇を押さえる。

ふたりのあいだには馬一頭ぶんくらいの距離があった。ヴァルドロスは真っ赤な顔をして肩で息をしている。対するラディウスは氷のような瞳の色そのままに冷静沈着だ。

「貴様のせいで……！　お前があとから来なければ私が国王になったのだ！」

「兄上が何もしなければ自動的に国王になれたでしょうに」

ヴァルドロスが切っ先を震わせながらかぶりを振った。目が爛々と輝いている。

「それではダメなんだ……どいつもこいつも、ラディウス様、ラディウス様と、お前ばかりをもち上げて」

「なるほど。私にプライドを傷つけられたと言いたいのですね。兄上にも慕ってくる者たちはいたではありませんか」

コツコツと足音を立てて、ラディウスがゆっくりと間合いをはかった。彼の動きに合わせてヴァルドロスも横ににじり動く。

「あいつらはただの腰巾着だ。私ではなく、王太子という地位が大切なのだ！」

ヴァルドロスが雄叫びをあげて床を蹴り、ラディウスに突進した。ちょうどラディウスの脚の下に通路の絨毯があり、足を取られてわずかに身体が傾く。

（ラディウス様……！）

フィリは短く息を吸い込んだ。しかしラディウスは、不安定になった動きを利用して空中で横に回転し、剣の先を引っかけて絨毯を巻き上げた。

緋色の絨毯がふわりと宙を舞う。不死鳥のごとく羽ばたくそれがヴァルドロスの視界を遮り、彼を惑わせた。

「どこだ！　どこにいった！」

ヴァルドロスがきょろきょろと周りを見回す。

「ここです。兄上」

そう聞こえた直後、高く跳び上がったラディウスが、ヴァルドロスの薄汚れた肩章の下目がけて素早く剣で貫く。

「ぎゃあああああ」

耳をつんざく叫びに、フィリは顔を背けた。

悲鳴はすぐに途切れたのに、隣にいるネスタやドアの外にいる従僕たちも静まり返ったままだ。駆け寄る足音もしない。

（まさか、死んでしまったの？　半分とはいえ、血を分けた兄をラディウス様が……？）

フィリは今にも卒倒しそうな気持ちで目を向けた。すると玉座の間の中央では、倒れたヴァルドロスの横にラディウスが跪いていた。

ヴァルドロスの肩には鈍く光る剣が垂直に突き立てられており、彼は苦しそうに呻《うめ》いている。

フィリはなぜかホッとした。耳をそばだてると彼らの会話が聞こえてくる。

「なぜ挑んだのです？　兄上は一度も私に勝ったことなどないのに」

「黙れ……！　私に勝って王太子の地位も手に入れて、さぞ気持ちのいいことだろうな」

肩で息をするヴァルドロスが苦痛に顔を歪める。

ラディウスは厳しい表情で静かに首を横に振った。

「遅くから剣の稽古を始めた私には一流の騎士がつけられた。あなたにはそれがなかっただけです」

「黙れ！　途中から来たお前に何がわかる！　……うぐっ‼」

ラディウスに食ってかかったヴァルドロスが肩を押えて呻く。

「いいか……貴様にそんなことを言う権利はない。私だって血が滲むほど努力したのだ……！　なのに、お前は剣の腕も、学問でも私を容易《たやす》く超えていったではないか」

「兄上……」

ヴァルドロスの身体が力なく横たわった。気を失ったのだろうか。

スッと立ち上がったラディウスは、そばで見ていた従僕を呼びつけて丁重な手当てを依頼した。彼は部屋の中を見回したのち、ドアの陰にいるフィリに気づいたのか、こちらへ近づいてくる。

フィリはドアの外に立ってラディウスを迎えた。周りでは慌ただしく人が行き交い、肩に深紅の花を散らした青白い顔のヴァルドロスを担ぎ出したりしている。

「フィリ……見ていたのか」

近くまでやってきたラディウスに、フィリは神妙な面持ちで頭を下げた。まさに血を血で洗う争いを目の当たりにして、彼にどんな顔をすればいいのかわからなかったのだ。彼の母親がヴァルドロスに殺されたという話も、まだ消化できていない。

おずおずと視線をあげたところ、気遣うような目を向けられた。

「顔色が悪い。大丈夫か？」

「私は大丈夫です。それよりラディウス様もひどくお疲れの様子です」

実際に、ラディウスは遠くから見ていたよりもはるかに疲れた顔をしており、全身に汗をかいていた。

「私は大丈夫だ。それより見苦しいものを見せてしまったな。明日の朝迎えに行くから、今日のところはゆっくり部屋で休んでくれ。――ネスタ。彼女を頼む」

「かしこまりました」

深く礼をしたネスタに連れられて、フィリは玉座の前をあとにした。

喧騒《けんそう》から離れると、さっきまでは平常心でいるように見えたネスタの顔に、急に疲れがにじみ出てきた。見たこともないたくさんの血を前にして心が揺らいでいるのはフィリも一緒だが、何せ彼はこの年齢だ。

「ネスタさん、大丈夫ですか？　私はひとりで部屋に戻れますから」

彼は申し訳なさそうにお辞儀をした。

「お客様であるフィリアーナ様に心配されるとは面目ございません。こんなことになりまして、ご迷惑をおかけいたします。本来であればこのあと諸々《もろもろ》の手続きをして契約の報酬をお支払いする予定でしたが、この状況ですから本日は厳しいでしょう」

「大変なことが起きたことは承知しています。契約満了まであと数日ありますから、それまでに手続きができれば何も問題ありません」

フラフラしながらドアの前まで送ってくれたネスタと別れて、フィリは慣れ親しんだ部屋に入った。


その日、裏口に近いフィリの部屋には、夜中まで馬車が出入りする音が聞こえていた。廊下はバタバタと人が行き交い、従僕やメイドの声や飲食物を運ぶワゴンがひっきりなしに行き来した。

きっと緊急の会議でも開かれたのだろう。何せ王太子と王妃が国をひっくり返すほどの大惨事を起こしたのだ。

ラディウスを王太子に繰り上げる手続きや、王妃の立場をこれからどうするか。諸外国への通達、国民への周知など、通常であれば年単位で行われることを急いでやらなければならないのだから、それは上を下への大騒ぎにもなる。マレンとの晩餐からこっち、重臣や諸侯たちも離宮にとどまっていたのが却ってよかったかもしれない。

(それはそうと、ロピは今頃どうしてるんだろう)

ほとんど寝られずに朝を迎えたフィリは、欠伸をかみ殺しながら身支度を整えた。

ロピには聞きたいことがいっぱいあったのに、あの騒ぎのおかげでその後鳥かごがどうなったのかわからなくなった。

（あとでラディウス様に聞かなくちゃ）

胸元を編み上げているリボンの形を整える手を止めて、ため息をつく。

ロピは特別な鳥だから、国王に気に入られたらきっと離してもらえないだろう。フィリと一緒にあてのない旅に出るのか、このまま王室の飼い鳥になるのか……今後どうするつもりかは彼の意思にゆだねたい。だって、鳥は自由なものだから。

それからしばらくのち、ドアがノックされてラディウスがやってきた。迎えにいくとは聞いていたものの、まさか本当に彼自身が来るとは思わなかった。

「おはよう。ちゃんと眠れた？」

目が覚めるような青色の軍服を着たラディウスが、ドアの枠に寄りかかって目を細める。

昨日と比べ彼もだいぶ具合がよさそうだ。いつもと変わらぬ穏やかな笑顔が眩《まぶ》しい。

「おかげさまで。殿下はいかがですか？　昨夜は人の出入りが激しかったみたいですが……」

彼は指先で赤い目をこすった。

「お察しの通り寝不足だけど元気だよ。でも、今日は天気がいいし庭園を歩きたい気分なんだ」

にっこりと笑って差し出された手に、フィリは自身の手をそっと重ねた。彼とはもう触れ合うことがないと思っていたのに、思いがけず胸が躍る。

大庭園へ続く回廊からは、庭園内の小道に負けないくらいに色とりどりの花が咲くのが見えた。

役目柄、離宮の内部を歩くのは憚《はばか》られると思い、息抜きによく裏庭から大庭園を散策していたのだ。今ではラディウスよりも詳しくなったかもしれない。

「君が部屋にいてくれてよかった」

「もう逃げませんよ」

答えながら彼の顔をちらりと見上げる。途端に陽だまりみたいな笑顔が飛び込んできて、急いで目を逸《そ》らした。

青い軍服はよく似合っているし、風に靡《なび》く銀髪も美しい。これほどの美丈夫である彼が、自分に好意を持ってくれたのだ。それ以上は何も望まない。

大庭園に入ると、心地いい風がフィリの髪を優しく舞い上げた。花や実をつける樹木のあいだを抜け、丈の短い草に色とりどりの花が咲き乱れる広場に出る。

広場にはガゼボがいくつかあり、石畳の通路がそれぞれを結んでいる。その中にはラディウスが王宮から戻ってきた晩に身体を重ねたガゼボもあり、フィリはひとり身体を熱くした。あれからもう何日も過ぎたのに、まるで昨日のことのように思い出される。

辺り一面に色とりどりの花が綻ぶ様子は、まるで絨毯でも敷き詰めたかのようだった。明るい日差しのもと、筋状の雲がたなびく空に鳥たちが羽ばたいている。

ラディウスが額にかかる前髪を押さえながら空を見上げた。

「ロピは今、君の部屋にいるのか？」

「いいえ。まだ籠の中にいるんじゃないんですか？」

立ち止まって眉を顰めるフィリに、ラディウスは白い歯を見せた。

「彼のことは仕事が終わってすぐに解放したよ。裏庭に飛んでいったようだから、てっきり君の部屋にいるのだと思っていたけど」

「そうですか……ロピに会えたらいろいろと聞かなくちゃと思って探してたんです。だから私から逃げ回ってるのかしら」

口を尖らせて不満そうな顔をすると、ラディウスが楽しそうに声をあげて笑う。フィリもくすくすと笑った。

もう一度手を繋ぎ、ゆっくりと歩き出す。石畳が敷き詰められた小道の両側にはロピそっくりな青色の花が揺れている。

黙っていたらラディウスがフィリの手を強く握った。

「ロピが戻ってきても、どうかあまり怒らないでやってくれないか。彼には返しきれないほどの恩があるんだから」

「わかりました。それで、いったいいつ彼を手懐《てなず》けたんですか?」

ニヤッとラディウスの口角が上がる。

「西の離宮に向けて発った時に、なぜか一緒についてきたんだ。途中、休憩に立ち寄った貴族の屋敷の窓を叩いて、食べるものをよこせって」

「まあ。殿下に口を利いたんですか?」

フィリは目を丸くした。人前では彼も普通の鳥を装っていたのに、どういう風の吹きまわしだったのだろう。

「きっと腹が減って仕方がなかったんだろう。馬のスピードに合わせて飛ぶのはさすがに大変だったらしい。もっとも、時々鞍の後ろで何かが休んでいることには気づいてたけどね」

ふふ、とフィリは笑った。

「彼は頭がいいんです」

「その通りだな。君のために役立てることがあったらなんでも協力するって言ったのは彼のほうだし」

フィリは訝《いぶか》るようにラディウスの顔を見た。

「ロピがそう言ったんですか？」

うん、とラディウスが頷く。

「私が望まない結婚をヴァルドロスが画策しているところを見たらしい。初めてロピが話すところを見た時はとても信じられなかったよ。君が私に気があると自分から話していなかったのなら、彼は頭がいいだけでなく人の心を察知する能力にも長けているんだな」

ラディウスについてロピと交わした会話を思い返しながら、フィリはじわりと首筋に熱が上がっていくのを感じた。

確か一度だけ、ラディウスを好きになったのかと聞かれたことがある。その時は否定したし、以降、彼に対する感情を洩らしたことはない。ロピは本当によく見ている。

「昨日玉座の間で話した内容は、ラディウス様が教えたんですか？」

「そうだよ。マレン殿下が毒を口にしたのは想定外だったけど、私の母の件については西の離宮にいるあいだからずっと教え込んでたんだ。ネスタと一緒にシナリオを練って、何度も話して聞かせてね」

「そんなことが秘密裏に行われているとは全然知りませんでした」

ははは、とラディウスが声高らかに笑う。

「彼は自由なだけでなく策士なんだろう。ロピを逃がすと言ったら陛下や大臣に猛反対されたから、勝手に逃がしておいた」

「大丈夫なんですか？」

フィリの問いかけに、彼は肩をすくめる。

「今は誰も私のすることに逆らえないさ。母の殺害にヴァルドロスだけでなく、まさか王妃がかかわっていただなんて。きっと腫れ物には触れたくないんだろう」

急に眉を曇らせたラディウスの気持ちが、フィリには痛いほどわかった。

自由な暮らしを謳歌《おうか》していた少年が、利権がらみの争いや汚職のはびこる王宮にいきなり放り込まれたのだ。それだけでも大変な苦労なのに、頼りである親兄弟からは貶《けな》され、虐げられ、あろうことか母親の命を奪われたなんて。

玉座の間で王妃が見せた鬼気迫る顔つきを思い出すと今でも震える。国王に指輪を突きつけて迫った時の剣幕、ヴァルドロスを叩いた時の形相が目に焼き付いて離れない。

フィリは大きく息を吸って、美しく揺れる一面の花々に目を向けた。

「あのあと王妃殿下はどうされたんでしょうか」

「近くに住む貴族の屋敷に匿《かくま》われていたところを見つかって、今は離宮の地下牢《ちかろう》でヴァルドロスとは別に幽閉されてるよ。さっき兵士たちが口割草を探しに出かけた」

「口割草⁉」

フィリは目を丸くしてラディウスを見た。

「口割草を使って自白させるんですか？　……私、殿下に変なことを教えてしまったかしら」

「どうしてだ？　拷問するよりはいいだろう」

ラディウスの顔に不敵な笑みが浮かぶ。フィリは少し考えて頷いた。

「そうですよね……あの人たちはラディウス様に本当にひどいことをしたんですもの。何日ものあいだ続くひどい副作用くらい耐えていただきませんと」

「副作用？　……ふぅん。いいことを聞いた」

「ラディウス様？」

怪訝な目で見つめるフィリの手が引かれ、頬に軽くキスをされた。慌ててきょろきょろと辺りを見回すが、柔らかな風に揺れる花園にはふたりのほかは誰もいない。

「そういえば、マレン殿下から君宛てに手紙を預かってるんだ」

ラディウスは軍服のテール部分にあるポケットから封書を取り出した。

「マレン殿下から？　そういえば、あれから殿下の具合はいかがですか？」

「彼女ならついさっき離宮を発ったよ」

「えっ？」

フィリは優しく揺れる彼の青灰色の目を見て、次に手渡された封書に目を落とした。封書をひっくり返すと、赤色の封蠟《ふうろう》の右下にマレンのサインが書いてある。

促されたフィリは、ドキドキしながら手紙を開封した。何枚にもわたって書かれた便せんには、びっしりと美しい文字が並んでいる。

「読んでみたら？」

「親愛なるフィリアーナへ。まずはじめに、あなたにお礼を言わせてちょうだい。私の命を救ってくれてありがとう。心から感謝しています。あなたがいなかったら、私は今頃この手紙を書いていないでしょうね」

手紙を読むフィリをにこにこして見ているラディウスをちらりと見て、コホンと咳払いをする。

フィリひとりに宛てられた手紙の内容を彼に知らせることもないだろう。そこからは黙読に切り替えて文字に目を走らせる。

『晩餐の日、あなたのラディウス殿下が夜通しかけてナスタジャの森へ出かけたのだと、ラディウス殿下から聞きました。

最初はあなたひとりで行くつもりだったと聞いて驚いています。私だったら従者を何人連れていても森の入り口まですら行けないもの。あなたにの勇気にはびっくりするとともに、尊敬の念を抱きます。

それから、私の大切な犬――シスの病気も治してくれて本当にありがとう！

あちこちの腕利きの医者にかかったけれど、治療法がないと言われて諦めていたのよ。

日を追うごとに元気をなくしていく彼女がかわいそうで堪らなくて、私も一緒に死にたいと思っていたくらいなの。それがたったひと晩であんなに急によくなるなんて思いもよらなかったわ。

今は目の前の霧が晴れたような気分よ！　本当にありがとう』

フィリは思わずクスッと笑った。自分の身体がよくなったことよりも、ペットの犬が元気になったことのほうが明らかに嬉しそうだ。

三枚目の便せんをめくり、さらに目を這わせる。

『あなたには感謝してもしきれないほど助けてもらったわ。直接会ってお礼が言いたかったけれど、会わない方がいいと思ったのでこのまま帰ります。

あなたのことは一緒に国に連れ帰りたいくらいに気に入ったのよ。でも、そうしたらラディウス殿下はきっと生きていけないでしょう』

「えっ？」

唐突に話の流れが変わり、その前の数行を行ったり来たりする。

『そんなわけで、ラディウス殿下の隣をあなたのために空けることにしました。詳しいことは彼から聞いてちょうだい。あなたがたふたりの幸せを心より祈っています。

追伸　結婚式の時に犬を連れていきますから、彼らが私のことをどう思っているか教えてね』

「えっ？　えっ？」

話がまったく見えない。どこか読み飛ばしただろうか、ともう一度最初から読んでみるけれど、どうしても途中から理解不能になってしまう。

食い入るように見ていた便せんからパッと顔を上げる。

「ラディウス様、私、頭がおかしくなってしまったみたい」

「どれどれ」

手紙を受け取ったラディウスに手を引かれて、一面の花が咲き乱れる広場のベンチに並んで腰かけた。

「親愛なるフィリアーナへ。まずはじめに、あなたにお礼を……」

さっきフィリが音読したのと同じ文面を、ラディウスがよく通る低い声で読み上げた。もちろん内容は一緒だ。

追伸のところまでしっかりと聞いたが、やはり意味がわからない。

「あの、『詳しくはラディウス殿下に聞いてちょうだい』って書かれてありますけど……？」

フィリが尋ねると、なぜかラディウスが急に立ち上がって広場へ歩いていく。

しばらくして戻ってきた彼の手には白い小花の束が握られていた。あのガゼボで愛を交した晩に、フィリが花冠を作っていた花だ。もう日が高くなってきたのにまだ元気に咲いている。

ラディウスがフィリの髪に何かしているのを、ドキドキしながら待った。手を引かれて小道を進んでいったところに小さな池があり、水面に映してみるとかわいらしい花飾りだ。

フィリは満面の笑みをラディウスに向けた。

「素敵……！　ありがとうございます」

「君みたいに上手にはできなくてすまない。とてもかわいいよ」

優しく弧を描く、空の色を映したような青灰色の瞳にドキンと胸が鳴った。

咲き誇る花のじゅうたんの中、輝かしい銀色の髪をなびかせて笑うラディウスは、同じ世界の人間とは思えないほど美しい。

「それで、さっきの手紙のことなんだけど……」

急に改まった態度になったラディウスにフィリの手が取られた。

いつになく真剣な面持ちだ。こっちまでドキドキしてしまう。

「マレン殿下が床に臥《ふ》せているあいだに彼女に話したんだ。晩餐会の夜、フィリが動いてくれなかったらあなたは死んでたって」

「そんな……当然のことをしたまでです」

フィリははにかんで目を伏せた。握られた手にもう一方の手が重なり、視線を上げる。

ラディウスはまっすぐにフィリを見つめて首を横に振った。

「それは違うよ、フィリ。手紙にもあった通り、彼女も君には返しきれないほどの恩を感じていた。命を救ってもらったんだから、家族と同じに扱わなければ神様に叱られてしまうって」

「嬉しい……私にはもったいないお言葉です」

本当だ。家族から爪弾《つまはじ》きにされていたフィリにとっては、天にも昇るほどありがたい。

どうせ故郷を捨てるつもりだったのだから、もし彼女に誘われていたら喜んでエスパについていっただろう。けれど、それではラディウスが生きていけないと彼女は言う。

「マレン殿下との結婚が悪意をもって仕組まれたものだということは、彼女も気づいていたんだ。それはそうだろう。彼女とではいくらなんでも年齢が違いすぎる」

フィリは頷いた。

「マレン殿下は亡くされたご夫君を未だに愛されているんだ。今はあの通りペットの犬たちを溺愛していて、今後は犬に囲まれてひとりで静かに暮らしていきたいそうだ」

「そうだったんですか……えっ？」

なんとなく相槌を打ってから、最後におかしなことを聞いた気がしてパッと顔を上げた。

ひとりで静かに暮らす？　それでは、ラディウスとの結婚はどうなってしまうのだろう。

「あのー……ラディウス様？　マレン殿下とのご結婚は？」

ラディウスが噴き出して、その後肩を揺らして笑いだした。

「何がおかしいんですか？」

「まだわからないのか？　まったく、君って子は」

「ひゃっ」

抱きすくめられてよろけたフィリを、ラディウスがしっかりと支えた。

「俺が結婚する相手は君なんだよ、フィリ！」

「ひゃぁっ！」

急に抱き上げられたと思ったら、その場でくるくると回された。背の高い彼よりもさらに高い位置まで掲げられ、恐ろしいやら目が回るやら。光り輝く銀色の髪と軍服の青の周りで、赤やピンクやオレンジの花が円を描いている。

「ちょっ……！　ラディウス様、下ろして……！」

ラディウスが笑いながらフィリを地面に下ろす。

足の裏が草に触れた時にはホッとした。すぐにラディウスが強く抱きしめてくる。

「フィリ、俺と結婚してくれ」

その言葉に、心臓が壊れそうなほど音を立てたが、喜ぶにはまだ早い。

「待って。待ってください！　ラディウス様のお気持ちはものすごく嬉しいんですけど、私と殿下では身分が合いません」

「君は何も心配しなくていい。シナリオと段取りはもう考えたから」

「シナリオ？　段取り？」

目が覚めるような青い軍服の腕の中で、フィリは顔を上げた。何やら不穏な響きだ。

「俺がふた晩寝ずに考えたシナリオ、聞いてみる？」

「もちろんです」

先ほどのベンチに戻り、ぴたりと寄り添って座った。フィリの腰はラディウスに抱かれている。気持ちがそわそわして、腰がぞわぞわして、なんだか落ち着かない。

彼は背筋を伸ばしてわざとらしく咳払いをした。

「マレン殿下のご夫君が亡くなられた十八年前――」

ふんふん、とフィリが頷く。

「彼女が悲しみに暮れていた頃、殿下は新たな命を授かっていたことを知ったんだ。しかし、出産予定日を計算するとちょうど微妙な時期になることがわかり、妊娠を隠していた。そして生まれたのが君、フィリアーナだ」

「ええっ⁉　どういうことですか？」

ラディウスは腰の後ろに手をやって、どこからか手帳を取り出した。彼の上着のテールは執務室の机の引き出しにつながっているに違いない。

　神秘的な青色の瞳が、きれいに製本された布張りの手帳の上を行き来する。

「フィリの産まれた時期がちょうどマレン殿下のご夫君が亡くなられた日の約八か月後にあたるんだ。もしマレン殿下がご夫君の死去から八か月が過ぎて子供を産んだら、醜聞になっていた可能性がある。すなわち、ご夫君が床に臥せているあいだの不貞によってできた子ではないかと」

「はあ……なるほど。そんな噂を立てられることがあるんですね」

　社交界は怖い――なかなかデビューさせてもらえないことを憂えたこともあったけれど、下手にそんな世界を目にしなくてよかった。

　パタン、とラディウスが手帳を閉じた。

「それで、あらぬ噂を立てられぬようこっそりと出産し、やむなく知り合いの子爵家に預けていた。それが君、というわけだ。『育ての家族』だったアロゥル家が秘密を守ってくれるよう、いくらでも出すつもりだよ」

「それは、私の家族を買収して、私がマレン殿下の養女になるということですか？」

「そういうことになる。子爵はそういう取引に応じてくれる人だろうか？」

　尋ねられたフィリは顎に指を宛てて考え込んだ。

　ワイナリーの経営がうまくいっていない父は喉から手が出るほど金を欲しがっている。家の修繕もしたいし、新しい馬車が欲しいとも言っていた。それに、見栄《みえ》っ張《ぱ》りの継母と継姉は、王家とつながりができると知ったら大喜びで取引に応じるだろう。

でも、肝心のマレン殿下はそれでいいのだろうか。社交界のことを何も知らないぽっと出の田舎子爵の娘と、形だけとはいえ養子縁組をするなんて……

フィリは唾をのんでから口を開いた。

「恥ずかしながら父のほうは問題ないと思います。ですが、それをマレン殿下が許されるでしょうか？」

ラディウスの顔に、フィリの不安な気持ちを吸い取るような笑みが浮かんだ。

「今朝殿下にお聞かせしたら手を叩いて喜んでいたよ。あの手紙はその場で書いてくれたんだ。君がマレン殿下の養女となれば、互いの国の王族同士が結婚するという大義名分も果たせる」

「そんな……そんな大それたこと」

「彼女はむしろ、フィリに命を救ってもらった恩を返せると喜んでいたよ。あとは全部こっちに任せて、君は安心してどっしりと構えていればいいんだ」

「ラディウス……様」

優しげに揺れる空と同じ色の瞳を、フィリは無言で見つめた。

とんとん拍子に進んでいく話に頭も心もまったく追いついていかない。まるでフィリの希望をそのまま夢にしたものを見ているみたいで、これが現実なのか、自分の身に起きたことなのかもわからなかった。

「どうした？　ぼーっとして」

ラディウスが心配そうに覗き込んでくる。

フィリはハッとして胸を押さえた。

「いえ……なんだか夢を見ているみたいで……。これって本当のことなんでしょうか。私のことをからかっているとか？」

するとラディウスが額を覆って笑った。

「からかってなんかいないよ。君はブランサルド王国の王太子の、正当なる婚約者になるんだ」

「こっ、婚約者……！」

言葉にした時のとてつもないパワーに圧倒され、サーッと血の気が引いていく。王太子の婚約者だなんて、おとぎ話のなかでしか聞いたことがない言葉だ。まさか自分が？　嘘でしょう？

「は……まずい。倒れちゃいそう」

「大丈夫か？　ガゼボで休む？」

胸を両手で押さえたところ、半分笑い顔でラディウスが覗き込んでくる。フィリは彼の分厚い胸に頭をもたせかけた。

「いえ、なんとか。……でも、本当に私でいいんでしょうか？　それに、さっきのシナリオなんですけど、少し無理矢理な感じがありませんか？　私、誰かに根掘り葉掘り尋ねられたらごまかす自信がなくて」

「君は正直者だからな。でも心配するな。周りには何も言わせやしないし、君をないがしろにする奴がいたら俺が叩きのめすから」

やんちゃな顔つきでそう言ったラディウスが、花のじゅうたんの中に入っていく。

色とりどりの花が咲き乱れる草原に立つ彼を、フィリはため息をつきながら見守った。まるで絵画でも眺めているみたいだ。降り注ぐ太陽の下、風に靡く銀色の髪と青い軍服姿がとにかく美しい。

しばらく辺りを見回していた彼が、何かを手にして戻ってきた。彼の手にあるのは小さな青い花だ。

ラディウスはベンチの前で片膝をつき、フィリの左手を取って薬指に茎を巻きつけた。花がちょうど上を向くよう器用に結ぶと、その手の指先に口づけを落とす。顔を上げると同時に、パッとこちらを捉えたガラスみたいな視線にドキドキと胸が高鳴る。

「フィリ、君が好きだよ。たぶん初めての晩からずっと。君を知るたびにどうしようもないほど惹かれていった。周りから何を言われても、ネスタに釘《くぎ》を刺されても自分の気持ちを止められなかった」

「ラディウス様……」

嬉しさのあまり胸が弾けそうになった。全身がぶるぶると震えていたが、幸いなことにちょうどベンチに座っている。堪えきれない思いが胸を突き上げ、涙をひと粒だけ零した。

睫毛を上げると、ラディウスが不安そうな表情で見上げている。

「フィリ……本当に俺の妻になってくれるのか？」

「断る理由なんてありません」

「ありがとう」

彼の口元があからさまに緩んだ。ホッと息を吐いて隣に座ると、フィリの耳の横から手を差し入れて髪を弄ぶ。

「俺のこと割と初めから好きだっただろう？」

ふふ、とフィリは笑った。

「そんなこと聞かないでください」

「ダメだ。君の口から直接聞くまで離さない」

いじわるそうな笑みを浮かべたラディウスがきつく抱きしめてくる。

「フィリ、愛してる。心から愛してるよ」

「わっ……私も、ラディウス様が大好きです。本当は……最初から、ずっと。これからも、ずっとずっと愛し続けます」

「フィリ！」

「きゃっ」

突然さっきみたいに抱き上げられて、フィリは目を白黒させた。眼下に広がるのはピンクや水色、オレンジ色の花のじゅうたん。やはり先ほどと同じように宙に浮いたまままくるくると回された挙句、ラディウスと一緒に花の中に転がった。

フィリはラディウスと一緒に笑っていたが、背中を冷やりとした感触に襲われてハッとした。すでに日は高いものの、草や土に含まれる水分でドレスが汚れてしまうかもしれない。

「ラディウス様、これは借り物のドレスで……！」

「ラディウスじゃない、イルだ。そんなものいくらでも作ればいい。君はいずれ王妃になる人なんだから」

（王妃！）

今度こそ卒倒しそうになり、すでに寝ころんでいてよかったと思った。

覆いかぶさってきたラディウスによって日差しが遮られた。透き通る彼の髪は日光で輪郭がはっきりと浮かび上がっている。

「フィリ……」

羽根のように柔らかな口づけが落とされて、フィリは瞼を閉じた。

優しく愛情にあふれたこのキスに、何度とろかされただろう。寄せては引き、寄せては引く波にも似た触れ合いは甘く、夢見る心地をさらに加速させる。

腰をそっと撫でられて、思わず吐息が洩れた。熱の籠った口づけが互いの欲望に火をつけて、フィリもラディウスも、自然と腰を揺らしていた。

濡れた淫らな音を立ててラディウスが唇を離した。彼の顔はすっかり上気している。

「俺たちなんで服を着てるんだろう」

「さあ。離宮に戻るまで我慢してくださいませ。――んッ」

ずん、と硬く張り詰めたものにドレスを着たままの下腹部が突かれた。

「無理。今すぐほしい」

「ちょ……イル！」

ドレスの裾から入り込もうとする不埒な手を、フィリは必死に押えてきょろきょろする。

今もきっと、彼を誰よりも大切に思っている執事や従僕がどこかに隠れているのだろう。さすがにこんなところを見られたらもう生きていけない。

しかしラディウスはまったく気にも留めていないようだ。フィリのドレスの中に忍び込ませた手で、太腿を、臀部をするすると撫でる。

「ダメ……誰かに見られちゃう」

「大丈夫。きっとネスタが人を遠ざけてくれるさ。次期国王には誰も逆らえない」

耳元で囁かれて、フィリはクスクスと笑った。本当だろうか。

「それじゃあ私も従わなくちゃ。王太子殿下、優しくしてくださいね」

「もちろんだ」

首筋に吐息まじりの低い声がかかり、フィリは幸せな気持ちで目を閉じた。

草の上に流れた髪をラディウスがきれいに整えてくれる。すくい上げられた髪に何度も口づけが落とされ、額にあたたかな唇が触れる。

瞼を開けると、銀色の睫毛に縁どられた空色の眼差しが、すぐ間近でフィリを捉えていた。

「君にキスしたい。いろんなところに」

蠱惑的に揺れる双眸のあまりの美しさに、フィリの胸はドキドキと高鳴った。

ラディウスの視線がフィリの唇に移動し、頬、首筋、襟ぐりからあふれそうになっているバストへと、次々に注がれる。

周りを見回して誰もいないことを確認してから頷き、フィリは無言のままドレスの胸を編み上げているリボンを解く。そのあいだに、ラディウスが軍服を脱いだ。シャツのボタンをすべて外すと、今度はフィリのドレスの背面のホックを外す。

ドレスを脱いだフィリはストッキングのみという格好になった。屋外のため一瞬で肌が粟立ったが、脱いだシャツをかけてもらえたためすぐにあたたかくなる。

「なんだか……いやらしい格好だな」

いつになくはにかんだ様子のラディウスの視線が、フィリのはだけた胸元から足先までゆっくりと移動した。フィリからすれば、上半身を裸で下はブリーチと靴下を履いたままの彼のほうがよっぽど色っぽく見えるのだが。

ごくりと喉を鳴らしたラディウスが、座った状態のフィリの手を取って口元に運んだ。

はじめに手の甲にキスが落とされる。それから指先を唇でこすり、次に手のひら。前腕の内側へと這い、スーッと舌でなぞる。

「あ……」

なんともいえない心地よさに、ぞくぞくと背中を震えが這いあがった。今度はシャツの襟をめくって鎖骨にキスが落ちた。さらにその下、乳房の上のほうにキスの雨を降らせたのち、いったん離れていく。

大きな手がシャツの上から乳房を押し包んだ時、フィリの唇から吐息が洩れた。ざらりとした木綿の生地が敏感な頂をこすったからだ。

シャツの上からそこを軽く吸われ、思わずビクッとした。彼がそこばかりを舐めたり吸ったりするものだから、薄い生地の中心にピンクの花が咲いている。

「は……あ……」

フィリはもじもじと身体を揺すった。段々と脚の付け根に熱が集まっていき、もうそこに触れてほしくなっている。草の上に敷いたドレスはすぐにびしょ濡れになりそうだ。

もう一度鎖骨にキスが落とされた時、ほ……と吐息が零れた。柔らかな唇であらゆるところに口づけされるたび、身体の奥に欲望が宿っていく。

ラディウスの身体に触れたくて、男らしい顎のラインに指を伸ばす。

傷だらけの身体と対照的に、彼の顔は傷ひとつなくきれいな肌をしていた。しっかりした耳殻に触れ、頬を撫で、美しい銀色の髪を撫でつける。彼のこの美しい姿を作った神を心から讃《たた》えたい気持ちだ。

ラディウスの眼差しがフィリの豊かなバストに注がれている。胸を突き出すと、頂が形のいい唇の中に吸い込まれた。

「あっ……はァン」

あたたかな口の中で転がされる乳首が心地よくて、思わず背中を仰け反った。蜜洞がキュンキュンと震えている。こぽりと蜜が零れる感覚があり、いっそう胸を突き出す。

下からすくい上げられ、強く掴まれた乳房の先端がぷっくりと尖っている。舌で素早く弾かれるともどかしい気持ちが強くなった。

「は、あっ……イル、気持ちいい」

フィリはラディウスのブリーチのフラップに手をかけた。ボタンはまだ外されておらず、この中で彼の昂ぶりが自らの意思を持っているかのようにびくびくと跳ねているのが容易に想像できる。

バストへの愛撫に身悶えしつつも、フィリは辛抱強くボタンを外していった。やがて最後のボタンが外れると同時に、ラディウスが顔を上げた。

すっかり上気した彼の口元は唾液で濡れている。それを手の甲で拭うと、下穿きを下ろして下半身をくつろげた。

銀色の下草の中から力強く突き出たものに、フィリはため息を零した。

青空の下のもとで見ると卑猥この上ない。昨夜はこれを淫らに指で撫で、口に含んで彼を悶《もだ》えさせたのだ。

その時の感触を思い出すと胸がドキドキする。ラディウスは眉を顰めたけれど、あの親密な行為は悪くなかった。

フィリの身体は草の上に敷かれたピンクのドレスの上に恭しく横たえられた。

その隣に軍服を敷いたラディウスがぴたりと寄り添う。腹部を優しく撫でられて、勝手に口元が緩んだ。

「きれいだよ」

「イルのほうがきれいだわ」

腹部に置かれた彼の手に自分の手を重ねる。

ラディウスは両方の眉を上げたが、すぐに唇を綻ばせた。

「君を一生大事にするから」

「嬉しい」

両腕を伸ばすと、ラディウスが微笑みを湛えて覆いかぶさってくる。

「愛してるよ。心から……」

「イル……」

込み上げる涙をフィリは必死にのみ込んだ。幸せ過ぎて今にも胸がはち切れそうだ。

唇に薄く笑みを纏わせたまま、ラディウスがフィリの唇に優しく口づけた。わざと音が鳴るように、淫らに、舐めるようにキスを繰り返す。

差し出した舌はすぐに絡めとられた。フィリも彼のうなじを腕で引き寄せ、思いの丈をぶつけるべく舌をうごめかす。

まだ閉じたままの脚のあわいを、文字通り剥《む》き出《だ》しになった欲望がつついた。

フィリはクスクスと笑った。今にも秘裂を突き破りそうなそれは、まるで鋼鉄みたいに硬い。

ラディウスの髪を解くと、フィリの顔にさらさらと銀色の髪が落ちてきた。

「イル？　もう少し我慢しなくちゃ」

「耐えられると思う？　この状況で」

焦がれた瞳を細める彼の息がもう荒い。

フィリは目を閉じて両腕を頭の横に投げ出した。

もう一度キスを始めると、彼はたがが外れたみたいに求めてきた。噛みつくみたいに口を開けてフィリの唇を覆い、貪るように奪う。角度を変えて、何度も。

吐息は荒々しく、豆だらけの手が痛いほど頬を撫でた。捻《ね》じ込《こ》んだ舌で口内を舐め回し、舌を吸い立て、甘く噛む。

「んっ……」

頬にあった手がするすると這い、はだけたシャツの中をまさぐった。胸の頂を指先で左右に弾かれたら、ビクンと肩が震えてしまう。

ラディウスの手の中で、小さな突起がじんじんと熱を放っていた。内に籠った快感は下腹部へと流れていき、彼を待ちわびる花園に蜜を蓄える。そこに直接触れられているわけでもないのに、どうしてこうも感じてしまうのだろう。

次々と零れる甘い吐息は、情熱的なキスに吸い取られた。ラディウスの唇が腹部を這っていき、脇腹をからかい、そして下腹部へ向かう。

白いストッキングを穿いたままの脚が開かされ、ちゅ、と羽根みたいに柔らかなキスが膝の内側に落ちた。

小さく呻くと、それまで凪いでいたラディウスの瞳に欲望の炎が宿る。

膝の内側をくすぐっていた唇が、ゆっくりと脚のあわいに向けて這ってくる。内腿の際どいところにキスをされたら、ビクンと脚が跳ねた。

急に恥ずかしくなって、フィリはラディウスから逃れようと後ずさりした。

「そ、そんなに見ないで」

「どうして？　フィリのここ、薄いピンク色でとてもきれいだよ」

今度は脚を揃えた状態で身体をふたつ折りにされ、秘所をぬるりと指が這った。

「ひゃぁッ」

「すごく濡れてる」

「あっ、あっ」

「まだ触れてもいなかったのに」

「ひ……んんっ！」

ぬるぬると秘裂を執拗に撫でられて、そこがじんじんと甘く痺れた。花びらがひくついているのが自分でもわかる。とろりと零れた蜜が臀部まで伝う。

「興奮する……」

白いストッキングの向こうで、ラディウスが切なそうな表情で呻いた。その顔があまりにも色っぽくて、フィリは悶えた。

「あ、はぁ……っ、だめ、そんなにしちゃ」

「気持ちいい？」

「はい……、ンッ」

「じゃ、これは？」

「はぁんっ……！」

濡れそぼった泉のほとりに口づけが落ち、思わずびくりとした。

舌がぬるりと秘裂を舐め上げ、強い快感に全身が貫かれる。

蜜口を舌でつつかれ、ちゅくちゅくと秘核を吸われたら、もういても立ってもいられない。

「あ、あっ、無理、無理ですっ」

フィリはいやいやをするように首を激しく横に振った。晴れ渡る空の下でこんな背徳的な行為に耽《ふけ》るなんて、いやらしいにもほどがある。

ラディウスはぴちゃぴちゃと音を立て、ぬかるんだ泉の入り口と花弁を丁寧に舐めた。

彼が頭を動かすたび、腿に触れる髪が揺れる。じんとろけるような痺れに身体がどんどん仰け反っていく。

「は、んぅ、う……っ、わっ、私っ、ダメかもしれません……！」

「何がダメなの？」

「ひゃァっ……！」

つぷりと蜜口を指が破り、入ってすぐの腹側をぐりぐりとこすられた。身体を芯からとろけさせるようだ。あまりの心地よさに、逞しい腕にすがりつく。

「あ、あぁん……そこ、感じちゃうッ」

ふ、とラディウスが吐息とも笑いともつかないものを零した。

「かわいすぎ」

指が二本に増やされた。同じところを執拗に捏ねられたり、抜き差しされるたびに切ない気持ちが募っていく。とても心地がいいけれど、絶頂を迎えるならラディウス自身にしてもらいたい。あの気持ちよさを知ってしまったら、もう戻れないのだ。

フィリは顔を歪めてラディウスの手を掴んだ。

「あんッ、ダメッ、あっ、やっぱり止めないで……っ」

「どっちなんだ?」

彼はくすくすと笑った。指が引き抜かれる瞬間には、反射的に強く締めつけてしまう。

「来て」

ドキドキしながら口にした。すると、急に蠱惑的な目つきになったラディウスが、フィリの両脚を揃えて右肩に乗せ、蜜口に昂りを宛がった。

「よかった……正直もう限界だったんだ」

「あ……あぁっ、あっ……!」

性急に隘路に入ってくる力強い存在に、フィリの口から喘ぎが迸った。ハッとして両手で口を押さえるも、どうしても隙間から声が零れ落ちてしまう。

自然と背中が反り、閉じた瞼が震えた。熱く逞しい存在に胎内が満たされていく。

心地よさと幸福感に同時に襲われて、胸が熱くなった。ラディウスが奥まで到達した瞬間、深いため息が零れてしまう。

薄く瞼を開けると、美しい瞳がまっすぐに射貫いていた。青空を宿した瞳の中には、とろけそうな顔をしたフィリがいる。

もう言葉は何もいらなかった。こうしてつながっているだけで彼の気持ちがどんどん流れてきて、胸がいっぱいになる。フィリは今、身も心もラディウスのものだ。

彼も同じなのだろう。黙ったままフィリを見つめ、身じろぎひとつしない。

やがて、身体の奥にある塊がゆっくりと動き出した。蜜口から抜け落ちるかどうかといったところで止まり、大きく円を描きながら入ってくる。

「ああっ……！」

くちゅ、という猥雑《わいざつ》な音とともに、フィリは熱いものに貫かれた。もう一度それが退かれ、一気に滑り込んでくる。

胎内を駆ける心地いい感覚に、胸を突き出して吐息を零した。

腰が勝手に揺れてしまう。炎みたいに熱くて、岩みたいに硬いものが行き来するのに合わせて、蜜洞がギュッと締めつける。

「君の中は……キツいな」

うっとりとした表情のラディウスが、ストッキングを留めている紐を解き、乱暴に引き抜いた。脛にキスが落とされる。大切なものを愛《め》でるように頬ずりし、するすると唇を這わせ、さらに舌でなぞる。

「あ……あ、ん……っ」

下半身をぞわぞわとしたものに襲われ、フィリは腰を跳ねさせた。甘い抽送に苛まれている秘所にまで刺激が伝わり、快感が一段と増す。

フィリの脚を舐めながら、ラディウスはパンパンと音がなるほど腰を打ち付けた。胎内のあらゆるところが強くこすられ、高まりゆく快感に身体が熱くなる。

「あ、はッ、あ、あっ、イルっ、あンっ」

ひとストロークごとに迸る嬌声が、次々と蒼穹《そうきゅう》に吸い込まれた。はじめは声が洩れるのを気にしていたが、今はそんな余裕などない。

「気持ちいい？」

尋ねられて、こくこくと頷く。

「俺も気持ちいいよ。君の中は……最高だ」

吐息まじりに言って、ラディウスはフィリの両脚を開いて太腿を抱え込んだ。グッと腰を近づけ、さらに奥深い場所に肉杭を突き立てる。

「んあっ、やっ、あっ、すご、あッ……！」

いきなり激しい律動が始まり、全身がガタガタと震えた。臀部が下敷きになったドレスから離れ、ラディウスの太腿の上にのっている。

腹部を反らす体勢になったため、へその裏側のよく感じるところに昂ぶりが強く当たるようになった。

そこを素早く攻め立てられるとフィリがどうしようもない気持ちになってしまうことを、彼はもう知っているのだ。もどかしいような、切ないような。焦りにも似た感覚と快感がないまぜになり、彼の腕を握りしめた。

薄いフィリの下草の向こうで、赤熱した昂ぶりが出たり入ったりするのがよく見えた。

彼の分身には太い血管が蔦のように絡まり、明るい日差しにぬらぬらと光っている。ほとんどがフィリの身体からあふれた蜜なのだろう。

「そこに触ってごらん」

フィリの視線に気づいていたのか、ラディウスが言った。

おずおずと手を伸ばして、ふたりが結びついている場所に手を伸ばす。

「あ……すごい……っ」

濡れそぼった蜜口の左右に人差し指と中指を宛ててみると、硬く筋張ったものが抜き差しされる様子が伝わってきた。とてつもなく淫らな気持ちになって、フィリはぶるりと身体を震わせた。

ラディウスの腰の動きと身体の奥に快感を刻みつけるものとが、線で結びついた。太くて逞しい漲りが、フィリの指のあいだを通過して胎内を悦びで満たす。

「君にキスしたい」

フィリの太腿を抱えて、ラディウスが圧し掛かってきた。小柄なフィリの身体はふたつに押しつぶされそうだ。硬い先端が入り口から奥の壁までを強くえぐる。

艶のある唇が目の前に迫り、フィリは瞼を閉じた。

幾度かついばむだけのキスを繰り返したのち、ラディウスが舌を差し出してくる。フィリは彼の舌を絡め取り、強く舐った。頬を両手で挟み、首をくねらせて舌を吸い立てる。

彼の舌を剛直に見立てて、フィリは夢中でしゃぶった。すると、胎内にあるものがいっそう膨れ上がり、律動がますます激しくなる。

「ああ……フィリ、フィリ……」

唇をつけたまま、ラディウスが吐息とも喘ぎともつかぬものを洩らした。

フィリの胎内で、灼熱《しゃくねつ》の塊が獰猛な獣のごとく暴れ回る。身体の奥からせり上がってくる爆発的な悦びに備えて、逞しい背中に爪を立てる。

「ああっ、あっ、あ……もう、来ちゃう……！」

その瞬間、フィリは思い切り首を反らしてがくがくと震えた。強い官能の波がすべてを覆いつくし、目の前に光が炸裂する。

「く……っ」

激しく腰を振っていたラディウスが一瞬動きを止め、ぶるりと全身を震わせた。

フィリは身体の奥で昂ぶりが強く脈打つのを感じた。けれど、吐精しながらも彼が腰を揺らすのを止めないため、心地よさが止まらない。

「ひゃ、あ、あん……イル、もっとぉ」

フィリはすすり泣きのような声をあげ、もじもじと腰を揺らした。きっと彼は収まらない。果てを知るには、そう……あと三回くらいは達しなければ。

目を閉じてまどろみのなかにいたら、バストを大きな手が押し包んだ。

「はぁあんっ」

胸の頂点を弄られたら身体の奥が強く疼いた。

草原に咲く淡いピンクの花と同じ色をした頂が、節くれだった指に弾かれ、つねられた。それだけでは飽き足らなかったのか、覆いかぶさってきて口に含む。

「あン……！　は、はぁんっ」

あたたかな口内で胸の先端を転がされて、宙ぶらりんになった両脚がびくびくと跳ねた。反対側のバストまで指で弄られて、もうどうにもならなくなる。

喘ぎが止まらなくなり、頭がくらくらしてきた。きっと空気が足りないのだ。しゃにむに呼吸を繰り返していたら、今度は手足が痺れてくる。

「う、うぅ……っ、も、ダメ……！」

膨れ上がった快感が一気に弾けて、フィリはラディウスにしがみついた。

「フィリ……」

ぎゅうと抱きしめられたら、幸せな気持ちが胸にあふれた。

フィリにとってはこれが最初で最後の恋だ。ラディウスもきっとそうだろう。

まったく違う境遇に生まれ育ったふたりが偶然に巡りあい、惹かれあい、命を賭してもっとも強い絆で結ばれたのは奇跡としか言いようがない。

フィリはラディウスに抱き起こされ、脚を投げ出して座った彼に向かい合って座らされた。肩から滑り落ちそうになった彼のシャツを、ラディウスがしっかりとかけてくれる。

「フィリ……きれいだよ」

優しい声で囁かれ、胸がポッとあたたかくなった。

「イルだって」

ラディウスの汗ばんだ身体は太陽に光り輝き、まるで軍神みたいだ。胸の筋肉は逞しく張り詰め、腹部はきれいに割れている。

遮るもののない草の上でこうしているのはだいぶ照れ臭い。彼の顔が見られずに俯くと、顎をもち上げられる。

「フィリ。俺にキスして」

蠱惑的な低音に導かれて、フィリは彼の胸に両手を宛てた。そして、形のいい唇にそっと自分の唇を重ねる。

囁くような甘い口づけに、なんだかくすぐったくなった。

はじめは小鳥がついばむみたいに優しく食む。角度を変えて何度も。それから、柔らかな唇の上を、左へ、右へ、とゆっくり自身の唇を這わせる。

ラディウスが呻き声を洩らした。身体の中にあるものがピクリとうごめき、思わず笑みを零す。

舌を出して彼の唇を舐めたら、我慢できなかったのかパクっと食まれた。

「ん……」

ラディウスが抱きしめてきて、フィリの唇は熱く吸われた。絡みつくような濃厚な口づけを交しながら、彼が腰を回す。

「ふッ、うっ！」

口づけを続けたまま、フィリは背中を反らした。楔が抜き差しされるたび、恥ずかしくなるほどの水音が響く。身体の奥が疼く。

「気持ちいい……」

腰を大きくグラインドさせながら、ラディウスが洩らした。悩ましく眉根を寄せる彼が色っぽい。

透き通るような青の瞳が、日差しを受けて美しく輝いた。彼の双眸は生命力に満ち、漲る筋力と相まって男性的な魅力に満ちあふれている。

フィリの乳房を大きな手が包んだ。その頂を何度も指で弾かれて、どうしようもなく淫らな気持ちが募っていく。

フィリは無意識のうちに胸を突きだしていた。硬く尖った中心にラディウスが吸いつき、舌で転がし、音を立てて吸った。時折甘く噛まれるたびに、蜜洞が彼を締めつける。

ちゅっと音をさせて乳首から唇が離れた。

ラディウスは両方のバストを弄びながら、フィリの口内を執拗に舐った。舌を絡ませつつ視線も絡ませあい、そしてゆっくりと腰を回す。

「ん……ふ、あっ……」

ぬちゃ、という卑猥な音とともに、肉杭が蜜洞を滑らかに駆け抜けた。

あまりの快感に、フィリの腰がぞくりと震える。昂ぶりが動く際、熱を持つほど敏感になった花芽まで一緒にこすられて、恐ろしく気持ちがいい。

彼は円を描くようにして、二度、三度、と腰を回した。ひとかきごとに快感が募り、フィリの喉からは甘い嬌声が迸った。

「フィリも動いて」

唇をつけたままラディウスが囁く。彼の眼差しは情熱に揺れ、あふれんばかりの欲望に輝いている。

「一緒に気持ちよくなろう」

「あ……、イル……大好き」

フィリは彼の首に手を回して、彼の動きに合わせて腰を回した。

ふたたび唇が重ねられ、腰が強く抱き寄せられた。

互いの唇を強く押し付け合い、舌を奥まで差し入れ、淫らに体液を混ぜ合わせる。

ラディウスの手が、フィリの腰や臀部を激しくまさぐった。腰を波のように揺らめかせて、フィリの中に消えない快感を次々に植え付けていく。

フィリは知らず知らずのうちに腰を後ろに突き出していた。こうすると、ラディウスが出たり入ったりするたびに花芽が強くこすられて、えもいわれぬ快感に襲われる。

「はっ……、ぁあんっ……！」

逞しい腕の中で、フィリは喉を晒《さら》して仰け反った。その喉に、ラディウスが大きく口を開け、噛みつくようなキスをする。

「あ、あん……」

喉を舌で舐められると、腰がぞくぞくと震えた。蜜洞が、ギュンと昂ぶりを抱きしめる。打ちたての刀身みたいな肉杭が、ぐずぐずにとけた隘路を滑らかに駆け抜ける。

「ほら、俺がフィリの中に入ってる」

荒い息を零すラディウスの目線を追って下を見る。

ふたりの身体が結びつく部分では、互いの下草の向こうで、禍々《まがまが》しいほどに屹立したものが素早く抜き差しされていた。

その様子を見ていたら、身体の奥から強い欲望が突き上げた。ぐちゅっ、ぐちゅっ、という卑猥な音と、立ち上るふたりの愛液が混ざったにおい。

フィリは洞の中から新たな蜜が零れるのを感じた。

「あっ……ンっ……やん……ッ」

ぐちゅぐちゅと音が鳴るほど激しく腰を回され、身体の奥に灯った火に油が注がれた。せつないほどの甘い快感と底知れない欲望に突き動かされ、フィリはかぶりを振った。

「あ、あ……イル……イルっ、来ちゃう」

「フィリ……ッ」

「お願い、一緒にっ」

堪らず彼の肩にしがみつく。

腰を抱くラディウスの手にいっそう力が籠り、抽送も激しさを増す。

溶岩みたいに溶けた蜜洞を矢継ぎ早にえぐられ、貫かれ、筋肉質な腕にしがみつく。

「あっ、あぁっ、イル……ッ！」

「フィリっ、フィリ……ッ」

その瞬間、極限まで膨れ上がった快感が弾け飛び、一瞬目の前が真っ暗になった。

身体じゅうの血液が逆巻く音が耳の奥に響き、強い絶頂感と戦慄が同時にやってきた。

ぶるぶると全身が震える。素肌が粟立つ。引き締まった蜜洞が彼を離すまいと強く抱きしめた。

「あっ、あっ、イル……！　待って、お願い……！」

ラディウスが律動を止めないため、フィリはぐにゃりと身体を折った。今まさに絶頂のさなかにいるのだ。これ以上そこを攻められたらおかしくなってしまう。

「フィリ……すまない。もう止まれないんだ……本当に愛してる」

フィリを横向きにして優しくドレスの上に横たえ、彼は激しく腰を振った。

「あ、あ……ンぁ……あっ」

身体をぶつける音がパンパンと庭園に鳴り響いた。

なすがままに揺さぶられるフィリの視界に、瑞々《みずみず》しい緑と極彩色の花々が広がっている。優しく草原をわたる風に吹かれて、ラディウスの銀色の髪も揺れていた。

まるで夢を見ているかのような美しい光景だ。ふいに込み上げる涙を啜る。

あの時、魔女の森でラディウスに守られていなかったら、彼が操られて我を忘れたままだったら、今こうして彼に抱かれていることもない。ふたりとも生きていなかったかもしれないのだ。

フィリの身体はうつ伏せにひっくり返された。

腰を掴まれ、熟れすぎてぐずぐずになった蜜壺を、滾りきった肉の楔が素早く穿つ。背中でラディウスが切なそうに呻く。

「愛してる……愛してる……」

荒々しい息遣いのなか、辛うじて聞き取れるのは熱に浮かされたような声。フィリは震える口元をきゅっと結び、腰を掴むラディウスの手を握った。

もう自分の身体を支えることすらできない。ドレスの上にぺったりと突っ伏すフィリの身体を、ラディウスが一心不乱に貫く。

秘所の入り口から最奥まで、へその裏側も襞《ひだ》の隙間も。余すところなく獰猛な快感が刻みつけられた。果てのない官能の刺激に頭がぐんにゃりと溶けている気がする。もちろん、身体も。

ラディウスの手が、太腿とドレスのあいだにねじ込まれた。硬く尖った花芽に指が触れた瞬間、雷に打たれたみたいな衝撃に襲われる。

「ああっ、やっ、あぁん……ッ！」

強すぎる刺激に全身がびくびくと震えた。敏感になった花芽を指でくりくりと撫でられたら、身体のあちこちが跳ねてしまう。まるでそこだけ感覚が剥き出しになったみたいだ。

もう何も考えられなかった。息をするのも精いっぱいで、震える手でドレスを握りしめる。

「ああっ、あ……は……！　し、死んじゃうぅっ……」

「一緒にいこう……フィリ……ッ」

どろどろに溶けた蜜壺を、獰猛な肉杭が激しく攻め立てた。いっそう逞しさを増した肉杭にしたたかに抉られ、喉から甲高い嬌声が迸る。

最後にラディウスが激しく突いてきて、ふたり同時に弾けた。

「ああッ、ああっ――」

身体の奥の、自分でさえも知らなかった深い場所から、胸が苦しくなるほど甘美な感覚が湧き起こった。

まるで天国にでもいるかのような。とてつもなく高い場所から大地を見下ろしているような、不思

議なイメージが脳裏に流れた。

永遠に続くかと思われた深い絶頂の果てにやってきた陶酔が、フィリの全身を包み込んだ。洗い立てのシーツにミルクを零したみたいに、頭のてっぺんから足の指先まで、じわじわと広がって満たしていく。

胎内の奥深くでラディウスが何度も脈を打つのを、フィリは夢見心地で味わった。

大好きな彼の子供ができたらどんなに素敵だろう。花の香あふれるこの庭園で、ラディウスと子供たちと一緒に声をあげて遊べたらいい。

ラディウスがフィリの上に突っ伏した。ずしりとした重みが心地いい。

「ああ……フィリ……最高だった」

ちゅっ、ちゅっとはだけた肩に何度もキスが落とされ、フィリはラディウスの頬に手を宛てた。

彼の頬は汗ばんでいて、情熱のひと時の余韻を感じさせる。

「私も……すごく、素敵でした」

目が合った瞬間に、ラディウスが甘ったるい笑みを浮かべた。優しく揺れる青灰色の眼差しに、またときめきを新たにする。

（やっぱり素敵だなぁ）

汗で額に張り付いた彼の髪を耳に掛け、その美しい容貌をとっくりと眺める。

銀色の長い睫毛に縁どられた、限りなく広がる大空と同じ色の瞳。スッと通った鼻筋、男らしい口元。ラディウスの顔のパーツひとつひとつに指で触れながら、本当にこんなに美しい人の伴侶に選ばれていいのだろうかと不安に思う。

それに、ラディウスがよくても王室の親類や社交界が黙っていないだろう。フィリの本当の素性がどこからか明るみに出た場合、彼がスキャンダルの的《まと》になってしまわないか心配だ。

「どうした？」

耳に心地いい低音に鼓膜をくすぐられ、フィリは彼に気づかれないようため息を零した。

「それが……急に自信がなくなってしまったんです。本当に私でいいのかと思って」

肩をすくめたフィリを、ラディウスがそっと抱きしめる。

「君がいいんだ。君じゃなきゃダメなんだよ」

「イル……」

身体の中からするりと出ていったラディウスが隣に寝ころんだ。腕を差し出してフィリの頭をのせ、ふたりの身体の上に軍服を被せる。

フィリの腹の上でしっかりと手を握るラディウスの表情は真剣そのものだ。青い瞳がフィリの左右の目を行ったり来たりしている。

「おそらくこれから、それなりに困難なことも起こるだろう。でも、どうか俺を信じてほしいんだ。何があっても君を守り続ける。絶対にだ」

「イル……」

フィリは握られたラディウスの手を強く握り返し、一点の曇りもない瞳を見つめた。

力強い彼の言葉には、ゆるぎない意志が籠っている。嘘と欺瞞《ぎまん》で固められた上流社会で、彼ほど正直な人はいないだろう。これまでもそうだったように、命と名誉を賭してフィリを守ってくれるに違いない。

「わかりました。何があってもあなたについていきます」

にっこりと笑みを浮かべて答えると、ラディウスの唇が大きく横に広がった。

「フィリ……！」

「う！」

むぎゅーっ、と抱きすくめられて、胸の空気がすべて押し出された。

「ちょ、ぐ、苦し……」

パッと腕が離れて急いで息を吸う。

楽しそうに笑うラディウスに抱えられ、フィリは彼の身体の上に引き上げられた。

ちょうど下草のあたりに、今は力を失ったものが触れる。やたらとねばついていて、ちょっと恥ずかしい。

でも、筋肉質な身体の上にこうして寝そべっているだけで心が落ち着いた。力の入っていない筋肉は柔らかくて、あたたかくて、春の陽だまりでまどろんでいるみたいだ。

「フィリ。愛してる。この先もずーっと愛してるから」

そっと髪に口づけを落としながらラディウスが囁く。

「私もあなたを愛してる。あなたに負けないくらいに」

伸び上がって軽く口づけを落とすと、すぐに抱きしめられて熱いキスが始まる。

くすくすと笑いながら、甘ったるい、からかうような、ついばむだけのキスが繰り返される。

「かわいい唇だ。食べたくなる」

「食べたらもうキスできないですよ？」

「それは困る。生きがいなのに」

唇をくっつけたまま会話をしつつ、またキスに興じる。シャツの中に忍び込んだ手が、フィリの背中や腰をまさぐる。うつ伏せで押しつぶされたバストの脇をくすぐったり、ウエストのくびれたラインをなぞったり。

互いの身体に触れあって、恋人同士ならではのイチャイチャを楽しんでいたけれど——

（んっ？）

ビクッと下腹部で何かがうごめき、フィリは身体を起こした。

下を見た瞬間、ふたりの下腹のあいだからラディウスの分身がバネみたいに立ち上がり、思わず短い悲鳴をあげる。

ラディウスが笑いながら目元を手で覆った。

「すまない……ムードぶち壊しだな」

ふふ、とフィリも笑う。

「ついていくって約束しましたから」

蠱惑的な眼差しを向ける彼を上目遣いに見つめて、フィリは力強く己を誇示する存在を手で包み込んだ。

長い睫毛を閉じたラディウスが、胸を膨らませて静かに吐息を洩らす。

手の中で優しく捏ねられる彼の分身が、みるみるうちに硬くなっていくことにフィリは喜びを覚えた。脚のあいだが早くも熱を帯び、トクトクと震えている。ひとときの休息とばかりにまどろんでいたフィリのなかの欲望が、彼のために急いで蜜床を整えているのだ。

その日離宮の大庭園には、鳥の声と風が草木を揺らす音、それと優しい衣擦れの音が、日が暮れるまで響いたのだった。

6　新しい人生

「わたくしはぁ〜、フィリアーナ様でしたらどうにかしてくださるとぉ、はじめから信じておりました〜〜‼」

ハンカチを顔に当て、おいおいと泣くネスタを前に、フィリはメイドと顔を見合わせて苦笑した。

大庭園での情熱的な逢瀬《おうせ》から一夜明けた翌朝、フィリの私室——私室だった部屋を、ネスタが尋ねてきたのだ。

ネスタのハンカチはこれで三枚目で、テーブルの上にはびしょ濡れになったハンカチがくしゃくしゃの状態で置かれている。彼のこれまでの不安や心労を吸い取るには、薄い木綿のハンカチでは足りなそうだ。

廊下には始終バタバタとメイドや従僕が駆けずり回る音が響いていた。

連日の会議やヴァルドロスと王妃の処分の件で、客がひっきりなしに出入りしているためだ。閨指導者に過ぎなかったフィリには、搬入口に近い離宮の端っこの部屋が宛がわれていた。

ネスタも忙しいはずだから、できるだけ早く解放しなければならないだろう。

ロピが餌を摘まんだり水浴びをしていた大理石のテーブルには、ふたりぶんの紅茶とガレット、焼き立てのスコーンが置いてある。室内にはバターのいい匂いが充満しているが、さっき朝食を済ませたばかりだから手を伸ばす気にはなれない。

やっと泣き止《なや》んだネスタが、真っ赤になった鼻をすすりながら書類をテーブルにのせた。

「それで、例の契約の件でございますが」

「わぁ、懐かしい」

ひと月前に自分が署名した契約書を前に、フィリは笑みを零した。

思えばこれがきっかけだった。わけもわからぬまま迎えの馬車に揺られて離宮へやってきて、すぐにこの契約書に署名したのだ。それにしても、社交界のことを何ひとつ知らない小娘に、よくもこんな大それたことを任せたと思う。

「フィリアーナ様には一生感謝してもしきれません。わたくしの残りの人生を賭けまして誠心誠意尽くさせていただきます。そして契約の報酬の件ですが——」

「待ってください」

フィリはネスタの言葉を途中で遮った。

「お気持ちはとてもありがたいです。ですが、お金は受け取れません」

「なんと……！　それはどのような理由で?」

ネスタが真っ赤に腫らした目を丸くして、テーブルに身を乗り出す。

フィリは両手を腹の前で握り合わせた。

「この離宮に来ることで私は救われたんです。これまでの人生は私であって私ではありませんでした。この意味がネスタさんならおわかりになると思います」

フィリを見つめるネスタの目が憐れむようなものに変わった。彼はフィリが子爵家でどういう扱いを受けていたか知っているのだ。この依頼を出す前に身上調査をしたとラディウスから聞いた。

貴族の娘なら蝶《ちょう》よ花よと大切に育てられ、年頃を迎えれば親はわれ先にと社交界へデビューする手筈を整えるのが普通だろう。借金をしてでも高価なドレスを作り、様々な場所に連れていくべきところ、フィリには離宮へ着てくるまともなドレスが一着もなかったのだ。

「ネスタさん、そんな顔をしないでください」

フィリのひと言に、ネスタがぎこちなく口角を上げる。

「殿下はもちろんのこと、ネスタさんをはじめ離宮の方々には心から感謝しています。食事や寝る場所だけでなく、散々お世話していただいたんですもの。報酬なんて受け取れません」

「フィリアーナ様……」

ぐすっ、とネスタがまた鼻をすすりはじめたため、フィリは両手を打ち鳴らして立ち上がった。

「さあ、この話はこれで終わり！　ネスタさん、今日は忙しいんじゃありませんでした？　私もこのあと打ち合わせが入ってるんです」

ああっ、と血相を変えて立ち上がったネスタが、テーブルの上のハンカチをポケットにねじ込み、眼鏡を掛けて書類を手にドアへ向かう。

「ああ、大変だ。こうしてはいられない！　ではフィリアーナ様、報酬の件はまたのちほど話し合いましょう」

「まだそんなことを」

「いいですね、必ずですよ〜！」

バタバタと部屋を飛び出していくネスタの背中を見送りながら、フィリはくすくすと笑った。

ネスタが出ていって数分もしないうちに、フィリは慣れ親しんだ日当たりのいい小さな部屋をあとにした。

これから引っ越し先の部屋で内装の打ち合わせがあるのだ。午後は専属のスタイリストを交えてのドレスメーカーとの打ち合わせや採寸と、一日中忙しい。

数時間後、フィリは『妃の間』で、新しくつけられた三人の侍女と七人のメイドに囲まれて打ち合わせをしていた。

三階にあるだだっ広いこの部屋は長らく使われていなかったらしく、壁の塗り直しやカーテンを新調するだけでなく、調度品もすべて入れ替えるとのこと。

前と違ってラディウスの私室とすぐ近くなのが、フィリにとっては最高に嬉しい。

「フィリアーナ様。次はカーテンのお色をお決めになってください」

「わかりました。えーと、ベージュもいいし、グリーンも捨てがたいし……」

王室御用達《ごようたし》の内装業者がテーブルに広げたサンプル生地を前に、フィリは首を捻った。

薬草や動物についてては大抵のことがわかるのに、こういうものはさっぱりだ。誰かに丸投げしてしまいたいところだが、それは無責任というものだろう。

「今は淡いオレンジ色に小花のレース刺繍を散らしたものが流行《はや》っているそうですよ」

侍女のひとりが声をあげた。渡りに船だとパッと笑みを浮かべる。

「そうですか。ではそれで――」

「ちょっとお待ちください。わたくしはフィリアーナ様には黄緑色がお似合いになると思います」

「いいえ、ピンクですわ」

「それならいっそのことアイボリーなどいかがでしょう」

「アイボリーなんて地味すぎません？」

（ちょっと、みんな～～！）

三人の侍女が口々に言いたいことを言い出したため、フィリはおろおろした。

「み、みなさん落ち着いて――」

「何をおっしゃいます。かわいらしいフィリアーナ様にはピンクがお似合いです」

「このミルクティー色の髪には絶対黄緑色よ！」

フィリが口を挟もうとしても、喧々諤々たる言い合いは終わらず途方に暮れるばかり。持ち物ひとつ決めるにも終始この調子だから、なんだか疲れてしまった。

「前途多難といったところだな」

突然響いた低く張りのある声に、部屋にいた全員がドアのほうを向いた。レリーフが施された分厚いドアに、腕組みをしたラディウスがもたれかかっている。

「イル」

フィリは立ち上がった。周りにいた者たちが頭を下げる。

こちらを向いた彼の双眸は寝不足のせいで赤く充血している。目の下にくっきりとできたクマも大変痛々しい。

彼は王位継承順位繰り上げに向けての会議や公務などで、昨日もたったの三時間ほどしか寝ていないのだそうだ。彼が王宮をあとにした日以来まともに寝ていないはずだから、心配でならない。

フィリが駆け寄ると、ラディウスの青灰色の目が優しく弧を描いた。

「フィリを少しだけ借りてもいいかな？　もう何時間も部屋に閉じこもっていて彼女も疲れているだろう」

王太子の頼みとあっては誰も断れない。ここはいったん休戦にして、メイドにお茶を振舞うよう言ってから外へ出た。

「ロピ！」

大庭園に出ると、すぐに青い小鳥が飛んできてフィリの指先にとまった。フィリが笑いながらくるくる回ったため、彼は振り落とされないよう羽をばたつかせた。

昨夜遅くに戻ってきたロピは、フィリの部屋で休んで今朝になったらまたどこかへ出かけていた。この庭園は小鳥が好きな木の実や花の蜜がふんだんにあるせいか、彼も気に入ったようだ。

「ちゃんと戻ってきたんだな。どこに隠れてたんだ？」

ラディウスがくちばしの前に差し出した指を、ロピはキュルキュル言いながらつつきまわした。

「隠れてたわけじゃないピ。神の使いはいろいろと忙しいピ！」

どうだ、と言わんばかりにモフッとした胸を張るロピ。フィリはくすくすと笑う。

玉座の間での一件以来姿が見えなかったのは、たくさん話したために疲れ切って森で休んでいたのだと彼は言った。

確かにあれだけ喋ればもうひと言も口を利きたくなかっただろうし、フィリに会えばいろいろと問いただされるとわかってもいたのだろう。

昨日も歩いた小道を、フィリはラディウスと並んでゆっくりと歩く。

この先はお互いに忙しくて、ふたりで過ごす時間もだいぶ減るだろう。だからこうして今一緒にいられるだけで幸せだ。絡ませあった指に、もう強い絆を感じる。

フィリの肩にとまったロピはおしゃべりが止まらないようだ。粟穂やフルーツをダシにヴァルドロスの悪事を吹き込まれた時のこと、ネスタにくちばしや頭を掻いてもらった時のことなどをペラペラと話している。

「ロピもひとこと言ってくれればよかったのに。すっかり騙されちゃった」

「敵を騙すにはまず味方からと言うピ」

怒ったふりをするフィリの指をロピが小さなくちばしで噛む。しかしちっとも痛くない。

「諜報員として雇ってくれと陛下に進言したらどうだ？」

「うまいもの食わせてもらえるなら考えてもいいピ」

ははっ、とラディウスが笑う。

「ラディウスが王太子、フィリが王太子妃になって、ロピは英雄になったピ。すべてロピがお膳立てした通りになったピ」

「それはたいしたものだ。さすが神の使い」

「馬鹿にしてるピね。覚えてろよ、王太子」

スッとロピが脇をかすめた瞬間にラディウスの髪が巻きあがった。

ラディウスが大きな口を開けて笑う。

幸せを呼ぶ青い小鳥は大空を羽ばたいていき、小さな点となりやがて見えなくなった。

「気を利かせたのかな」

ロピの姿を最後まで目で追っていたラディウスがポツリと言った。空の色を映した青い瞳は少年のようにきらきらと輝いていて、つい見とれてしまう。

フィリは笑いながら肩をすくめた。

「ロピはそういう子です」

「そういえば、彼にお礼を言うのを忘れてしまった」

「また会えますよ。彼は自由で気まぐれですから」

ロピの言うことがどこまで本当かはわからないけれど、彼が神の使いというのはまんざら嘘ではない気がした。そうでないと彼がなぜ言葉を自在に扱えるのか説明がつかない。

この一か月に起きた出来事は、とても現実とは思えないほどスリルときらめきに満ちていた。そして今、新たに開かれた扉の向こうには見たこともないほど壮大で輝かしい未来が広がっていると想像できる。

「フィリ」

ラディウスが跪き、フィリの手を恭しく捧《ささ》げ持《も》った。見下ろした彼の瞳は森の奥に隠された泉のごとく澄み、光の粒が踊る。

「君と出会えて本当によかった。君が現れなかったら、俺は永遠に闇に閉じ込められた獣として生きていかなければならなかった。心から感謝するよ」

「いいえ。知っての通り救われたのは私のほうです。本当に……あの、大好きです――ひゃっ！」

（何言ってるんだろう、私……！）

いきなり愛の告白をした自分にびっくりして、カーッと頬が熱くなった。俯いてどぎまぎしていると、いきなりきつく抱きしめられて身体が半分浮いた。

「かわいい！　なんてかわいらしいんだ！　……ああ、フィリ。俺も君が大好きだ。愛してる。一生大事にする」

「わ、私も、愛して……くっ……苦しいっ！　ちょっ、イル……！」

ぷはぁ、と胸のあいだから顔を出すと、満面の笑みを浮かべた端正な顔が目に入る。

顔を近づけてきたラディウスが、愛しそうにフィリに頬ずりした。

「今すぐここで君を抱きたい」

「だっ、ダメ……！　ほら、見られてますよ」

「誰に？」

果てしなく続くように見える花園を、ふたり一緒に見渡す。だいぶ離れたところから、リスやイタチといった小動物たちが見守っていた。

顎を掴まれてラディウスのほうを向いた瞬間、ちゅっと唇を優しく吸われる。

「これくらいなら許されるだろう?」

「……はい」

フィリは恥じらいとともに頷き、背伸びをしてラディウスのうなじに手を回した。すぐに重なるあたたかな唇。絡み合う吐息。雄大な山麓に広がる大庭園の花たちが、優しく吹き下ろす風にたおやかに揺れている。


それからあっという間に時が流れ、一年が過ぎたある日。

フィリとラディウスは同じ庭園の同じ場所に寄り添って座っていた。去年と違うのは、草の上にブランケットが何枚も敷かれていることだろうか。フィリは今、お腹に彼の子を宿しているのだ。

結婚式を待たずして妊娠がわかったのは、あれから数ヶ月後だった。

今や、日に日に大きくなっていくお腹を抱えて庭園を散歩するのが日課になった。ロピが言うことには、お腹の子は男の子だという。……本当だろうか?

待望の世継ぎの誕生か、はたまたかわいらしい女の子か。どちらが産まれても絶対に愛おしい存在になるのは間違いなかった。結婚式が行われる半年後には、すでに産まれているのだと思うと不思議でならない。

あれから実にいろいろなことがあった。

口割草によって明らかになった事件の顚末は、この国を震撼《しんかん》させた。

ラディウスの母親を殺害した件も、ラディウスの呪いも、毒物の件も、実行に移したのはヴァルドロスだったが、黒幕はすべて王妃だったようだ。

母親殺しの証拠品として提出された指輪は代々王妃に伝わるはずのものだった。王妃がその指輪の所在を間者《かんじゃ》に調べさせると、当時は国王付のメイドに昇格していたラディウスの母親が持っていることが発覚、ふたりが特別な関係にあることに嫉妬した王妃がヴァルドロスに命じて彼女を殺害したらしい。

しかし、ヴァルドロスは遺体から外した指輪をシャツのポケットにしまったまま庭に埋めてしまった。シャツの端が地面から出ているのを見つけた洗濯係から指輪がラディウスの手に渡ったというわけである。その指輪を大切に持ったまま、ラディウスは反撃の機会を虎視眈々と狙っていたのだ。

現在はすべての裁判が終わり、ヴァルドロスは難攻不落と言われる地方の砦の地下牢に幽閉された。王妃は国王に離縁され、国外追放になったとも、秘密裏に処刑されたとも言われているが、真偽のほどは定かでない。

フィリはマレンとの養子縁組のためにエスパに行ったし、子爵家にも一度だけ帰った。

フィリの手柄を家族は手放しで喜んだが、今後は会いにいくつもりはない。近くに呼び寄せるつもりもない。ただ、育ててもらった恩があるから、時々は支援しようと思っている。それだけだ。

「寒くないか？」

膨らんできたフィリのお腹に、ラディウスが手を宛てる。

「大丈夫です。イルとくっついてるし」

フィリが言うと、ラディウスが穏やかな笑みを浮かべた。

彼の美しさは健在で、社交界の行事や来客で見えた女性たちの熱い視線には、未だに戸惑う時がある。でもこれは仕方のないことなのだろう。こんなに完璧な美丈夫の妻になったのだから、いい加減に慣れなくては。

ふふ、とフィリが相好を崩すと、ラディウスがにやりと口の端を上げた。

「何考えてる？」

「こんなに素敵な人と結婚できて、私、幸せだなぁって」

ラディウスの唇が横に広がった瞬間、白い歯が零れた。

「君が幸せなんじゃない。ふたりとも幸せなんだよ」

フィリを抱き寄せたラディウスが、そっと口づけをよこす。

「愛してるよ、フィリ」

「イル。私もあなたを愛してます」

花の蜜よりも甘いキスが交わされる上空では、青い小鳥が翼を広げて羽ばたいていた。

あとがき

本書をお手に取っていただき誠にありがとうございます。作者のととりとわです。

このあとがきを書いている十月の終わり、日本のあちこちから冬鳥の帰来の声が聞こえてきました。先週からわが家のまわりでもジョウビタキが鳴き始め、鳥好きの私はソワソワしています。

作中に伝書鳩の話が出てきますが、優秀なレース鳩は一日に一〇〇〇キロメートル飛ぶようです。渡り鳥はさらに長距離、しかも一度も着陸せずに一〇〇〇〇キロ以上飛び続ける種類がいます。あの小さな、一見細くて華奢に見える体で、彼らは遥かシベリアや東南アジアから季節ごとに渡ってくるのです。しかも毎年同じ場所に帰ってくる個体も多いんですよ。素晴らしいを通り越して尊いと思う私ですが、いかがでしょうか？

不思議な喋る鳥であるロピは、「鳥と話したくて堪らん……‼」という私の希望を具現化したキャラクターです。もふもふでかわいらしいのに生意気で、どこか憎めない、頼りになる小さな存在。読者のみなさんも気に入っていただけると嬉しいです。

ととりとわ

 夜はケダモノな王子の閨係として売られた子爵令嬢ですが、どうやら溺愛されてしまいそうです！

ガブリエラブックスをお買い上げいただきありがとうございます。
とどりとわ先生・Ciel先生へのファンレターはこちらへお送りください。

〒110-0016　東京都台東区台東4-27-5（株）メディアソフト
ガブリエラブックス編集部気付　とどりとわ先生／Ciel先生 宛

gabriella books

MGB-103

夜はケダモノな王子の閨係として売られた子爵令嬢ですが、どうやら溺愛されてしまいそうです！

2023年12月15日 第1刷発行

著者　とどりとわ

装画　Ciel《シエル》

発行人　日向晶

発行　株式会社メディアソフト
〒110-0016
東京都台東区台東4-27-5
TEL：03-5688-7559　FAX：03-5688-3512
https://www.media-soft.biz/

発売　株式会社三交社
〒110-0015
東京都台東区東上野1-7-15
ヒューリック東上野一丁目ビル３階
TEL：03-5826-4424　FAX：03-5826-4425
https://www.sanko-sha.com/

印刷　中央精版印刷株式会社

フォーマットデザイン　小石川ふに（deconeco）

装丁　吉野知栄（CoCo. Design）

ISBN 978-4-8155-4329-7